SUSANNE STAUN

THRILLER

BLUTFROST

Aus dem Dänischen von Günther Frauenlob

TROPEN

Tropen
www.tropen.de
Die Originalausgabe erschien 2011 unter dem Titel
»Hilsen Fra Rexville« bei Gyldendal, Dänemark
Published by arrangement with Nordin Agency, Sweden

Printed in Germany
Umschlag: Herburg Weiland, München
Gesetzt von r&p digitale medien, Echterdingen
Gedruckt und gebunden von CPI – Clausen & Bosse, Leck
ISBN 978-3-608-50214-5

Mutterliebe ist kein unausweichliches Naturgesetz. Sie ist kein unentbehrlicher Bestandteil der menschlichen Existenz wie etwa das Atmen, da ganze Gesellschaften ohne Mutterliebe auskommen, was uns zwar entsetzlich bedünken mag, jedoch auch anzeigt, dass Liebe kein integrales Element des Menschengeschlechts ist.

Heinz Rudolph Schaffer, *Mütterliche Fürsorge in den ersten Lebensjahren,* 1978

ODENSE, NOVEMBER 2010

1

Ich dachte an T. S. Elliot, der den April einmal als den übelsten aller Monate beschrieben hatte, als ich mich im Dunkeln auf den Weg machte. Ob er jemals einen November erlebt hatte? Wenn die Tage gelb und braun werden, der Wind ständig heult, es mit jedem Tag kälter und kälter wird. Wenn die Vogelnester verwaist sind, die Bäume nackt und kahl. Wenn alles tot ist – und selbst das Herz schwer und grau.

Dieser November war schwerer und grauer als alle anderen zuvor, und er war nasser: Der Boden war schwammig und stank nach Verwesung. Pfützen schwappten auf den Bürgersteigen, und die klamme Luft war gesättigt von Feuchtigkeit. Die letzte Woche war grausam gewesen: Sturm mit Orkanböen und eine Regenmenge, die die Pools im Ärzteviertel mit ihren unzähligen Rohren und Leitungen ringsherum zum Bersten gebracht hatten. Die Platten hatten sich einfach hochgedrückt und waren geplatzt.

Oft war ich an dem großen Haus im Hunderupvej vorbeigegangen, in den die Straße, in der ich wohnte, mündete. Tagsüber hatte ich den gepflegten Garten nur aus den Augenwinkeln betrachtet, ohne stehen zu bleiben. Ich wollte nicht bemerkt werden. Die Fenster des Hauses wirkten neu, und das hellrote Dreirad war immer sorgsam am Ende des Carports abgestellt. Auch der Abstand der Blumentöpfe auf der Treppe war exakt gleich. Manchmal, wenn ich Glück hatte, sah ich auch die kleine, blonde Frau, an anderen Tagen den nicht mehr ganz so jungen Mann mit den etwas zu langen grauen Haaren. Manche schlaflose Winterabende hatte ich damit verbracht, am Rand dieses Grundstücks zu stehen und die schwarzen Scheiben anzustarren, in denen sich der Mond und die Sterne spiegelten oder der Flaggenmast im Vorgarten. Außer ihrer glänzenden Dunkelheit hatten diese Scheiben aber nichts Außergewöhnliches zu bieten. Heute war das anders. Es war 01.45 Uhr, und das Haus glich einem Raumschiff, ein riesiges, unnatürlich leuchtendes Etwas, das mitten im Ärzteviertel Odenses gelandet war, um all das Verborgene ans Licht zu befördern.

Hinter den Fenstern brannte die bläuliche, eiskalte Polybeleuchtung der Kriminaltechniker: Ich sah sie in ihren weißen Astronautenanzügen durch die hell erleuchtete Grotte schleichen und bildete mir einen Augenblick lang ein, sie schwebten. Ich hatte nur eine Stunde geschlafen, folglich konnte ich mir einbilden, was ich wollte.

Ich nickte den zwei Uniformierten zu, die vor dem Haus Wache schoben – ziemlich überflüssig, denn hier im Viertel ging man früh ins Bett, stand früh wieder auf und kümmerte sich ansonsten um seine eigenen Angelegenheiten.

»Gehen Sie nur rein, Dr. Krause«, sagte eine der dunklen, auffällig neutralen Gestalten und notierte sich mein Kommen in seinem Tatortbericht. Der andere reckte in diesem Moment seinen Hals, da er bemerkt hatte, dass hinter den blauen Transportern der Kriminaltechnik ein Auto gehalten hatte. Sicher wieder einer dieser Freelance-Fotografen, die den Polizeifunk abhörten und in der Hoffnung auf eine große Schlagzeile in Form eines Leichensacks, der in einem der besten Viertel der Stadt durch das Gartentor geschoben wurde, immer gleich zur Stelle waren.

Ich schlüpfte unter dem Absperrband hindurch und ging auf den makellosen, frisch gebeizten Carport zu, in dem Flemming, der Leiter der Kriminaltechnik, und Sidney Jensen, der leitende Ermittler, standen. Neben dem metallicgrauen BMW der Familie war der Werkzeugtrolley der Kriminaltechnik geparkt. Der Ermittlungsleiter schien mit einem Journalisten zu telefonieren, denn er spulte die altbekannten Phrasen ab, dass er sich zu diesen Fragen jetzt noch nicht äußern könne, während er mir zunickte.

»Gut, dass es nicht auch noch regnet, Maria!«, sagte Flemming und warf mir als Gruß einen kurzen Blick zu, ehe er seine Oberlippe in einen Becher tauchte, aus dem heißer Dampf aufstieg. »Oh Gott, noch mehr Schreiberlinge.« Er sah zur Straße und schüttelte den Kopf. Ich zündete mir eine Cecil an.

»Aha, die kleine Frau Dr. Stille ist auch schon da?« Die Stimme kam von der Haustür, und als ich mich umdrehte, sah ich meinen Lieblingskriminaltechniker, den kleinen John, in der Tür stehen. Er winkte mir zu.

Dr. Stille? Was sollte das denn?

»Ja, okay, okay, dann legen wir los«, sagte Sidney und klappte das Telefon zu. Ich nahm einen Zug von meiner Zigarette und dann noch einen, ehe ich die Kippe zwischen den Fingern ausdrückte und in die Gesäßtasche meiner Jeans schob.

Wir streiften uns Overalls über, legten die Mundbinden an und gingen zum kleinen John, der wartete. Nachdem wir uns auch die Überschuhe über die Füße gezogen hatten, betraten wir schließlich den Tatort.

Der Boden des Flurs war mit Pappe ausgelegt worden. An ein paar Haken an der Wand hingen einige Mäntel und Jacken, flankiert von zwei goldgerahmten, signierten Lithografien von Lars Bo. Als ich ins Wohnzimmer ging, spürte ich, wie meine Pupillen sich in all dem Licht, das von den Männern in ihren weißen Overalls reflektiert wurde, zusammenzogen. Unwillkürlich musste ich blinzeln, marschierte aber standhaft den

Papppfad weiter, der eventuelle Spuren im Blut oder anderweitige Indizien bewahren sollte. Mögliche Finger- oder Sohlenabdrücke mussten sie bereits genommen haben.

Auf dem dunklen Holzboden mitten im Zimmer lag die Dame des Hauses. Sie trug einen schicken Pyjama aus weißer Seide. Auch sie war von Pappe eingerahmt. Ein schwarz gepunkteter Messerschaft, eindeutig der eines Globalmessers, ragte mitten aus ihrem hochschwangeren Bauch hervor – eine Szenerie, die geradezu das Wort »Ritualmord« schrie. Doch auch wenn die Plazierung des Messers durchaus Symbolwert hatte, war diese Schlussfolgerung etwas vorschnell. Ich stellte meine Tasche auf der Pappe ab und verschränkte die Arme vor der Brust. Es war nicht das erste Mal, dass ich eine tote schwangere Frau sah, aber das Gefühl der Widernatürlichkeit wurde deshalb nicht geringer. Abgesehen davon, dass alles an dieser Frau irgendwie widernatürlich wirkte.

Weiß gekleidete Männer hatten sich um die Tote geschart, darunter auch der kleine John, dem ich ein kurzes Lächeln zuwarf. Bei seinem Anblick musste ich immer irgendwie an Butter denken. Er war so weich wie Butter. Die Namen der anderen waren mir längst wieder entfallen.

»Was wissen wir?«, fragte ich und zog die Handschuhe an.

»Das hier ist … Das war Eva Sommer«, sagte Flemming. »Ihr Mann war mit dem Hund draußen.« Er deutete mit dem Kopf in Richtung Straße. »Er hat uns gesagt, seine dreijährige Tochter habe derweil in seinem Bett geschlafen. Seine Frau war vor dem Fernseher eingenickt, bei irgendeiner Realityshow.« Flemming deutete in Richtung des Flachbildschirms und der Sofagruppe aus weißem Leder, die in der anderen Ecke des Wohnzimmers vor dem Panoramafenster standen. »Als er zurückkam, lag sie hier«, er zeigte auf die Tote, »und seine Tochter war wach und schrie wie am Spieß.«

»Wie lange ist er weg gewesen?«, fragte ich.

»Er sagte, Fido und er gehen jeden Abend die gleiche Runde, und die dauert etwa eine halbe Stunde.«

»Dann hat er euch … wann angerufen?« Ich sah auf das Zifferblatt der Mahagonistanduhr: 02.01 Uhr.

»Um fünf nach zehn.«

»Wo ist das Zimmer des Mädchens?«

Flemming zeigte in Richtung Flur, von dem aus eine Holztreppe nach oben führte. »Oben.«

»Der Täter muss Lärm gemacht haben. Oder hat die Kleine einen leichten Schlaf?«

Flemming schüttelte den Kopf. »Angeblich schläft sie wie ein Stein.«

»Hat ihr Mann ein Alibi?«

»Nein. Nach eigener Aussage hat ihn keiner gesehen, und er hat unterwegs auch mit niemandem gesprochen.« Flemming verdrehte die Augen. Dann schüttelte er den Kopf und zog die Mundwinkel nach unten. Die meisten Morde geschahen im Kreis der Familie. Flemming hatte bereits seinen Täter. »Außerdem wirkte er nicht sonderlich entsetzt.«

»Ihre Ehe war …?«

»Etwas angespannt. Nicht zuletzt durch ihre Schwangerschaft.«

»Er leugnet die Tat aber?« Ich musste lächeln, etwas breiter als für die Situation angemessen.

Flemming nickte. Ich zog die Augenbrauen hoch. »Sagen Sie mal«, begann Flemming, »das ist doch die Frau aus diesem Gerichtsverfahren, in dem Sie als Zeugin ausgesagt haben?«

»Ja«, sagte ich und heftete meinen Blick auf eine Kamera, die auf dem Boden lag.

»Ihr habt die Bilder gemacht, die ihr braucht?«, fragte ich nach kurzem Schweigen.

»Ja ja, gehen Sie nur hin«, sagte der kleine John.

»Achter Monat? Neunter?«

»Der Geburtstermin wäre diese Woche gewesen«, sagte Sidney Jensen und sah dabei aus dem Fenster. Draußen auf der Straße waren jetzt noch weitere Scheinwerferlichter zu sehen. Die Nachricht schien sich verbreitet zu haben.

Ich kniete neben dem grotesk aufgeblasenen Bauch der Frau nieder. Das Messer steckte fast bis zum Schaft in ihrem Nabel. An der Klinge klebte geronnenes Blut.

»Hätte man sie nicht ins Krankenhaus fahren müssen? Vielleicht war das Kind ja noch am Leben?«

»Wir sind gemeinsam mit einem Rettungswagen gekommen«, sagte Flemming. »Aber ihr Mann ist ja selbst Arzt, und er hat gesagt, dass er vom Säugling keine Herztöne mehr wahrgenommen hat.« Er richtete seinen Blick auf den Bauch der Frau, und ich verkniff mir den Kommentar, dass sich Ehepartner eigentlich überhaupt nicht einmischen sollten. Egal, in welcher Form.

Ich holte mein Stethoskop aus der Tasche und suchte – natürlich vergebens – nach Herzgeräuschen. Die Mordwaffe sah aus wie ein Gemüsemesser mit einer relativ kleinen Klinge, die direkt durch den Nabel eingedrungen war. Der Säugling musste also nicht notwendigerweise getroffen worden sein. Bei der Mutter bestanden jedoch keine Zweifel. Der riesige Blutfleck auf ihrem weißen Pyjama ließ erkennen, dass ihr das Globalmesser, das jetzt aus ihrem Nabel ragte, zuerst ins Herz gerammt worden war. Die Frau war vermutlich durch ein Geräusch geweckt worden und hatte sich umgedreht. Als sie erkannt hatte, wer es war, war sie vermutlich aufgestanden. Irgendwelche Geräusche hatten dann das schlafende Mädchen im ersten Stock geweckt. Ob gekämpft worden war? Ob sie geschrien hatte? Andererseits schien sie sich nicht gewehrt zu haben, denn die Messerstiche direkt ins Herz und durch den Nabel setzten voraus, dass sie still auf dem Rücken gelegen hatte. Ich drehte ihren Kopf zur Seite und fand getrocknetes Blut auf der Rückseite ihres Kopfes. Als ich weitertastete, stießen meine Fingerspitzen auf weiche, unscharfe Wundränder.

»Sie ist vermutlich zuerst mit einem stumpfen Gegenstand bewusstlos geschlagen worden«, sagte ich. »Das erklärt, wie der Täter so zentral zustechen konnte.«

Ich holte mein Digitalthermometer heraus, schaltete es ein, maß die Lufttemperatur und schob den Metallfühler dann in das linke Ohr des Opfers, bis ich auf Widerstand stieß. Ihr goldener Ohrclip fiel ab, als ich das Thermometer herauszog und konstatierte, dass die Frau in Anbetracht der ungewöhnlichen Wärme, die in dem Zimmer herrschte, vermutlich tatsächlich vor drei oder vier Stunden verstorben war.

»Ist ihr Mann jetzt auf dem Präsidium?«

Flemming nickte.

»Und das Kind und der Hund?«

»Beim Nachbarn.«

In dem grellen Licht wirkten Puder und Rouge der Frau wie eine Maske. Ihr rot angemalter Mund war leicht geöffnet, die Zähne viel zu weiß. Ich nahm zwei Pinzetten aus meiner Tasche, hockte mich hinter den Kopf der Frau und drehte mit der Pinzette vorsichtig das obere Augenlid um, sodass ich die Bindehaut sehen konnte. Sie war blass und ohne punktförmige Einblutungen – nicht, dass ich damit gerechnet hätte, welche zu finden. Ich schloss ihre halb offenen Augen, die von bläulichem Lidschatten und einem einzelnen Lidstrich umrahmt waren. Als ich ihre Hand nahm, sah ich, dass auf ihrer Handkante eine schwarze Spinne saß. Ich schrie auf und ließ die Hand erschrocken fallen. Erst da sah ich, dass es keine Spinne, sondern künstliche schwarze Wimpern waren.

»Was soll ich mit denen hier machen, John?« Ich hob die Wimpern auf und zeigte sie ihm.

»Was ist das?« Er beugte sich hinunter und inspizierte meinen Fund mit zusammengekniffenen Augen.

»Falsche Wimpern. Wie nennt man die Dinger eigentlich richtig? Und wohin damit?«

»Keine Ahnung, kleb sie ihr doch wieder an.«

»Nee, auf keinen Fall. Kannst du die nicht in irgendeine Tüte packen? Ach, egal.« Ich zog mit der linken Hand eine Tüte aus meiner Tasche, ließ die Wimpern hineinfallen und verschloss sie. »Nimm wenigstens die Tüte«, sagte ich und reichte sie dem kleinen John.

Ich schüttelte mich vor Unbehagen, untersuchte sie aber weiter hinter den Ohren und in der Mundhöhle. Doch auch dort waren keine Punktblutungen zu finden. Sie war weder erwürgt noch erstickt worden, das war mehr als offensichtlich.

Noch einmal ließ ich meinen Blick über ihr Gesicht gleiten und musterte dann ihren Hals. Ein Muttermal mit einem einzelnen Haar, ein Goldkettchen, beginnende Orangenhaut.

»Alter?«

»Dreiundvierzig«, sagte einer der Anwesenden.

Keine weiteren Läsionen. Ich nahm ihren rechten Arm. Die Totenstarre setzte etwa eine Stunde nach Eintreten des Todes am Kiefer ein und breitete sich von dort über den ganzen Körper aus. Bereits jetzt war es schwierig, ihren Arm zu beugen. Ich untersuchte ihn auf eventuelle Abwehrverletzungen, fand aber keine. Beide Arme waren ohne jeden Kratzer. Sie waren auffällig haarlos und schimmerten irgendwie golden, vermutlich ein Selbstbräuner, wobei ich mich mit so etwas nicht auskannte. Andererseits war natürlich auch mir die seltsam gelbliche Haut jener Realitysternchen aufgefallen, die man immer und überall im Fernsehen sah.

»Sollen wir sie hier entkleiden?« Der kleine John sah mich fragend an.

»Wenn du dich lächerlich machen willst und dazu noch einen gewaltigen Anschiss bekommen möchtest, bitte«, antwortete ich, musste ihn dabei aber anlächeln.

»Und was ist mit dem Messer, müssen wir das nicht herausziehen?«

»Nein, verdammt, außer du legst es wirklich darauf an, deinen Job zu verlieren. Es ist saumäßig schwierig, hinterher den Stichkanal sauber zu rekonstruieren.«

»Ja, nur wie kriegen wir sie so in den Leichensack?«

»Stülp eine Tüte über den Messerschaft, wir schneiden dann ein Loch in den Leichensack.«

»Woher soll ich das denn wissen?«, fragte er etwas säuerlich. So lange war der kleine John noch nicht dabei.

»Ist das ein Küchenmesser? Für Gemüse? Von der Größe her käme das in etwa hin«, sagte er und sicherte den Schaft mit einer Plastiktüte. Niemand antwortete ihm. Einige zuckten mit den Schultern. Ich hatte keine Ahnung.

»Gehört das Messer hier ins Haus, oder hat es der Täter mitgebracht?«, fragte ich.

»In der Poggenpohlküche fehlt das zweitkleinste des ansonsten kompletten Globalmesser-Sets.« Der kleine John lächelte breit und zog die Augenbrauen hoch. Er selbst hatte anscheinend weder Poggenpohlküche noch Globalmesser-Set.

»Und wie ist der Täter ins Haus gekommen?«, fragte ich. Die Tote wirkte sehr anrührend, beinahe kindlich in ihrem weißen Seidenpyjama. Er war frisch gewaschen und gebügelt und hatte vorne eine funkelnde Reihe kleiner, feiner Perlmuttknöpfe. Nackte Füße mit hellrotem Nagellack ragten unten aus den Hosenbeinen hervor.

»Ihr Mann sagte, die Tür sei nicht abgeschlossen gewesen.

Er schlösse nie ab, wenn er mit dem Hund Gassi ginge. Er meinte, das sei in diesem Viertel nicht nötig.«

Es war unerträglich warm im Zimmer, und der Schweiß rann mir von Achselhöhlen und Stirn.

»Dann hätte also jeder hier hereinkommen können?«

»Ja.«

Ein Schweißtropfen hatte sich seinen Weg über meine Stirn gebahnt und hing jetzt kitzelnd an meiner Augenbraue. Ich wischte ihn mit dem Ärmel weg.

»Sag mal, schwitze nur ich so, oder ist das hier wirklich so heiß?«

»Tja, Krause. Wie alt bist du jetzt noch mal?« Er sah mich anklagend an. Ich erwiderte seinen Blick, bis er plötzlich grinsen musste.

»War nur Spaß. Nee, es ist wirklich heiß hier.«

Der kleine John drehte die Tote auf die Seite und entblößte ihre Haut, sodass ich nach Leichenflecken Ausschau halten konnte, anhand derer ich bestimmen konnte, ob sie bewegt worden war. Das war hier allerdings nicht der Fall. Die Leichenflecken waren überall auf der Rückseite der Beine und am unteren Teil des Rückens, der nicht auf einer harten Unterlage gelegen hatte, zu erkennen. Ich drückte auf die dunklen Stellen, und sie wurden blass.

»Auch am Rücken sind keine Läsionen. Leg sie ruhig wieder hin.« Der kleine John drehte sie vorsichtig auf den Rücken.

»Es deutet nichts darauf hin, dass sie nach Eintreten des Todes noch einmal bewegt worden ist«, sagte ich, lehnte mich zurück und stützte mich mit einer Hand ab. In diesem Moment bemerkte ich etwas Spitzes unter meinen Fingern. Es war ein kleiner Perlmuttohrstecker. Ich verdeckte ihn mit der Hand, und als sich auf eine Frage eines der Techniker im Flur alle kurzzeitig umdrehten, schnappte ich mir den Ohrstecker und steckte ihn in meinen Mund. Mit der Zunge schob ich ihn nach oben zwischen Zahnfleisch und Oberkiefer, wo ich auch immer mein Kaugummi zwischenlagerte, wenn gerade kein Mülleimer in der Nähe war.

Der kleine John breitete neben ihr am Boden einen Leichensack aus, und ich widmete mich der Vorderseite der Frau. »Auch da sind keine Läsionen zu erkennen«, sagte ich schließlich. Er sah mich fragend an.

»Sollen wir sie in den Sack legen?«

Ich nickte, schloss meine Tasche und ging auf den Flur. Dann warf ich einen Blick nach oben und fragte mich, was für ein Leben sich in diesem Haus abgespielt hatte. Ich steckte meine Hand in den Overall bis nach hinten zu meiner Gesäßtasche, in der meine Zigarette steckte.

»Hier drinnen wird aber nicht geraucht«, sagte Flemming neben mir und wedelte nervös mit der Hand herum.

»Natürlich nicht, das hatte ich auch nicht vor.«

»Ach nein?«

»Sie muss seit drei oder vier Stunden tot sein, das heißt, dass sie mit großer Wahrscheinlichkeit ermordet worden ist, als ihr Mann mit dem Hund außer Haus gewesen sein will. Der Täter hat sie durch einen Schlag mit einem stumpfen Gegenstand betäubt und dann zweimal auf sie eingestochen, ins Herz und in ihren Bauch. Aber das haben Sie ja mitbekommen.« Ich lächelte ihn an. »Ich gehe jetzt raus und rauche meine Zigarette. Und dann gehe ich nach Hause. Mein Gott, ist das warm hier.«

Draußen auf dem Flur blieb ich noch einen Moment stehen und sah mir die eingerahmten Lithografien an.

»Yo!« Der kleine John steckte seinen Kopf in den Flur.

»Kannst du noch kurz eine Identifikationskarte schreiben, bevor du gehst? Wir müssen ihr doch was an die Zehen hängen. Und wann passt es der gnädigen stellvertretenden Rechtsmedizinerin, unser Opfer zu obduzieren? Typisch Raucher – schwitzen, fluchen und die Hälfte vergessen.«

Ich drehte mich um und ging wortlos zurück ins Wohnzimmer.

»Es gibt eigentlich doch kaum einen Zweifel, wer der Täter ist«, hörte ich Flemming sagen und schob den Ohrstecker mit der Zungenspitze wieder ganz nach oben.

Als ich schließlich fertig war, spürte ich mehr als deutlich, dass ich in dieser Nacht kaum geschlafen und viel zu viel von dem billigen argentinischen Rotwein getrunken hatte. Ich hastete durch den immer stärker werdenden Regen nach Hause und kroch, ohne mich vorher auszuziehen, ins Bett. Den Ohrstecker legte ich in mein Brillenetui. Das Ganze hätte ziemlich in die Hose gehen können.

Ich schlief sofort ein und träumte. Da waren Gestalten, die gebückt durch die Nacht liefen, in einem dunklen Haus herumschlichen und glänzende Gefäße durch offene Fenster in den Garten ausleerten. Durch die Fenster drang kalte, feuchte Luft herein. Ich hörte, wie die Flüssigkeit auf den Boden klatschte und von dort ins Gras spritzte, während der Regen leise und rhythmisch vom Himmel fiel. Ich ging in die Küche, wo ein Tisch stand, auf dem gehäutete Kaninchen lagen, nebeneinander aufgereiht wie glänzende Föten, jedes von ihnen mit einem Globalmesser erstochen. Das kleinste der Kaninchen begann wie ein Baby zu weinen und steckte die anderen an, sodass bald darauf zehn bis zwölf gehäutete Kaninchen herzzerreißend heulten. Ich stolperte rücklings aus der Küche und stieß gegen eine der dunklen nächtlichen Gestalten. Als ich mich umdrehte, sah ich, dass es der kleine John war. Er trug einen rabenschwarzen Overall, hatte leuchtend gelbe Augen und umfasste seinen Bauch, der grotesk aufgeblasen war. Der

Nabel drückte sich wie ein obszöner Schnuller aus der Haut heraus. John reichte mir ein riesiges Globalmesser und sagte, ich solle keine Angst haben, schließlich sei es nur ein Traum. Ich nahm ihm das Messer ab, hob es langsam an und stieß es ihm dann mit einem Schrei in den Nabel. Fruchtwasser schoss heraus, spülte mit wahnsinniger Kraft durch die Küche, ergoss sich über den kleinen John, platschte über mich hinweg, bis wir beide klitschnass waren und die Kleider kalt an unserer Haut klebten. Johns Bauch war wieder flach geworden, übersät von Falten und Runzeln. Er sah aus wie eine riesige, uralte und aufgerissene Fotze. In diesem Moment schrak ich aus dem Schlaf hoch, setzte mich auf und sah auf die Uhr: Ich hatte anderthalb Stunden geschlafen und sollte um zehn obduzieren. Aber okay, ich war hellwach.

ODENSE, MÄRZ – APRIL 2010

2

Für März war es kalt. Verdammt kalt. Und es schneite ohne Unterlass. Als ich mich endlich auf den Heimweg machte, hatte der lästige Wind mein Fenster fast komplett mit dunkelgrauem Schneematsch bedeckt. Immer wieder hatte ich den Feierabend aufgeschoben, und als ich endlich mit mehreren Kleiderschichten bewaffnet auf den Flur trat, bot sich mir ein Anblick, bei dem ich ganz einfach lächeln musste. Dicht neben dem Eingang, mit dem Rücken zu mir gewandt, stand meine Freundin Nkem. Allein der Anblick dieser kleinen schwarzen Frau mit Strickmütze und Fäustlingen amüsierte mich, aber damit nicht genug, sie schien schon einen steifen Hals davon bekommen zu haben, immer wieder nickend zu dem groß gewachsenen rechtsmedizinischen Leiter Bonde Madsen aufzuschauen und dabei Millimeter um Millimeter in Richtung Wand zurückzuweichen, wobei er den Abstand beständig verkleinerte. Normalerweise empfand ich Nkem nicht als »klein«. Sie war größer als ich und bedeutend breiter, doch diese klassische Jagdszene ließ sie irgendwie zusammenschrumpfen und wie ein verängstigtes kleines Kaninchen wirken, das von seinem gewaltigen Kaninchenvater gnadenlos in eine Ecke gedrängt worden war. Was für ein Stillleben, dachte ich, verbat mir jedoch das Lächeln, schließlich musste sie gerettet werden.

Die Libido des leitenden Rechtsmediziners war ebenso bekannt wie grenzenlos und hatte sich bereits wie eine wärmesuchende Missile auf mich gerichtet. Wie schwierig es war, einen Chef zu haben, der immer wieder versuchte, sein Glied in eine etwas widerwillige Untergebene zu mogeln, hatte ich im Sommer deutlich zu spüren bekommen. Trotzdem hatten Bonde Madsen und ich seither eine Umgangsform gefunden, die eine ziemlich reibungslose Zusammenarbeit ermöglichte. Hin und wieder kam eine säuerliche Bemerkung von ihm, da er es nie ganz akzeptiert hatte, von mir abgewiesen worden zu sein, als er mich im Schlaf zu besteigen versucht hatte.

Gerade jetzt bemerkten seine Sensoren mein Kommen, und für den Bruchteil einer Sekunde sah er aus wie ein kaltblütiger Mörder. Mir entging das nicht, ich konnte aber nicht lokalisieren, welcher Teil seines Körpers dieses mörderische Signal aussandte. Das Unbehagen über meine Anwesenheit, die seine in Gang gesetzte Romanze zerstören würde, stand ihm ins Gesicht geschrieben, das war deutlich zu erkennen, je näher ich kam. Er hatte erst seit kurzem einen neuen Gesichtsausdruck, der mir mehr und mehr auf den Geist ging und der folgende Botschaft vermitteln sollte: *Nicht wirklich. Ich bin nicht wirklich müde. Das kann man so nicht wirklich sagen. Es ist nicht wirklich die Rede davon … Ach nein?*, antwortete ich immer darauf, ich konnte es mir einfach nicht verkneifen, irgendeinen dummen Kommentar loszulassen. Irgendwie hatte ich da einen Schaden, denn solche Kleinigkeiten fielen mir wirklich immer auf. Warum war mir das nicht egal? In der letzten Woche hatte er mich mit dem Wort »homosexuell« regelrecht in den Wahnsinn getrieben, und das bloß wegen seiner Betonung: »homo« mit extrem rundem »o« und »sexuell« erst nach einer langen Pause. Bestimmt die pathogenste Aussprache, die ich für ein derart normales Wort jemals gehört hatte. Und das alles bloß, weil ihm aufgefallen war, dass einer der Sanitäter lackierte Fingernägel hatte.

»Jeder lackiert sich doch mal die Nägel«, hatte ich ohne jeden Beleg behauptet. »Sie sind wohl einfach nicht mehr auf der Höhe der Zeit.« Es machte mir eine sadistische Freude, ihn immer wieder damit zu piesacken, dass er nicht mehr auf der Höhe der Zeit war: weder sprachlich noch sexuell oder ganz allgemein, und dass er vermutlich der letzte Überlebende auf diesem Planeten war, der sich noch ans Bücherregal in der Bibliothek stellte und leise flüsternd ein Gedicht von Emil Aarestrup aufsagte, das er als Kind hatte auswendig lernen müssen und das ihm seither nicht mehr aus dem Kopf gegangen war.

»Verdammt, Krause!« Bonde Madsen hatte beide Hände auf seine Hüften gestemmt und sah mich mit unverhohlenem Zorn an. »Weg mit der Kippe, hier drinnen wird nicht geraucht!«

»Kommen Sie schon!«, sagte ich durch zusammengepresste Lippen, damit meine Cecil nicht auf den Teppichboden fiel. »Es sind doch längst alle gegangen.« Madsen wollte noch irgendetwas hinzufügen, möglichst altklug und zurechtweisend, aber ich heftete meinen Blick stattdessen auf Nkem.

»Soll ich dich mit nach Hause nehmen?«, fragte ich und trat so dicht an die beiden heran, dass ich mich im Weiß ihrer Augen spiegeln konnte und ihren angsterfüllten Talkumduft roch.

Sie sprang mir fast auf den Schoß, begleitet von einem aus tiefster Seele kommenden »Oh, danke, ich dachte, du wärst längst weg, *nne*. Mein Fahrrad hat einen Platten, also hätte ich jetzt nach Hause laufen müssen. Das würde mir zwar auch nicht schaden, aber …« Sie redete ungewöhnlich schnell und ihre Stimme klang viel zu hoch. Mit großen, erleichterten Augen sah sie Madsen an und knetete eine weiche Plastiktüte in den Händen. »Na, dann, machen Sie's gut.«

»Worüber habt ihr denn geredet?«, fragte ich und hielt ihr die Außentür mit dem Fuß auf. Durch zwei Schichten Glas sah ich, wie Bonde Madsen uns hinterherblickte. Er hatte seine Hände in die Taschen geschoben und sah verärgert aus. Ich hatte seine Balz durchkreuzt, war ihm wieder in die Quere gekommen.

Der Himmel über dem Parkplatz war schiefergrau, der Frost zupfte mit kleinen, spitzen Zähnen an der Haut, und der Asphalt glänzte nass und glatt.

»Basiswissen.« Sie grinste und warf mir einen Blick voll gespielter Überraschung zu.

»Er hat mich gefragt, angeblich *weil er sich gerade nicht erinnern konnte*«, sie lachte, »ob Moleküle aus einem oder mehreren Atomen bestehen oder ob sich Atome aus mehreren Molekülen zusammensetzen. Seine Fragen werden immer konstruierter, der muss mich wirklich für blöd halten. Zuletzt hatte er etwas über Ionen wissen wollen. Alles Sachen, die er ganz genau weiß – und das schon seit der Schule. Er scheint wirklich keinen Schimmer davon zu haben, wie man mit einer großen, schwarzen Negerin zu reden hat. *A bigg blag negroo*! Sonst hätte er mich doch wohl wie jede andere Frau behandelt. *Oyinbo! Don't shit hot shit here!* Gott, ich bin so müde!« Nachdem sie sich abreagiert hatte, wurde ihre Stimme zunehmend tiefer, bis sie wieder normal klang, und bei den Worten *soooo tireddd* erkannte ich sie wieder.

Nkem hatte an der Universität Edinburgh in Chemie promoviert, war aber mit Nigeria-Englisch aufgewachsen. Mit mir sprach sie fast nie Dänisch, weil sie *ihrer erschöpften Zunge mal eine Pause gönnen musste*, wie sie das nannte.

»Vielleicht ist er einfach nur schüchtern«, schlug ich vor und musste selbst lachen. Sie warf mir einen vielsagenden Blick zu, als ich meine Cecil mit dem Fuß am Boden ausdrückte.

Wir stiegen ins Auto, und sie fuhr fort: »Wenn du nicht gekommen wärst, hätte er sich bestimmt aufgedrängt, mich nach Hause fahren zu dürfen, und dann wären die Peinlichkeiten erst richtig losgegangen. Kommst du noch mit hoch auf eine Tasse Tee, wenn wir da sind?« *Gedd hooome*. Ihre Stimme war jetzt tief unten in ihrem Bauch und schnurrte wie eine Katze.

Sie wohnte im Block neben mir. Es war im höchsten Maße praktisch, seine Reißleine, seine beste Freundin, sein einziges wirkliches Publikum so dicht bei sich zu haben. »Wenn ich statt Tee auch ein Glas Wasser bekommen kann? Aber nicht lang, ich habe die letzte Nacht kaum geschlafen.« Ich hatte wieder eine meiner schlaflosen Perioden oder genauer: Eigentlich schlief ich immer schlecht, aber momentan war es schlimmer als sonst. Ich quälte mich jetzt schon seit Monaten und war die meiste Zeit des Tages todmüde.

»Fühl dich doch einfach geschmeichelt, dass er so interessiert an dir ist und dich attraktiv findet«, versuchte ich, ihr einzureden.

»Bist du dir eigentlich im Klaren darüber, wen der alles attraktiv findet?«, schnaubte sie.

»Wie meinst du das?«

»Ich habe mal einen Blick in seinen Computer geworfen …«

»Nicht schon wieder«, platzte ich heraus und trat hart auf die Bremse, als ich mich im letzten Moment entschloss, doch nicht bei Rot zu fahren. Ihre Angewohnheit, immer die Computer, Schubladen und Taschen ihrer Mitmenschen zu durchwühlen, war ziemlich provozierend. Sie ignorierte mich. »Ich sage dir, seine Wollust kennt echt keine Grenzen, und wählerisch ist er auch nicht.«

»Ich will das gar nicht hören. Hör damit auf! Kümmere dich doch um deine Sachen. Was du da treibst, ist echt pervers.« Sie zuckte mit den Schultern. »Ich halte mich nur auf dem Laufenden. In deine seltsamen Sachen mische ich mich ja auch nicht ein.«

Ich parkte den Wagen vor unserem Häuserblock und sah sie etwas ratlos an, als ich den Schlüssel umdrehte und aus dem Schloss zog. Wenn sich irgendjemand in mein seltsames Tun einmischte, dann sie. Andererseits durfte sie das ruhig tun. Sie war die Einzige, die in meinem Leben willkommen war. Sie war Rechtschemikerin, und wir waren befreundet, seit wir einmal auf dem Gang des Rechtsmedizinischen Instituts in Kopenhagen ineinandergelaufen waren. Ich war ihr nach Odense gefolgt, weil ich einfach nicht ohne sie leben konnte.

»Also, wir müssen uns bald um deine Wohnung kümmern, *nne*«, sagte sie, als sie ausstieg.

»Um meine Wohnung?«

»Ja, deine Möbel auspacken. Du kannst nicht ewig so wohnen. Das ist nicht gut für dich. Du musst hier ankommen, endlich wirklich einziehen, dich hier niederlassen. Mit ganzer Seele.«

»Hast du nicht gesagt, dass du dich nicht in meine Sachen einmischst?«

»Doch, das habe ich. Ich will dir ja auch nur beim Auspacken helfen. Ohne Hilfe scheinst du das ja nicht hinzukriegen.«

Nkem machte sich intensiv Gedanken über die Seele, denen ich nicht immer folgen konnte. Ihre eigene Wohnung war mit tausend Accessoires und zahllosen hübschen Kissen eingerichtet. Ihr mochte das helfen, aber hübsche Kissen waren irgendwie nicht meine Sache.

»Wie wäre es mit Sonntag?«

»Hm, weißt du was? Ich glaube, ich verzichte auf das Glas Wasser. Ich bin zu kaputt für so ein Gespräch.«

»Oh, Mist!«, platzte sie heraus, als sie ausgestiegen war, setzte sich dann aber wieder ins Auto und knallte die Tür zu. »Ich weiß ja, dass du müde bist, aber – *please* – könntest du nicht noch eben an der Ambulanz vorbeifahren?« Sie tippte auf die Plastiktüte, die auf ihrem Schoß lag. »Ich hab Anne versprochen, ihr eine *Gele* zu bringen. Für das Konzert morgen.«

Eine *Gele* war ein farbenfrohes nigerianisches Kopftuch, wie Nkem sie die meiste Zeit trug. Nur heute hatte sie eine Strickmütze über ihre wilden Locken gezogen. Und Anne war die nervige Kuh, mit der sie in der Methodistenkirche Gospels sang – nein, es ergab keinen Sinn, dass Katholiken Gospels in einer Methodistenkirche sangen, aber damit hatte ich nun wirklich nichts zu tun.

Seufzend ließ ich den Motor wieder an und wendete den Wagen. »Was ich alles für dich tue.« Anne war eine wirklich gute Ambulanzschwester, das war nicht das Problem, aber ich wollte, eigennützig wie ich war, Nkem einfach nur für mich allein haben. Ich ärgerte mich ein bisschen über mich selbst, als ich schweigend zurück in Richtung Krankenhaus fuhr.

Ich parkte am Straßenrand hinter einem metallicgrauen BMW, der vor uns angehalten hatte. Aus der Beifahrertür stürzte eine schreiende Frau mit einem Kind auf dem Arm, gefolgt von einem Mann, den ich zu erkennen glaubte, obwohl ich ihn bei dem wenigen Licht nur von hinten sah. Sie rannten durch den Schneematsch auf die Tür der Notaufnahme zu.

»So was«, sagte ich betreten.

»Wartest du hier?«, fragte Nkem. »Ich gebe ihr nur kurz die Tüte.« Aber ich war bereits auf dem Weg aus dem Auto und lief, gefolgt von Nkem, über die Straße.

»Ich bin neugierig«, sagte ich, doch sie hörte mich nicht.

In der Notaufnahme standen der Mann und die Frau mit dem Rücken zu uns. Die Frau war völlig aufgelöst und schrie immer wieder: »Mein Kind ist ganz braun! Mein Kind ist ganz braun.« Anne, die uns aus den Augenwinkeln hatte kommen sehen, schlug die Decke, in die das Kind gewickelt war, zur Seite, um zu sehen, was los war. Wir hielten Abstand und beobachteten alles aus der Ferne: Anne schnappte sich das Kind und verschwand mit einem hinzugeeilten, blutjungen Arzt in einem Zimmer.

Nkem und ich standen da und starrten die Tür an. Am liebsten wären wir ihnen gefolgt, blieben stattdessen aber stehen und rührten uns nicht. Wir sahen uns wortlos an, bis irgendwann die Tür wieder aufging, Anne uns zu sich winkte und mir zuflüsterte:

»Erik ist ein totaler Anfänger. Er hat keine Ahnung, was zu tun ist, und Dr. Glebe steckt mit seinen Händen tief in einem Unfallopfer. Kannst du nicht mal einen Blick auf das Kind werfen?«

Die Frau, die im Untersuchungszimmer stand, weinte jetzt hemmungslos. Sie wirkte jung, zerbrechlich und sehr, sehr klein. Der junge Arzt hatte sich über das schreiende Kind gebeugt, der Vater hockte auf einem Stuhl in der Ecke und hatte das Gesicht in seinen Händen vergraben. Ich schaute mir das Kind an, das nackt auf einem Baumwolltuch lag und mit Armen und Beinen strampelte. Eine grünbraune, schleimige Blase bedeckte die Brust des Kleinen. So etwas hatte auch ich noch nie gesehen. Zumindest nur auf Fotos, und das vor sehr langer Zeit.

»Was ist passiert?«, fragte ich die Mutter, die nur den Kopf schüttelte. »Keine Ahnung«, schluchzte sie. »Sie hat ihren Mittagsschlaf gemacht, und als ich sie aus dem Bett nehmen wollte, sah sie so aus.«

»Es scheint eine Brandwunde zu sein. Könnt ihr einen Brandwundenexperten hinzurufen?«, fragte ich Anne, die die Stirn runzelte.

»Sie halten das für eine Brandwunde?«, fragte der junge Arzt hektisch.

»Ich halte das für gar nichts. Auf den ersten Blick sieht es aus wie eine frische Verbrennung dritten Grades, aber das sollte wirklich einer der Experten untersuchen.« Ich sah zu dem Vater, der noch immer mit dem Gesicht in den Händen dasaß. Ich war mir nicht sicher, ob *er* es wirklich war, aber allein der Verdacht zog mir den Magen zusammen. Die alte Unruhe meldete sich.

3

»Au, verdammt!«, schrie ich, als mein Schienbein gegen etwas Hartes, Scharfes stieß. Der Schmerz versetzte mir einen Stich bis ins Knie hinauf und trieb mir Metallgeschmack in den Mund. Ich kniff die Augen zusammen, fluchte innerlich und vergaß komplett, warum ich überhaupt hier war.

»Haben Sie sich verletzt?«, fragte eine weiche Männerstimme durch den Vorhang meines wütenden Schmerzes. Ich hatte mich hingehockt und presste beide Beine mit den Händen zusammen. Noch in der Hocke hielt ich nach dem Übeltäter Ausschau. Es war die überdimensionierte Fußstütze eines monumentalen Rollstuhls. Ich richtete mich langsam auf und sah, dass ein Mann Mitte fünfzig in diesem Rollstuhl saß, den ich auch nach längerer Begutachtung nur als eine Art Wohnmobil bezeichnen konnte.

Ich hatte nie eine große Sache aus meiner ästhetischen Idiosynchrasie gemacht, wie ich das nannte, aber ich ekelte mich vor Rollstühlen. Sie waren mir ganz einfach zuwider, ich verabscheute sie aus tiefster Seele, was sich ungerechterweise natürlich auch auf diejenigen bezog, die darin saßen. Es war unbegreiflich, wie man in einer derart auf Hochglanz polierten Epoche, in der auch die kleinsten Fehler wegretuschiert wurden, nicht in der Lage war, einen wenigstens ansatzweise schönen Rollstuhl herzustellen. Diese Gedanken meldeten sich diesmal jedoch nicht. Ich war viel zu sehr davon gefangen, den Mann anzustarren, der mich mit seinen freundlichen Augen besorgt und ein bisschen nachsichtig musterte. Freundlich und irgendwie magnetisch.

»Haben Sie sich verletzt?«, wiederholte er. Das irritierte mich. Eigentlich sollte er nicht reden. Ich ließ meine Augen über seinen Körper schweifen. Er war groß, nicht dick, aber klappte man ihn auseinander, maß er sicher einen Meter neunzig. Oder mehr. Ein richtiger Hüne.

»Ich glaube nicht«, sagte ich und fühlte mich plötzlich wie benebelt. Diese Freundlichkeit in seinem Blick, diese Freigebigkeit …

»Und Sie, was ist mit Ihnen passiert?«

Er lächelte, ohne seinen musternden Blick von mir zu nehmen.

»Ach, das ist lange her.«

Ich massierte mein Schienbein mit der Rückseite meines anderen Beins. Das Gesicht des Mannes strahlte Intelligenz und Ruhe aus; er trug ein hellrotes, teuer aussehendes Polohemd. Dieser Mann war etwas ganz Besonderes, sagte mein Körper mir. Sein weicher, blauer Blick war so durchdringend und forschend, dass ich fast schüchtern wurde.

»Was machen Sie hier, sind Sie inkontinent?« Sein ungewöhnlich großer, fast skulpturiert wirkender Mund lächelte mich an.

»Was?« Ich sah mich um. Was war das denn für ein Gespräch? »Nein, wie kommen Sie denn auf die Idee?«

»Was macht eine schöne Frau in Ihrem Alter dann im Kontinenz- und Beckenbodenzentrum?«

»Gute Frage«, sagte ich fast tonlos, da mein Anliegen beinahe ebenso grenzüberschreitend war wie Inkontinenz. Hätte ich nur einen Arztkittel angezogen.

»Und was treibt ein behinderter Mann hier?«

»Blasenentzündung«, seufzte er und zog mit seinen gekrümmten Fingern mühsam sein Hosenbein hoch. Ein Urinbeutel kam zum Vorschein. »Ich habe einen Katheter im Bauch. Die reinste Bakterienfabrik.«

Ich starrte auf die durchsichtige Plastiktüte, die an seinen Unterschenkel geklebt war und wenige Zentimeter Flüssigkeit enthielt, ehe ich ihm wieder ins Gesicht blickte. Es lächelte noch immer auf seine ganz spezielle Weise. Der Typ flirtete mit mir. Es war unglaublich, dieser Mann saß mit seinem zusammengefalteten Hünenkörper in seinem hässlichen Rollstuhl, zeigte mir seinen Urinbeutel und flirtete mit mir.

Was sagte man dazu?

Noch ehe ich wusste, was ich darauf erwidern sollte, sagte er:

»In meiner Hemdtasche ist meine Visitenkarte. Seien Sie doch so gut und holen sie heraus, und rufen Sie mich an, wenn Sie Zeit haben.«

Sprachlos und mit weit aufgerissenem Mund starrte ich ihn an. Und trotzdem glitten meine Finger in seine Hemdtasche, sodass ich sein Herz schlagen fühlte, als ich eine der beiden Visitenkarten nahm.

»Dann sehen wir uns«, sagte er, aktivierte irgendeine Funktion an seinem Rollstuhl und rollte surrend über den Flur davon. Ich sah ihm nach, bis er im Aufzug verschwunden war. Sterne leuchteten weiter, auch wenn sie längst verglüht waren. Phantomschmerzen traten auch dann noch auf, wenn das Bein längst amputiert war. Für einen Moment war mein Hirn wie ein schwarzer Bildschirm, ich stand einfach nur da und starrte in den leeren Flur. Dann trat plötzlich ein Mann aus einem der Räume und blieb in eine Akte vertieft auf dem Flur stehen. Es war unverkennbar Daniel, oder vielmehr eine etwas ältere Ausgabe von ihm. In der Ambulanz war ich mir noch nicht sicher gewesen, ob es wirklich er gewesen war, der mit den Händen über dem Gesicht auf dem Stuhl gekauert hatte. Jetzt gab es keinen Zweifel mehr.

Nachdem ich gestern die Notaufnahme verlassen hatte, war ich auf der Homepage der Urologischen Abteilung des Krankenhauses gewesen. Wo sollten Urologen sonst in Odense arbeiten? Und da war er, neben dem Bild des Stationsleiters, älter, etwas ausgelaugt, mit grau gesprenkelten Haaren, lächelnd und noch immer voll und ganz in der Lage, mir eine schlaflose Nacht zu bereiten. Irgendwann war ich sogar aufgestanden, um mich im Badezimmer eingehend im Spiegel zu betrachten. War auch ich so alt, so ausgelaugt, so grau?

Trotzdem hatte ich die Homepage der Urologie mit einer gewissen Unsicherheit verlassen. Denn der Mann auf dem Foto hieß nicht Daniel Krause.

Hier auf dem Flur gab es keinen Zweifel mehr, und ich konnte nicht anders, ich musste ihn ganz einfach anstarren, bis er von dem Journal aufblickte, das er in den Händen hielt. Der Hass, den wir beide füreinander empfanden und den keiner von uns wirklich verstand, war überwältigend. Unsere Blicke begegneten sich, und der lange Flur, die Plastikstühle, die kleinen Tische mit den diversen Magazinen verblassten, ebenso wie all jene Erinnerungen, die durch die Nacht getanzt waren und mich wachgehalten hatten. Ich hielt die Luft an und sah ihn an, solange ich es aushalten konnte. Er war es tatsächlich, kein Zweifel milderte diese Erkenntnis ab. Früher hatte er einmal Daniel Krause geheißen, doch jetzt stand – aus unerfindlichen Gründen – Daniel T. Sommer auf seinem Namensschild. Arzt, Urologe, Urin-Experte. Er stand da, unmittelbar vor mir. Zum ersten Mal seit der Beerdigung meiner Mutter. Es würde mich nicht wundern, wenn er einzig und allein hierhergezogen wäre, um mir mein Leben unerträglich zu machen.

Erst stand ich wie angewurzelt da und konnte meine Augen nicht von ihm nehmen. Dann stürmte ich mit pochenden Schläfen und einem wachsenden Kloß im Hals durch die Tür, als wäre mir mein wild schlagendes Herz buchstäblich in den Hals gerutscht. Draußen im Treppenhaus blieb ich stehen und klammerte mich am Geländer fest. Ein Gefühl keimte in mir auf, weniger ein Gedanke als ein physischer Impuls. Tief drinnen, irgendwo unter meinen Rippen, erwachte eine große, giftige Schlange, die rhythmisch mit ihrem Schwanz schlug.

Ich machte kehrt und ging zurück, fokussierte den Mann, der gerade über den menschenleeren Flur verschwand. Ich rannte ihm hinterher und schaffte es, seinen Arm zu packen, bevor er durch eine Tür verschwinden konnte. Er sah mich verblüfft an und versuchte, mir seinen Arm zu entreißen, aber ich hielt seinen Kittel fest. Dann stieß er einen Laut aus, aus dem nie ein richtiges Wort wurde.

»Hör mir zu«, fauchte ich. »Wenn du jemals irgendjemandem in dieser Stadt erzählst, dass wir zwei verwandt sind, bringe ich dich um. Und das Gleiche mache ich, solltest du jemals versuchen, mit mir Kontakt aufzunehmen. Komm mir nicht zu nahe!« Ich sah mich um, aber es war niemand da. »Und ich meine das so, wie ich es sage! Und glaub mir, ich weiß, wie man das anstellt, und ich hätte sogar *richtig* Lust dazu.«

Er sah mich kalt an, aber an der Farbe seines Gesichts erkannte ich, dass ich noch immer die alte Wirkung auf ihn hatte: Er hatte Angst vor mir, auch wenn er lieber sterben würde, als sich das einzugestehen.

»Du bist alt geworden«, sagte er nur. »Dabei warst du mal so schön.« Früher hatten wir uns verdammt ähnlich gesehen, zwei identische Kinder, hübsch, blond, wohlerzogen. Dann wurden wir älter und jeder auf seine Weise unausstehlich. Ich roch sein Aramis-Parfüm und seinen Angstschweiß. »Als ich das letzte Mal von dir gehört habe, hast du in Kopenhagen gearbeitet«, sagte er leise. »Wenn ich gewusst hätte, dass du hier bist, wäre ich niemals hierhergezogen.«

»Warum heißt du jetzt Sommer, und wofür steht dieses blöde T?«

»Ich habe den Namen meiner Frau angenommen. Sie fand Krause zu deutsch.«

Er log. Das konnte er gut. Hatte es sein ganzes Leben lang mit Bravour getan. Doch ich war eine Expertin für Lügner, und je besser seine Lügen geworden waren, desto besser war ich darin geworden, sie zu entlarven. Er log, ohne einen flackernden Blick oder eine höhere Stimmlage zu bekommen. Es war nicht so einfach zu erkennen, aber es geschah etwas mit seinen Augen, irgendwie verblassten sie für den Bruchteil einer Sekunde.

»Ich weiß alles über dich, Daniel, ich weiß all die Dinge, die andere Menschen nicht über dich erfahren dürfen«, sagte ich und bluffte nur zum Teil. Sein Mund öffnete und schloss sich, und die Farbe verschwand aus seinem Gesicht. »Und du weißt das.« Ich packte seine rechte Hand und zerrte sie vor sein Gesicht. Einen Moment lang starrten wir beide auf den Stumpf, der von seinem kleinen Finger noch übrig war, dann entriss er seine Hand aus meiner Umklammerung.

Ich drehte mich um und ging. Mein Ruf in dieser Stadt war ohnehin schon ramponiert. Man bezeichnete mich als hysterisch, melancholisch, unberechenbar, unverschämt, verschlossen, und es war nicht wenig darüber getuschelt worden, was *wirklich* im letzten Oktober in Freiburg geschehen war. Wie es möglich war, dass ein deutscher Kollege mich mit einer Waffe durch einen dunklen Wald getrieben hatte, nachdem er mich zuvor mit einem Skalpell bedroht und verletzt hatte. »Wie ist so etwas denn nur möglich?«, hatte der leitende Rechtsmediziner gefragt und mich dabei auf ziemlich eindeutige Weise von Kopf bis Fuß gemustert. Mit anderen Worten: Ich war durchaus dazu in der Lage, mir mein eigenes Leben zur Hölle zu machen, und brauchte niemanden, der mich so weit brachte, den Verstand zu verlieren. Daniel war einer der wenigen Menschen, denen es durch ihre bloße Existenz gelang, die Schrauben in meinem Hirn zu lockern. Das durfte nicht noch einmal passieren. Dann wäre ich am Ende.

4

Als ich wieder in meinem Büro war, kochte ich innerlich. Die Gedanken überfielen mich förmlich, sie beschossen mich von allen Seiten. Die blinde, tiefrote Wut, die ich für Daniel empfand, mischte sich mit der verwirrenden Begierde, die ich im Gespräch mit dem Mann im Rollstuhl gespürt hatte. Und das bei mir, die ich sonst wie eine Schlafwandlerin durch das Leben lief, mich nur auf meine Arbeit konzentrierte und alle anderen Gefühle am liebsten im Alkohol ertränkte. Ich saß da und drehte die Visitenkarte des Rollstuhlmannes mit kribbelnden Fingern hin und her, als Schweinebacke auftauchte und mir in der offenen Tür herumtänzelnd von einem sehr »lehrreichen Buch« zu erzählen begann, das er gerade las. Dr. Banner war neben mir der zweite stellvertretende Leiter am Institut, aber ich war seinen Spitznamen Schweinebacke so gewöhnt, dass ich mich sehr zusammenreißen musste, um seinen richtigen Namen nicht glatt zu vergessen. Schweinebacke hieß er übrigens, weil er als Ballistikexperte gerne auf betäubte Schweine schoss, um den Einfluss der Projektile auf das Gewebe zu studieren. Schließlich klingelte mein Telefon und Schweinebacke zog ab. Eine Frau von einer Filmgesellschaft wollte möglichst sofort wissen, wie eine Wirbelsäule aussah, wenn sie fünf Jahre lang unter der Erde gelegen hatte.

»Einen kleinen Moment, bitte«, sagte ich und stellte sie zu Schweinebacke durch, der im Nachbarzimmer saß. Mein Zustand plötzlicher Emotionalität hatte sich jedoch verflüchtigt, und ich wusste, dass mir von nun ab nur noch kalte Fakten weiterhalfen.

Ich wählte Großvaters Nummer und starrte auf die Fortbildungs- und Evaluierungspläne für die neue Spezialausbildung jüngerer Ärzte, um die ich mich schon lange hätte kümmern müssen und die ich nun wirklich angehen sollte. Irgendwann ging er endlich ans Telefon.

»Wusstest du«, begann ich, ohne mich zu melden, »dass Daniel jetzt in Odense lebt und arbeitet? Warum hast du mir das nicht gesagt?«

Er blieb lange still, und ich hörte nur den rasselnden Atem. Seine Raucherlunge war von Rødekro bis nach Odense zu hören.

»Ich habe seit 2008 oder 2009 nicht mehr mit Daniel gesprochen«, sagte er schließlich und blieb dann wieder eine ganze Weile stumm. »Als er mich das letzte Mal angerufen hat, dachte er darüber nach, wieder nach Hause zurückzukommen …«

»Nach Hause? Und wo war er da?«

»Irgendwo in den USA. Er hat damals von einer Stellung im Rigshospital gesprochen. Und dass seine Frau gerne wieder nach Dänemark zurück will. Sie haben ein kleines Mädchen bekommen.« Er seufzte hörbar.

»Du hast seit 2008 nichts mehr von ihm gehört?«, wiederholte ich langsam. »Warum nicht?«, fuhr ich fort, als Großvater schwieg. »Warum hast du nichts mehr von ihm gehört?«

»Weil er nur anruft, wenn er etwas braucht oder wissen will.«

»Und warum hat er dann beim letzten Mal angerufen? Was wollte er da?«

»Er wollte von mir wissen, ob du noch bei der Rechtsmedizin in Kopenhagen bist.«

»Das hätte er doch im Internet checken können, warum um alles in der Welt hat er dich so was gefragt?«

»Das weiß ich wirklich nicht, Maria.«

»Weißt du eigentlich, dass er seinen Namen geändert hat?«

»Nee, wie heißt er jetzt?«

»Er nennt sich Daniel T. Sommer. Angeblich der Name seiner Frau, weil sie Krause zu deutsch findet.«

»Tja«, sagte mein Großvater, der das augenscheinlich nicht sonderlich interessant fand.

»Menschen im Berufsleben wechseln nicht einfach ihre Namen, bloß weil ihre Frauen ein Problem mit Deutschland haben.«

»Nee, vermutlich nicht«, sagte ihr Großvater und bat irgendwen hereinzukommen.

»Na dann. Du kannst gerne anrufen, wenn dir noch was in den Sinn kommt. Es stinkt mir ganz schön, ihm in einer so kleinen Scheißstadt wie Odense jederzeit über den Weg laufen zu können.« Die Wut keimte wieder in mir auf.

Als ich aufgelegt hatte, dachte ich über die Sache mit dem Namenswechsel nach. Im Netz fand ich schnell einen Urologen mit Namen Daniel T. Sommer. In Austin, Texas. Und die Nummer seiner Praxis. Ich rief ihn an, aber dort war es mitten in der Nacht, sodass ich nur seinen Anrufbeantworter erreichte, der mir die Öffnungszeiten der Praxis nannte. Daniel T. Sommer praktizierte also noch immer in Austin, während er zur gleichen Zeit eine Chefarztposition im Krankenhaus von Odense innehatte. Wenn es denn stimmte.

Ich musste damit aufhören. Ich durfte mich nicht wieder von ihm nach unten ziehen lassen, sondern sollte ihn ein für alle Mal vergessen. Und zwar lieber jetzt als gleich. Aber die Wut brannte unter meiner Haut wie ein Schwarm Wespen, und die Vergangenheit überflutete mich wie eine Tsunamiwelle: Meine verstorbene Mutter saß quicklebendig mit ihrem Strickzeug vor mir. Sie blickte immer wieder auf und erzählte mir mit einem kleinen Lächeln, wie ich auf die Welt gekommen war. Rosarot und perfekt war ich mit einem kurzen Schrei aus ihr herausgeschlüpft, direkt in die Arme der Hebamme. Der Sturm in ihrer Gebärmutter war derweil mit zunehmenden Schmerzen weitergegangen, bis sie meinen Zwillingsbruder zwanzig Minuten später aus sich herausgepresst hatte, faltig wie ein alter Apfel und verschmiert von seinem eigenen dunkelgrünen Stresskot. Der Aufruhr war groß gewesen und hatte sie voll und ganz gefangen genommen. Als er einige Tage später, schwächlich wie er war, auch noch Gelbsucht bekam und tagelang in die Lichttherapie musste, hatte meine Mutter nur noch Kraft für ihn. Sie stillte und wickelte mich zwar, aber mit ihrem Herzen war sie ganz bei meinem armen, kranken Bruder, dessen verschissene Geburt das denkbar beste Abbild seiner Persönlichkeit war. Seine ersten Tage waren der passende Ausgangspunkt für sein lebenslanges symbiotisches Verhältnis zu unserer beständig verängstigten Mutter. Seit wir das Krankenhaus verlassen hatten, war und blieb er ihr Fixpunkt und hatte sich schon damals den Spitznamen »armer Daniel« gesichert.

Der arme Daniel stand wirklich immer im Mittelpunkt, gut behütet von allen. Es gab nichts, was diesem Jungen nicht schadete: Er reagierte allergisch auf Geschirrspülen, also durfte er mir stattdessen etwas auf dem Klavier vorspielen, denn logischerweise musste ich das Spülen übernehmen. Schließlich wurden meine Hände nicht blau, blass und zittrig, wenn ich sie in heißes Wasser tauchte, um Teller und Tassen, Töpfe und Pfannen einer vierköpfigen Familie von Schmier- und Soßenresten zu befreien, um sie wieder sauber im Schrank verstauen zu können. Daniels feine, lange Finger hingegen drohten beinahe abzufallen, als er mit neun Jahren zum ersten Mal den Versuch unternommen hatte, sich nützlich zu machen. Kaum dass er die Temperatur des Spülwassers getestet und seine verunstalteten Finger angesehen hatte, rannte er schreiend zu Mutter ins Wohnzimmer, um ihr seine zitternden, klatschnassen und für immer gezeichneten Hände zu zeigen, nachdem sie ihn zum ersten Mal im Leben gebeten hatte, den Abwasch zu übernehmen. Dass das ein Ding der Unmöglichkeit war, war jetzt für alle offensichtlich. Stattdessen huschten seine zarten Finger über die Tasten des schwarzen Steinway, den er als Achtjähriger zum Geburtstag bekommen hatte. Das Resultat waren wenig perfekte Versionen zahlloser Klaviersonaten von Beethoven, Chopin oder Mozart, sodass ich beim Spülen immerhin gut unterhalten wurde. Sein musikalisches Gespür erinnerte an die Sensibilität eines LKW-Fahrers, was außer mir aber nie jemand laut auszusprechen wagte.

Auch den Rasen mähen konnte er nicht. Mit acht Jahren war er einmal gebeten worden, diese Aufgabe zu übernehmen, aber das Vibrieren hatte ihn so erschreckt, dass er laut aufgeschrien und die Handgriffe losgelassen hatte, sodass das Ungetüm frohen Mutes allein weitergefahren war und einen Rhododendron verstümmelt hatte. Der arme Daniel begann danach schrecklich zu niesen, und mein Vater, ein Oberarzt für Magen-Darm-Krankheiten, schloss daraus sogleich, dass Daniel an einer Grasallergie litt und fortan keine Gartenarbeit mehr machen dürfe. Ich würde nie vergessen, wie ich an einem stickig heißen Sommertag das Gras mähen sollte, während sich Daniel vollkommen unbeeindruckt von seiner ach so schlimmen Allergie neben mir auf dem Rasen sonnte und noch nicht mal Platz machen wollte. Was ich auch nicht vergessen würde, war der Blick, den er mir zuwarf, als ich mit dem Rasenmäher brav einen Bogen fuhr, obwohl ich eigentlich größere Lust hatte, über ihn hinwegzubrummen und seinen Körper in zweitausendsechshundertneunundachtzig blutige Streifen zu verwandeln. Sein Blick sagte nämlich: »Armes Schwesterchen, wie kann man nur so blöd sein?«

»Wir finden schon noch eine andere Aufgabe für dich, Schatz«, sagte Mutter nach der Episode mit dem wild gewordenen Rasenmäher und brachte das so ungerecht behandelte

Kind in die Küche, wo es einen Keks mit Butter bekam. Weiß Gott, wie oft ich meine Mutter diese Worte habe sagen hören: *Ach, mein kleiner Schatz, wir finden schon noch eine andere Aufgabe für dich.* Dem war natürlich nicht so. Sie fanden keine Aufgabe für ihn, denn auch beim Staubsaugen oder Staubwischen begann er herzzerreißend zu niesen, woraus mein Vater eine Stauballergie ableitete. Sollte er sein Zimmer aufräumen, bekam er so heftige Rückenschmerzen, dass meine Eltern ihn immer weinend auf seine von dreckigen Socken übersäte Kommode gestützt vorfanden. Meine Mutter rannte dann mit ihm von einem Chiropraktiker zum nächsten, doch alle konnten nur ihre Verwunderung über seine überaus gesunde Wirbelsäule zum Ausdruck bringen.

Und so weiter und so fort. *Armer Daniel. Zu zart für diese Welt*, wie meine Mutter das immer ausdrückte, während ihr besorgter Blick in weite Ferne schweifte. Er wollte übrigens auch nicht essen und musste deshalb mit kleinen, mundgerechten Portionen gefüttert werden, die er aber natürlich immer wieder ausspuckte, damit er sich auch weiterhin durch diese anorektische Reaktion ihrer Aufmerksamkeit sicher sein konnte.

Daniel wuchs in dem starken Glauben an die Institution Familie auf, in der jeder ihm nur Gutes wollte, während ich selbst mich lediglich in Gesellschaft von unglaublich dummen Menschen wähnte, meinen Großvater in Rødekro einmal ausgenommen. Großvater war neben mir der Einzige, der wortlos dem immer gleichen Theaterstück *Der arme Daniel und die harte Welt* beiwohnte und mir vielsagende Blicke zuwarf, wenn niemand es sah. Jeden Sommer verbrachte ich bei Großvater und seinen Schweinen, denn das war harte, einfache Arbeit mit simplen Tieren. Sie mussten bloß gefüttert und versorgt werden, und sie zeigten einem ihre Dankbarkeit. Für Daniel war das nichts, er wollte seine Ferien nicht auf einer Schweinefarm verbringen, sodass ich Großvater für mich allein hatte. Großvater, die Schweine, das deutsche Fernsehen und ein paar Butterbrote mit richtig dicker Wurst.

Trotzdem war Daniel eifersüchtig auf mich. Dabei hatte er alles: Die Liebe unserer Eltern, die vollkommen ungerechte Sonderbehandlung und alle möglichen materiellen Dinge, er brauchte bloß auf etwas zu zeigen und bekam es.

»Arschloch« hatte er einmal mit der linken Hand auf ein Stück Pappe geschrieben, damit niemand seine Schrift erkannte, und es mir auf das Kopfkissen gelegt. Ein anderes Mal schrieb er »Doofe Tussi« auf die Rückseite eines alten Rezepts und steckte es mir in mein Federmäppchen. Irgendwann später war sein Lieblingsausdruck »Lahme Krücke«. Ich hörte schnell damit auf, seine Beleidigungen meinen Eltern zu zeigen, denn auf so eine Idee würde der *arme Daniel* doch niemals kommen. Außerdem war das ja ganz offensichtlich nicht seine Handschrift. Bestimmt hatte ich es mir in der Schule nur mit jemandem verscherzt, oder ich hatte es selber geschrieben, um Aufmerksamkeit zu bekommen.

»Was ist das nur für ein Teufel, der dich antreibt?«, hatte meine Mutter mich einmal gefragt.

Kein Teufel, dachte ich, nur du und dein Mann.

Als Daniel in die Pubertät kam, eskalierte die Situation völlig. Aus den einzelnen Worten wurden ganze Sätze oder Briefe, geschrieben auf den Schreibmaschinen der Eltern seiner Freunde. Er schickte sie mir anonym, mal frankiert mit der Post, mal steckte er sie einfach so in den Briefkasten. Ich las sie und legte sie ihm auf den Schreibtisch, sagte aber weder ihm noch meinen Eltern je etwas davon.

Ich wusste nicht, was ich ihm getan hatte. Davon abgesehen natürlich, dass ich ihm den Mythos vom *armen Daniel* nie abgekauft hatte.

Irgendwann hatte er eine Freundin, genauer gesagt eine nach der anderen, schließlich war er hübsch. Seine Auserwählten waren meinen Eltern jedoch nie gut genug, und manch ein Abendessen wurde mit langwierigen Diskussionen verbracht, warum sie nichts taugten und wie er sich auf die für ihn angenehmste Art von ihnen trennen konnte. Diese Trennungen waren für die Mädchen immer erniedrigend und schmutzig, und es war jedes Mal meine Mutter, die sich neue Varianten ausdachte, um diese dummen Dinger dafür zu bestrafen, dass sie den *armen Daniel* mit ihrer Anwesenheit und ihrer Spucke besudelt hatten. Doch egal, wie viele Weiber er aufriss und wieder abservierte, es blieb ihm immer genug Zeit, mich mit Grobheiten oder anderen Dingen zu demütigen.

Ich hatte Unmengen über Zwillinge und ihre besondere, geheimnisvolle Beziehung gelesen und wünschte mir von ganzem Herzen, so einen Zwilling zu haben. Was ich jedoch hatte, war nichts, keine Eltern, die sich für mich einsetzten, wie sie es tagaus, tagein für meinen Bruder taten.

Meine Mutter starb, als ich achtundzwanzig war, und mein Vater folgte ihr zwei Jahre später. Weder der eine noch der andere Verlust ging mir sonderlich nah. Ich hatte sie nie wie Vater und Mutter empfunden, sondern nur wie die Menschen, die unglücklicherweise mit mir in einem Haus wohnten, als ich ein Kind war.

Als meine Mutter starb, hatte ich sie und Vater seit zehn Jahren nicht gesehen, und aufgrund dieses Versäumnisses wurde es mir untersagt, mich an der Planung der Beerdigung zu beteiligen, was mir im Grunde aber nur recht war. Ich glaubte zu wissen, dass man dem Pastor für die Ausarbeitung der Trauerrede all die schönen und guten Erlebnisse mitteilte, die man mit einem Verstorbenen gehabt hatte, und was das anging, hatte ich nicht viel beizutragen. Mein Bruder, der mir zu diesem

Zeitpunkt schon seit Jahren zahllose Hass-E-Mails geschickt hatte, widmete mir zu diesem Anlass nur Minuten nach Mutters Tod ein ganz besonderes Epos: Dass sie nun tot war, dass er im letzten Moment ihre Hand gehalten hatte und dass ich mich von der Beerdigung fernhalten solle – das sei Vaters und sein Wunsch.

Ich ging in Begleitung von Großvater natürlich trotzdem hin und trank anschließend auch ein Glas Bier auf ihr Wohl. Tags darauf erhielt ich erneut eine E-Mail von Daniel. Er schrieb, ich hätte mich auf der Beerdigung meiner Mutter wie eine Nutte aufgeführt, immer wieder gegrinst und Großvater etwas zugeflüstert. Ich weiß nicht, ob Nutte das richtige Wort war, aber ansonsten stimmte das schon. Ich hatte gelächelt, geflüstert und meinen Großvater darauf aufmerksam gemacht, wie meine damalige Schwägerin – ich glaube, das war Daniels zweite Frau – auf zwölf Zentimeter hohen Absätzen am Arm des Simulanten in die Kirche gestolpert war und darauf bestanden hatte, sich erst einmal lautstark die Nase zu putzen. Ich war überzeugt, dass sie damit der ganzen Kirche zeigen wollte, wie sehr sie um ihre Schwiegermutter trauerte, dabei sah ich ihrer roten Nase genau an, dass sie in Wahrheit bloß schrecklich erkältet war. Es war schlichtweg undenkbar, dass eine von Daniels wasserstoffgebleichten, nuttigen Frauen wirklich etwas bei Mutters Tod empfand, schließlich hatte die nie einen Hehl daraus gemacht, wie sehr ihr Daniels Auserwählte und sein ganzer Frauengeschmack missfielen.

Als mein Vater zwei Jahre später starb, hatte ich ihn, abgesehen von der kurzen Begegnung bei Mutters Beerdigung, zwölf Jahre nicht gesehen. Ich erfuhr von seinem Tod durch eine ebenso knappe wie widerliche E-Mail von Daniel: »BLEIB BLOSS VON VATERS BEERDIGUNG WEG« – wobei er mir zuvor in deutlich längeren Briefen immer wieder meine

Mängel und Fehler mitgeteilt hatte. Nach dieser Mail dachte ich, gut, was soll's, bleibe ich eben weg.

»Vater ist aus Trauer über deinen totalen Verrat gestorben. Wenn ich du wäre, würde die Schuld mich derart zu Boden drücken, dass ich die Hilfe eines Psychologen bräuchte«, schrieb Daniel in seiner nächsten E-Mail. Tja, dachte ich, kann gut sein, dass ich einen Psychologen brauche, aber nicht wegen irgendwelcher Schuldgefühle. Auch in den Jahren danach kamen immer wieder Nachrichten von Daniel, die ich unbeantwortet ließ, bis sie schließlich ausblieben. Später vergaß ich meinen Bruder dann sogar. Großvater und ich redeten nie über ihn – es war sicher fünfzehn Jahre her, dass sein Name bei einem unserer Gespräche erwähnt worden war. Die Neuigkeit, dass er jetzt hier in der Stadt wohnte und in der Urologie arbeitete, war deshalb in jeder Hinsicht haarsträubend. Zum Gott weiß wievielten Mal dachte ich, dass wir viel zu viel gemeinsame DNA hatten. Wie passend es war, dass ein Mann, der von seiner eigenen grünen Scheiße verschmiert auf die Welt gekommen war, eine Karriere verfolgte, die sich – vorsichtig ausgedrückt – einem anderen menschlichen Abfallstoff widmete, ging mir erst jetzt auf.

Plötzlich überwältigt von dem Drang, umsorgt und verwöhnt zu werden, holte ich wieder die Visitenkarte des Mannes im Rollstuhl hervor. In seiner friedlichen Ruhe erinnerte er fast an eine Art Buddha, und Ruhe konnte ich jetzt wirklich gebrauchen. Der Mann hieß Claus Søndergaard und wohnte auf der Langelinie im Zentrum Odenses. Wohnten da nicht die wirklich Reichen, während sich all die Emporkömmlinge und Ärzte mit dem ach so netten Hunderupvej begnügen mussten? Offensichtlich hatte ich dieses tote Nest namens Odense schon komplett schubladisiert, blieb nur die Frage, was ich eigentlich gegen Ärzte hatte.

Ich tippte den Namen in das Google-Suchfeld und versicherte mich durch die Bildsuche, dass ich es auch mit dem richtigen Claus Søndergaard zu tun hatte, denn natürlich gab es mehrere Männer dieses Namens. Anscheinend war er früher einmal der Polizeichef von Kolding gewesen und wohnte – wie ich dank Google Earth herausfand – in einem Haus, das viel zu groß für einen früheren Polizeibeamten war. Da ich schon immer eine Schwäche für Ungereimtheiten gehabt hatte, gewann er dadurch meine volle Aufmerksamkeit. Wieder drehte ich seine Visitenkarte in meiner Hand hin und her, ja ich roch sogar an dem Papier. Die Karte war schlicht, sah aber teuer aus. Was war nur mit mir los? Ich spürte ein vertrautes Kribbeln im Körper, und das, obwohl ich an einen Gelähmten dachte, der bloß ein interessantes Gesicht hatte. Einfach zu erklären war das ganz und gar nicht. Was stellte ich mir vor? Einen Sexgott auf Rädern? Buddha im Rollstuhl? Ich steckte die Karte in mein Portemonnaie und versuchte, die Gedanken an ihn zu verdrängen. Dann holte ich sie wieder heraus und rief ihn an.

»Hallo. Sie wissen nicht mal, wie ich heiße, und das ist an sich schon merkwürdig, aber wir haben uns neulich in der Urologie getroffen.« Ich machte eine Pause, bildete mir ein, ihn lächeln zu hören, und redete weiter. »Und jetzt interessiert mich, was Sie sich gedacht haben, als Sie mir Ihre Karte gegeben haben.«

Als ich den Hörer auflegte, hatte ich eine Einladung zu Fingerfood in der Langelinie bei einem früheren Polizeichef erhalten, der ebenso lahm wie unverwüstlich zu sein schien.

»Aber Achtung!«, hatte er gesagt. »Ich bin etwas für Fortgeschrittene.«

Mit so etwas machte man einer Frau wie mir keine Angst, weshalb ich provokant fragte: »Und was können Sie? Küssen?«

»Das kriege ich noch hin, ja.«

Nach dem Gespräch dachte ich darüber nach, ob sich außer dem Menschen wohl noch andere Tierarten küssten, und wenn ja, warum. Mir fiel aber keine ein. Unweigerlich musste ich dann an das eine Mal denken, als Daniel mich auf die Wange geküsst hatte. Er hatte seine dicken, weichen Lippen sanft auf meine Haut gedrückt, und ich war entsetzt zusammengezuckt. Vermutlich hatte ich damit gerechnet, dass er mir ein Stück meiner Haut wegsaugte, sodass ich wie ein Schwein blutete. Später fragte mich Mutter, was denn los gewesen sei, und ich erzählte ihr alles. Daniel leugnete es, und sie glaubte ihm natürlich und warf mir boshafte Lügen vor, ohne sich wirklich für die Wahrheit zu interessieren. Daniel bestand auch darauf, nichts von dem zerbrochenen Glas zu wissen, das ich eines Morgens in meinem Haferbrei fand. Als ich ihn einmal dabei erwischte, wie er drei 1,5-Liter-Flaschen Chlorin in mein Badewasser kippte – ganze drei Flaschen –, sagte er unserer Mutter, dass er nur die vergilbte Wanne hatte putzen wollen. Dieses Bad hätte mein Ende sein können. Nun gut, ich selbst war auch kein Engel. Jedenfalls nicht in der letzten Nacht, die ich in meinem Elternhaus verbrachte.

Ich hatte stocksteif in meinem Bett gelegen, alle Kleider angelassen und gewartet, während ich immer wieder auf die Uhr sah: 01.45 Uhr. Ich wartete, bis ich mir sicher war, dass wirklich alle schliefen. Meine zwei Koffer waren fertig gepackt, nur noch eine Sache war zu tun. Der blasse Junimond warf sein fahles Licht durch die dünne, weiße Gardine auf mein Abiturzeugnis, das ich einpacken musste. Meine Noten waren besser als seine, ich konnte direkt mit dem Medizinstudium anfangen, während er ein Jahr warten musste, um aufgenommen zu werden. Sie hatten ihn getröstet, waren zu ihm geeilt und hatten ihn gestützt. Dass er aber auch immer so ein Pech haben musste … Das war wirklich nicht gerecht. Er sei doch gut und müsse nur an sich glauben! Sie nickten ihm aufmunternd zu, während ich etwas abseits unter dem Sonnenschirm im Garten stand und irgendwann mein Glas fallen ließ.

Meine Finger tasteten nach der Rosenschere, die unter dem Bett lag. Schließlich ergriff ich sie, stand aus dem Bett auf, nahm mir die Klebebandrolle vom Schreibtisch und trat auf den Flur. Dank der großflächigen Fenster war es im Sommer auf unserem Flur nie ganz dunkel. Das erste Zimmer war das meiner Eltern. Vorsichtig lauschte ich an der Tür. Nichts. Ich sah durch das Schlüsselloch hinein, konnte aber kein Licht erkennen. Dann ging ich vorbei am Gästezimmer bis zum Ende des Flurs. Dort legte ich erneut das Ohr an die Tür: auch nichts. Ich sah durch das Schlüsselloch. Finsternis. Vorsichtig öffnete ich die Tür von Daniels Zimmer und schloss sie ebenso leise wieder hinter mir. Stand im Dunkeln, blickte durch die geöffnete Balkontür und spürte mein Herz klopfen. Ich konnte ihn riechen. Der Schweiß achtzehnjähriger Jungs roch stark nach Hormonen. Ich spürte ein Vibrieren in meinem Kopf, eine Empfindung, die eine solche Wut freisetzte, die gar nicht zu mir passte, oder besser, die nicht zu mir gepasst hätte, wäre ich nicht in diesem Haus mit seinen vier Schlafzimmern aufgewachsen: drei mit kleinen Balkonen, eines ohne – meines.

Ich riss mit den Zähnen ein langes Stück Tape ab, schlich mich zu dem Bett und lauschte seinem ruhigen Atem. Mir fielen die vollen Lippen meines ach so hübschen Bruders auf. Ohne ihn dabei zu wecken, klebte ich ihm das Tape über den Mund und sicherte es. Er rührte sich noch immer nicht. Ich wusste, dass er fest schlief, schließlich war er in der Früh kaum wach zu bekommen. Wenn ich ihn wecken sollte, war das immer eine kleine Genugtuung gewesen, ich konnte ihn unter der Nase kitzeln oder am Ohr ziehen – ohne jede Reaktion, wie jetzt. Ich zog seine rechte Hand unter der Decke hervor und schob den kleinen Finger bis fast zum Handrücken zwischen die Klingen der Rosenschere. Dann drückte ich zu, bis er aufwachte. Presste die Schere so fest auf seinen Finger, dass er ihn nicht wegziehen konnte. Er wachte mit wundervoll leidendem Stöhnen auf, strampelte und versuchte, sich hinzusetzen, aber ich stieß ihn zurück, während er unter dem Tape grunzte. Er versuchte nicht einmal, seinen Finger wegzuziehen, sondern lag einfach da und wartete darauf, dass Mutter mit Keksen in den Raum stürmen und ihn mit ihrem üblichen besorgten Wortschwall befreien würde.

»Wenn du auch nur ein Wort sagst«, begann ich mit normaler Stimme – ich wusste ja, dass die beiden Menschen am anderen Ende des Flurs zu weit weg waren und dass mehrere Wände zwischen uns lagen –, »begnüge ich mich nicht bloß mit dem kleinen Finger. Dann wachst du eines Nachts ganz ohne Finger auf und kannst deine Arztkarriere vergessen. Und deinen Flittchen in den Hintern kneifen kannst du dann auch nie wieder. Eigentlich kannst du dann alles vergessen, was Spaß macht.« Er verstummte hinter dem Tape, und ich konnte mir das Lachen nicht mehr verkneifen. »So meinte ich das nicht, ich meinte – hinterher ... Wenn du petzt, wenn du auch nur einer Seele sagst, dass ich dir deinen Finger abgeschnitten habe, hacke ich dir irgendwann alle Finger ab. An beiden Händen. Mir egal, was du denen für Geschichten auftischst.« Ich drückte mit der Schere etwas fester zu. »Denk dir was aus, vielleicht hast du dich rausgeschlichen und bist in schlechte Gesellschaft geraten, was weiß ich?« Dann nutzte ich alle Muskeln in meinem Arm, um seinen rechten kleinen Finger abzutrennen. Aus seinem Bauch erklang ein langgezogenes, schmerzerfülltes Stöhnen. Ich ging hinüber zur Tür und schaltete das Licht ein. Er saß über seine Hand gebeugt da, die Bettdecke sog sich mit Blut voll. Ich gab ihm einen Lappen, den ich für diesen Zweck mitgebracht hatte. Er warf mir den flehendsten Blick zu, den ich jemals gesehen hatte. Was? Was wollte er von mir? Der Finger war doch bereits ab und lag wie ein Scherzartikel auf seiner Bettdecke. Ich ging zum Bett, nahm ihn und steckte ihn in meine Tasche.

»Ich würde dir raten, nicht in Kopenhagen Medizin zu studieren, da bin ich nämlich. Geh an eine andere Uni, wenn du überhaupt einen Studienplatz bekommst. Bleib weg von mir!« Und das tat er. Er hielt sich auf Distanz. Zehn Jahre später sah ich ihn bei der Beerdigung unserer Mutter, und jetzt, weitere zwanzig Jahre später in Odense.

Die Alarmfunktion meines Handys meldete sich. Vorlesung in fünf Minuten. Ich sammelte meine Notizen zusammen und stand auf.

5

Ich wollte ihm nah sein. Wollte etwas von der Ruhe spüren, die in ihm wohnte und von der ich hoffte, dass sie auf mich abfärbte. Wollte von ihm begehrt werden. Diesen Wunsch hatte er selbst geweckt, ohne dass ich wusste, warum. Bereits bei unserer ersten Begegnung hatte ich seinen begehrlichen Blick gespürt, und ich hatte Gefallen daran gefunden. Ich trug mein rotes Kleid. Mein rotes Kleid war mein Sex-Kleid. Wonderbra und Schuhe mit acht Zentimeter hohen Absätzen, das ganze Outfit schrie förmlich nach Sex. Und genau das wollte ich. Ich war wirklich nicht bei Sinnen.

»Sie sind sehr, sehr hübsch, aber das wusste ich ja schon, und Ihre Beine …, die sind wirklich fantastisch«, sagte er, nachdem seine Haushaltshilfe Else, eine verhärmte Frau Mitte vierzig, mir die Tür geöffnet hatte. Es war ein ungemein peinlicher Augenblick, der nur noch peinlicher wurde, als er mich mit meinem knielangen Mantel in der Tür stehen ließ, um mich eine gefühlte Ewigkeit zu betrachten. Nicht nur er, auch seine Haushaltshilfe glotzte mich an, als wäre ich irgendeinem Raritätenkabinett entsprungen. Irgendwann setzte er dann endlich mit dem Rollstuhl zurück und ließ mich hereinkommen.

Ich folgte ihm durch die große Eingangshalle, unter deren Decke ein Kronleuchter hing, über einen langen Flur bis in das Wohnzimmer. Es war vollkommen still in diesem Haus, nur das leise Rollen der Räder und das spitze, harte Klacken meiner Schuhe waren zu hören. Keine Teppiche. Alte Meister in goldenen Rahmen und eine B&O-Stereoanlage aus dem letzten Jahrzehnt. Designermöbel, der Geruch nach Geld und fremden Reinigungsmitteln. Das alles war so weit von mir weg, eine ganz andere Welt, und doch auch irgendwie vertraut, ja intim. Ich hörte mein Blut in meinen Ohren rauschen.

Er bat mich, auf dem eleganten Chesterfield-Sofa Platz zu nehmen, und steuerte dann seinen Stuhl neben mich. Trotzdem fühlte es sich an, als säßen wir in einem Schlosssaal an einem langen Tisch, kilometerweit voneinander entfernt. Er sei gerade aus Italien zurückgekommen, sagte er, als er meinen Blick auf das große Weinregal bemerkte, das sich unter dem Gewicht zahlloser Amarone-Flaschen bog. »Ich bin sonst eigentlich kein großer Weintrinker«, sagte er, als seine Haushälterin eine Flasche entkorkte und sie neben dem anderen Italienimport – Oliven, Salami und Mozzarella – auf den Couchtisch stellte.

»Mir ist ziemlich egal, wie das Zeug schmeckt«, antwortete ich wahrheitsgemäß. »Medizin schmeckt selten richtig gut.«

Er lächelte, und ich wusste, dass er mich verstanden hatte. Im Gegensatz zu mir hatte er sicher eine feine Zunge und kannte sich mit den Vorzügen des Lebens aus. Wie die meisten anderen Menschen.

»Wie ist das passiert?«, fragte ich ohne weitere Umschweife und deutete auf den Rollstuhl. Er war schließlich kein Mann, der um den heißen Brei herumredete.

»Wir waren in den Ferien in New York und wollten ein paar Freunde in Buffalo besuchen. Ich hatte mir am JFK ein Auto geliehen. Mein elfjähriger Sohn saß neben mir auf dem Beifahrersitz. Er verstand sich gut aufs Kartenlesen. Meine Frau und meine Tochter saßen hinten. Ich erinnere mich nicht mehr daran, was passiert ist, aber plötzlich lag ich auf dem Asphalt und konnte meinen Körper nicht mehr spüren. Alles, was ich hörte, war das Geschrei meiner Frau, weil unser Sohn Jonas tot war. Ich lag nur da und hoffte, bald bei ihm zu sein.«

Natürlich bereute ich es sofort, gefragt zu haben, hörte mich aber trotzdem sagen:

»Ihre Frau? Wo ist sie jetzt?«

»Ich habe sie irgendwann rausgeschmissen. Sie trank und verhielt sich nur noch widerlich. Sie war vom frühen Morgen an betrunken und beklagte sich den ganzen Tag nur, dass ich ihr Leben zerstört hätte. Ich vermisse sie schrecklich. Also die Frau, die sie vorher war, vor dem Unfall, vor dem Tag, an dem ich ihr Leben zerstört habe.«

»Und Ihre Tochter?« Lass wenigstens mit dieser Tochter alles in Ordnung sein, dachte ich, sonst müsste mein steinhartes Herz womöglich zerbersten.

»Ihr geht es gut. Sie studiert Tiermedizin.« Er lächelte mit seinem großen, markanten Mund und war wieder der überirdische Buddha, den ich zu treffen gehofft hatte.

»An was erinnern Sie sich?«

»An den Unfall selbst überhaupt nicht. Da sind nur Bruchstücke. Das Schreien meiner Frau. Der ganze Aufruhr, mich in Seitenlage zu bugsieren und vom Unfallort wegzuschaffen. Eine lange, dunkle Zeit ohne jede Erinnerung, nur das Gefühl eines unendlichen Verlustes. Als ich im Krankenhaus lag, hielten sie mich wirklich für hinüber, sie dachten, dass ich nichts mitbekäme. Ich wurde beatmet, und die Ärzte standen um mich herum und debattierten darüber, ob sie die Herz-Lungen-Maschine ausschalten sollten. Ich habe jedes Wort gehört, konnte aber nichts sagen.« Er sah weg.

»Der menschliche Geist hat die seltsame Fähigkeit, meist nur all das Schreckliche, was man erlebt hat, zu speichern. Ich habe mir anschließend wirklich Mühe gegeben, mich ausschließlich auf die guten Erlebnisse zu konzentrieren.«

Ich versuchte mit aller Macht, mich an etwas Gutes zu erinnern, während er weiter von seiner früheren Frau und seinen Kindern erzählte.

Wieder hatte ich das Gefühl, kein normales Leben gelebt

zu haben, und das nagende Gefühl der Sehnsucht und die altbekannte Einsamkeit meldeten sich.

Ich fand es nicht komisch, ihn füttern zu müssen, denn schließlich bedeutete »Fingerfood« ja eigentlich nichts anderes. Wie sollte es sonst gehen? Seine Hände, die kundige Ärzte vor zehn Jahren Abend für Abend eingewickelt hatten, bis aus ihnen irgendwann für immer geballte Fäuste geworden waren, lagen bläulich und welk auf seinem Schoß. Nachdem eine Krankenschwester Nadeln in seine Hände gestochen hatte, um zu überprüfen, ob es nicht doch noch aktive Nerven gab, dies aber nicht der Fall war, hatte die Schwester ihn einfach als Tetraplegiker eingestuft und aufgegeben. Er hatte Lähmungen in der unteren Körperhälfte und in den Händen. Das Einwickeln der Hände sei die praktischste Maßnahme, hatten die Ärzte gesagt. Ich stellte sein Weinglas auf seine geschlossene Hand und hielt es fest, während er das Glas selbst zum Mund führte. Er behauptete von sich selbst, früher recht trinkfest gewesen zu sein, was in Anbetracht des Aufwandes, den man für einen einzigen Schluck leisten musste, kaum vorstellbar war. Andererseits war absolut nachvollziehbar, dass man mit einer solchen Lähmung zum Alkohol griff. Lag es nicht in der Natur der Sache, dass alle mit einer Behinderung, alle, die vom Leben enttäuscht wurden, zu Alkohol neigten?

»Ich habe meine Tochter verloren«, hörte ich mich plötzlich selbst sagen. Eine besorgte Falte erhob sich zwischen seinen Brauen. »Sie wurde im letzten Sommer von zwei Psychopathen getötet. Am dreizehnten Juli. Ich wurde mitten in der Nacht zum Tatort gerufen, und als ich kam, lag sie einfach da.« Ich sah zu ihm auf. Ich musste das jetzt einfach loswerden, ihm alles erzählen: »Niemand hier weiß, dass ich eine Tochter hatte, sie war neunzehn. Sie dürfen das niemandem sagen, denn wir dürfen keinen Fall übernehmen, bei dem Familienmitglieder betroffen sind, das heißt, wir dürfen schon, nur dürfen wir diese Personen nicht für tot erklären. Ich habe das aber trotzdem getan. Und alle angelogen. Ich habe sie sogar selbst obduziert ...«

»Sie sind Rechtsmedizinerin?« Er sah total überrascht aus.

»Na ja, woher sollten Sie das auch wissen. Ja, ich bin sogar stellvertretende Leiterin des Instituts für Rechtsmedizin.«

»Also wirklich, so sehen Sie gar nicht aus.«

»Wie sieht denn eine leitende Rechtsmedizinerin aus?«

»Na, nicht wie eine kleine, schlanke, feminine Frau in einem roten Kleid, das ist schon mal klar.«

»Diese kleine, schlanke, feminine Frau ist ziemlich stark«, sagte ich und erklärte ihm, dass ich selbst die Leichen öffnete, obwohl die meisten meiner Kollegen dies von den rechtsmedizinischen Technikern machen ließen. Auf meine Armmuskeln war ich richtig stolz.

»Entschuldigen Sie, reden Sie weiter«, bat er.

»Einer ihrer Mörder brachte schließlich den anderen um und floh ins Ausland. Als die Ermittlungen ins Stocken gerieten, wäre ich fast wahnsinnig geworden – sie war ermordet worden, für immer verschwunden, sodass die Gewissheit, dass der Täter noch immer irgendwo dort draußen herumrannte, unerträglich war. Irgendwann fand ich heraus, dass er sich in Deutschland aufhielt, in Freiburg. Ich fuhr dort hinunter, um ihn eigenhändig umzubringen – aber das hat dann ein anderer für mich erledigt. Ich konnte den Gedanken, dass er quicklebendig herumlief, einfach nicht ertragen.«

»Und Sie sind nicht auf die Idee gekommen, der Polizei zu erzählen, wer es ist und wo er sich aufhält?«

Ich schüttelte den Kopf. »Den Gedanken hatte ich schon, aber irgendwie war es da bereits zu spät. Außerdem habe ich immer wieder an all die Mörder gedacht, die lebenslänglich bekommen und dann trotzdem bald wieder draußen sind. Lebenslänglich bedeutet hier in unserem Land doch nicht viel. Unser merkwürdiges Rechtssystem bevorteilt doch immer den Täter auf Kosten des Opfers, und dieses Risiko wollte ich nicht eingehen. Aber um ehrlich zu sein – so schrecklich viel habe ich wohl überhaupt nicht nachgedacht.«

Als ich eine Flasche Amarone später nach Hause ging, hatte ich nicht einmal einen Kuss bekommen, doch das machte nichts. Ich war irgendwie erleichtert. Jemand hatte mir zugehört. Ein warmes, friedvolles, fast glückliches Gefühl erfüllte mein Inneres. Es machte auch nichts, dass ich ihn eigentlich angelogen und gesagt hatte, meine Tochter sei ermordet worden, schließlich hatte ich das ja so empfunden. Dass sie die Tochter einer anderen Frau war und meine eigene nur in einer viel zu realen Fantasie in meinem seltsamen Kopf existierte, machte eigentlich keinen Unterschied. Meine neunzehn Jahre alte Fantasie, meine Tochter namens Emilie, starb gemeinsam mit einem real existierenden, höchst lebendigen neunzehnjährigen Mädchens gleichen Namens. Alles, was mir blieb, war das höchst reale Gefühl, eine Tochter gehabt zu haben, die ich jetzt nicht mehr hatte. Manchmal bildete ich mir ein, sie sehen oder spüren zu können, doch wenn ich meine Hand nach ihr ausstreckte, war sie fort. Das Gefühl der Einsamkeit hätte nicht erdrückender sein können.

6

Mein iPod spielte gerade *Send me an angel to love*, als der Leiter der Rechtsmedizin mit einem angedeuteten Klopfen durch meine geöffnete Tür trat.

Mein Büro war groß. Und braun. Bestimmt das größte und braunste Büro, das ich jemals gehabt hatte. Mein Schreibtisch stand an der Wand, sodass sich jeder von hinten an mich heranschleichen konnte, wenn ich Musik hörte. Als der Chef gegen neun Uhr in mein Zimmer kam, war ich gerade aus den Gedanken an meinen Abend mit dem Rollstuhlfahrer aufgewacht und starrte auf Andy Warhols Suppendose an der Wand neben der Tür. Ich zog die Ohrstöpsel heraus und warf Madsen einen einladenden Blick zu, da ich in Gedanken noch bei meinem Mann im Rollstuhl war. Wenn er das nur nicht missverstand.

Anscheinend nicht. Er schloss die Tür leise hinter sich, was in der Regel bedeutete, dass er etwas Ernstes, Zeitraubendes im Sinn hatte. Scheiße, dachte ich.

»Ich habe etwas, das Sie mal lesen sollten«, sagte er und legte ein kleines Buch mit einem schwarz-weißen Umschlag auf meinen Schreibtisch: *Doktor Glas* von Hjalmar Söderberg.

»Ich denke, Sie werden darin etwas finden, das Sie zum Nachdenken anregt.« Er sah mich mit ernster Miene an. Ich studierte die Vorderseite und las den Untertitel: *Das Tagebuch eines Arztes, der heilen soll und stattdessen tötet, um die Frau, die er liebt, aus einer unwürdigen Ehe zu befreien.*

Ich rümpfte die Nase und sah ihn anklagend an. »Und warum sollte das etwas für mich sein?«

Er zuckte vorsichtig mit den Schultern und murmelte etwas davon, dass das ethische Dilemma doch immer etwas für Ärzte sei und dass ihm selbst diese Lektüre viel gegeben habe.

»Danke«, sagte ich und heuchelte Interesse, indem ich das Buch aufschlug. Es stammte aus dem Jahr 1905. Typisch, diese alten Esel lasen immer nur Klassiker.

»Das ist aber nett von Ihnen.« Ich war richtig in Geberlaune, schaffte sogar ein dankbares Grinsen, steckte das Buch in meine Tasche und sagte lächelnd: »Ich freue mich darauf, das zu lesen.« Er nickte zufrieden. Was für eine Sternstunde, dachte ich und schwieg, bis er schließlich wieder ging.

Zeit, die E-Mails zu checken, die ich im Laufe des vergangenen Abends und der Nacht erhalten hatte. Es waren erstaunlich wenige, die meisten noch dazu langweilig. Dann aber klickte ich eine Nachricht an, die höchst merkwürdig wirkte.

Liebe Frau Dr. Krause,

der, der Ihnen am nächsten steht, ist ein Monster, das seine Kinder umbringt. Please, helfen Sie mir, damit das nicht wieder geschieht.

– E

Was war denn das?

Ich richtete mich im Stuhl auf und las die E-Mail noch einmal. Sollte das ein Witz sein? Ich las sie ein drittes Mal, und dann stank mir die Sache plötzlich gewaltig. *Der, der Ihnen am nächsten steht.* Stand mir überhaupt jemand nah?

Alles war relativ, also: Wer stand mir am nächsten? Als Erstes kam mir Nkem in den Sinn, aber sie hatte keine Kinder. Ihr Mann hatte sie verlassen, weil ihre Gebärmutter, wie bei vielen nigerianischen Frauen, voller Zysten war. Und in ihr ein Monster zu sehen, war schlichtweg undenkbar. Monster. Überhaupt ein seltsames Wort. Es sah irgendwie verkehrt aus. Und wer um alles in der Welt war »E«? Ich ging blitzartig alle Menschen durch, die ich kannte und deren Namen mit E begannen, doch da klingelte nichts. Das Mysterium, wer mir am nächsten stand, quälte mich noch viel mehr. Wenn ich richtig informiert war, wusste nur Großvater von Daniels und meiner Verwandtschaft. Wenn man sich ausschließlich auf die DNA beschränkte, stand mir Daniel zweifellos am nächsten. Mir lief ein Schauer über den Rücken, und die Erinnerung an den Abend in der Notaufnahme meldete sich. Die kleine Frau hatte apathisch dagestanden und geschrien, dass ihr Kind ganz braun war. Ohnmacht? Schock? Und Daniel hatte sich stumm hinter seinen Händen versteckt. Hatte er …? Ich schlug im Telefonbuch nach und stellte schnell fest, dass in Odense nur ein Daniel T. Sommer registriert war, und der teilte sich die Telefonnummer und Adresse mit einer Eva. Und sie wohnten im Hunderupvej und damit in meiner unmittelbaren Nachbarschaft. Erneut lief mir ein Schauer über den Rücken. Ich starrte den Namen an. War Eva »E«? Irgendwie konnte ich das nicht glauben. Daniel war sicher ein Monster, aber er tötete nicht seine eigenen Kinder. So etwas tat er nicht. Mich zu quälen war eine Sache, das bedeutete allerdings noch lange nicht, dass er auch seine Kinder umbrachte. Wie viele sollte er davon denn überhaupt haben? Wieder sah ich die Szene vor mir. Die hysterische Mutter, die neben dem Untersuchungstisch stand. Daniel, der auf dem Stuhl hockte und sich versteckte. Ich kannte mich nicht sonderlich mit dem normalen menschlichen Gefühlsleben aus, aber würde ein Mann, der seine Frau liebt, nicht versuchen, sie zu trösten? Würde er nicht seinen Arm um sie legen? Machte man das nicht in Krisensituationen wie dieser? War es tatsächlich Daniels Frau, die mir geschrieben und um meine Hilfe gebeten hatte? Hatte sie Angst vor ihrem Mann, der ihr Kind zu ermorden versucht hatte? Sein eigenes Kind? Ich musste Großvater fragen, er musste wissen, wie viele Kinder Daniel hatte und ob sie noch am Leben waren. Ein bisschen Kontakt musste er doch zu seinen Enkeln und früheren Schwiegertöchtern haben. Ich griff zum Hörer, um Großvater anzurufen, doch genau in diesem Moment klingelte der Apparat durchdringend. Es war der Rollstuhlmann. Ich setzte mich aufs Sofa, während ich seiner tiefen, weichen Telefonstimme lauschte. Und wegen mir hätte er ewig so weiterreden können. Leider hatte ich viel zu wenig Zeit. Die Sekretärinnen hatten mir schon mehrere orangefarbene Zettel auf den Schreibtisch geklebt, sodass ich irgendwann schweren Herzens auflegen musste. Ich sah auf meine Uhr. Vor zehn Minuten hätte ich einen der jungen Ärzte bei seiner ersten Obduktion begleiten sollen. Verdammt. Erst nachmittags um fünf hatte ich wieder Ruhe genug, um die E-Mail noch einmal zu lesen und eine Antwort zu schreiben:

Liebe E,

Schade, dass Sie mir Ihren Namen nicht verraten wollen, aber Sie werden wohl Ihre Gründe haben. Wenn Sie mir ein bisschen genauer sagen, worum es geht, verstehe ich vielleicht, was Sie mir mitteilen wollen, und dann werde ich mein Bestes tun, Ihnen zu helfen.

Mit freundlichen Grüßen,

Dr. Krause

Ich drückte mir selbst die Daumen, dass sie mir antwortete. Bald.

Bevor ich nach Hause ging, rief ich Großvater an. Er meldete sich, sagte aber, dass er jetzt nicht sprechen könne, weil der Tierarzt da sei, um Gråmis einzuschläfern.

»Nur eine ganz kurze Frage: Weißt du, ob eines von Daniels Kindern gestorben ist?«

Er lachte laut auf. »Nein. Reicht dir das als Antwort? Kommst du mich bald mal wieder besuchen?«

»Natürlich. Sobald ich kann.«

»Und die Schwarze, die du so magst, bringst du die mal mit?«

»Ich kann sie fragen«, sagte ich. »Sie wird sicher begeistert sein, mal eine waschechte dänische Schweinefarm zu sehen. Ich rufe dich wieder an.«

Ich legte auf und starrte die Wand an, die mit Unmengen bunter Zettel beklebt war. Vergiss diese »E«, dachte ich. Da draußen liefen so schon genug Verrückte herum. Und ohne Übertreibung konnte ich sagen, dass ein unverhältnismäßig großer Teil davon immer wieder ausgerechnet mir begegnete.

7

Gegen Nachmittag wurde es in meinem Büro langsam dunkel. Eigentlich hätte ich jetzt einen Termin mit einer Pathologin, doch ich hatte wieder zu lange vor mich hingeträumt und telefoniert und schließlich nach meiner Schlüsselkarte suchen müssen. Als ich mich endlich erhoben hatte, in meinen Wintermantel geschlüpft war und meine Füße in die schrecklichen Moonboots gesteckt hatte, kam der rechtsmedizinische Leiter mit einem schelmischen Grinsen auf den Lippen zu mir herein und schloss die Tür hinter sich.

»Ich bin wirklich beeindruckt von Ihnen, meinen Glückwunsch!« Er stand mit dem Rücken zur Tür und strahlte über das ganze Gesicht.

»Warum das denn?«, fragte ich und steckte meine Cecil in die Tasche, während ich den Schreibtisch nach dem Feuerzeug absuchte.

»Also, ich habe es nie geschafft, einen Artikel im *Journal of Forensic Sciences* zu veröffentlichen. Ich bin stolz auf Sie. Sie sind seltsam, aber tüchtig sind Sie, das muss man Ihnen lassen.« Ich erwiderte sein Lächeln. Wenn er nur wüsste, wie leicht mir so was fiel. Im Gegensatz zu anderen Dingen war das beinahe ein Kinderspiel. Ich fand das Feuerzeug unter einem Stapel Vorlesungspläne.

»Danke schön, aber wissen Sie, ich muss jetzt wirklich los. Ich werde in der Pathologie erwartet.«

»Ja, ich sehe, dass Sie auf dem Sprung sind«, sagte er überraschend leise und zurückhaltend, bevor wir gemeinsam mein Büro verließen.

Noch im Windfang zündete ich mir die Zigarette an, weil es draußen so stürmte. Ein paar Vögel flogen auf, als ich durch die Tür trat. Ich beneidete sie.

Dunkle Wolken waren aufgezogen, und man konnte fast meinen, die Dämmerung hätte sich bereits an den Himmel geschlichen und sich wie eine Vorwarnung der nächtlichen Finsternis über die parkenden Autos gelegt. Liebevoll tätschelte ich meinen Wagen und schrieb hastig »Komme gleich wieder« in den dünnen Schnee auf der Heckscheibe. Ich war wirklich überzeugt davon, dass der Termin mit Hanne, einer Pathologin, die ich erst vor kurzem auf einem Seminar über genetisch bedingte Herzkrankheiten kennengelernt hatte, nicht lange dauern würde. Klein und vertrocknet und die eine Hälfte des Gesichts von einer asymmetrischen Topffrisur verdeckt, hockte sie über ein Mikroskop gebeugt in ihrem offenen Büro, als ich etwas kurzatmig angerannt kam und sie begrüßte.

»Die Polizei hat mich gebeten, mir das hier anzugucken, aber ich sehe da nichts anderes als totes Gewebe.« Sie blickte kurz auf, nahm ein Papier vom Tisch, erhob sich und bedeutete mir, mich ans Mikroskop zu setzen.

»Die Polizei?«

»Ich weiß, was du denkst«, fuhr sie fort, noch ehe ich überhaupt weiterdenken konnte. »Du wunderst dich bestimmt, warum sie dich nicht gefragt haben, schließlich bist du ja die Expertin für Verätzungen. Wenn ich das richtig sehe, ist dieser Karoly aber nicht gerade dein größter Fan.«

Karoly war einer der Leiter der Mordkommission, und es stimmte, wir beide kamen nicht miteinander zurecht. Die Chemie zwischen uns stimmte ganz einfach nicht, und er war sensibel genug, um meine Aversion gegen ihn zu spüren. In einem meiner wiederkehrenden Tagträume schob ich ihn wie eine CD-ROM in meinen Computer und überarbeitete ihn gründlich, innen wie außen. Normalerweise ließ ich mich liebend gern über ihn und seine Unfähigkeit aus, aber jetzt verzichtete ich darauf.

Viel wichtiger war die Tatsache, dass ich mich mit Verätzungen eigentlich überhaupt nicht auskannte. In der Klinischen Pathologie hingegen wurden Jahr für Jahr an die achtzigtausend Gewebe- und Zellproben mikroskopisch untersucht und diagnostiziert. Wer hier arbeitete, war wirklich kompetent, warum sollte Karoly also jemand anderen bitten, sich eine Gewebeprobe anzuschauen?

»Ich sehe auch nichts«, sagte ich, das Auge noch immer über dem Mikroskop. »Wie du schon gesagt hast, da ist nur totes Gewebe. Wie bist du denn auf die Idee gekommen, dass ich mich mit Verätzungen auskenne? Oder gar eine Expertin auf diesem Feld bin? Das ist eine Wahnsinnsübertreibung.« Ich wusste nicht mehr über dieses Thema, als ich im Laufe der Jahre durch die Säufer gelernt hatte, die ich unter dem Messer gehabt hatte: Erbrochenes konnte auf der Haut zu einer rötlichen Verätzung führen, wenn es denn so lange dort kleben blieb, wie es dauert, bis ein Mensch erfriert.

Hanne sah mich überrascht an. »Tatsächlich? Komisch, ich dachte ehrlich, das wäre dein Spezialgebiet. Keine Ahnung, wie ich darauf gekommen bin.«

»Wie lautet deine genaue Fragestellung?«

Sie zuckte mit den Schultern.

»Karoly hat mich bloß gebeten, mir das mal anzugucken und in etwa einzuschätzen, wie alt diese Verletzung ist.«

»Wie alt?«

»Ja, wie lange ein Stück Haut braucht, bis es so aussieht. Wie lange die Haut exponiert gewesen sein muss.«

»Um was geht es denn?« Ich stand auf und nickte in Richtung Mikroskop.

»Irgendetwas mit einem Kind, das mit Rohrreiniger in Kontakt gekommen ist. Karoly war unzufrieden mit der Einschätzung des Brandexperten, der zu dem Schluss gekommen ist, dass Verletzungen dieser Art bis zu eine Woche alt sein konnten. Das macht es für die Polizei extrem schwer, einen Tatzeitpunkt festzulegen und damit die Anzahl der möglichen Verdächtigen einzugrenzen.«

Plötzlich ertönte hinter mir eine nur allzu bekannte, kehlig klingende Stimme:

»Haben Sie etwas für mich herausfinden können?«

Ich zuckte zusammen und drehte mich um. Wir hatten beide nichts gehört, doch jetzt stand Karoly in seinen viel zu langen Hosen da und nutzte seine überflüssige Energie, um mich vollständig zu ignorieren. Er hatte seinen Blick fest auf Hanne gerichtet.

»In der Fußgängerzone gibt es einen Laden, in dem man Hosen ändern lassen kann«, sagte ich. »Für den Fall, dass Sie das nicht selbst können oder Ihre Frau keine Lust dazu hat.« Ich starrte auf seine abgetretenen schwarzen Schuhe. Lag es nur am dicken Teppichboden und seinen glatten Sohlen, dass wir ihn nicht hatten kommen hören? Oder hatte er sich schamlos angeschlichen, um wie ein frecher Schulbub an der Tür zu lauschen?

»Leider kann ich Ihnen nicht helfen. Das Einzige, was ich sehen kann, ist totes Gewebe«, sagte Hanne.

»Hat Krause sich das auch angeguckt? Sie ist doch eine Expertin für so was«, sagte er, ohne mich auch nur eines Blickes zu würdigen.

Ich blinzelte irritiert und meckerte: »Nein, das bin ich nicht.«

Karoly starrte noch immer Hanne an, die verwirrt von ihm zu mir schaute.

»Ich habe aber ebenfalls nichts gefunden«, sagte ich verbissen. Seine Unverschämtheit war wirklich ermüdend. Es war schon schlimm genug, wenn er freundlich zu sein versuchte. »Hätten Sie vielleicht die Güte, nicht so zu tun, als wäre ich gar nicht da?«

Schließlich drehte er sich zur Seite und warf mir einen eiskalten Blick zu. Immerhin, besser als nichts. Ich entgegnete seinen Ausdruck nicht minder kühl und fauchte: »Wenn Sie mich wirklich für eine Expertin für Verätzungen halten, frage ich mich allerdings, warum Sie dann nicht gleich zu mir gekommen sind.«

»Wenn ich richtig informiert bin, haben Sie von meinem Kollegen Fyn Nielsen *schon vor langer Zeit* eine Mappe bekommen, die Sie sich ansehen sollten«, zischte er und musterte mich abschätzig von oben bis unten. Sein Gesicht ließ keinen Zweifel offen: *Vor langer Zeit* war eine Größe, der ich definitiv nicht gerecht wurde.

»Äh …«, begann ich etwas kleinlaut und kramte unsicher in meiner Erinnerung. Ich sah Vizepolizeichef Fyn Nielsen in mein Büro schleichen und mir einen außergewöhnlich dicken Polizeibericht auf den Couchtisch legen. Fyn Nielsen war im Gegensatz zu Karoly ein netter, angenehmer Mann, der sich sogar zu kleiden verstand.

»Das … So lange ist das noch nicht her«, sagte ich und versuchte mich zu erinnern, vor wie vielen Tagen das gewesen sein konnte.

»Zwei Wochen. Und das ist lange, wenn man versucht, wegen Kindesmisshandlung Anklage zu erheben.« Er sah mich vorwurfsvoll an.

»Bitte entschuldigen Sie, das muss ich dann wirklich verschwitzt haben. Ich hatte in den letzten Tagen mit einem Forschungsartikel zu tun, der meine ganze Aufmerksamkeit erfordert hat. Wenn Sie wissen, was das ist.«

Ich wandte mich zu Hanne, murmelte ein paar Höflichkeiten und hastete nach draußen auf den Flur. Mit aller Macht versuchte ich, mir einzureden, dass die Profis, die hier jedes Jahr an die zweihundertfünfzig Obduktionen ausführten, bestimmt gut genug waren. Da rief Karoly mir nach: »Sehen Sie sich das jetzt noch an oder nicht?« Seine Stimme klang, als motzte er eine Bedienung an, ihm jetzt endlich sein Bier und seinen Jägermeister zu bringen. Dieser Mann war so unglaublich primitiv: sein Verhalten, seine Kleidung, ja sogar sein Name. Tommy Karoly, Gewohnheitsverbrecher, liebt Hotdogs, Kaffee und Kuchen und Brøndby. Am liebsten hätte ich ihn angebrüllt, versuchte aber, seine blöde Frage an mir abprallen zu lassen – allerdings ohne viel Erfolg. *Zweihundertundfünfzig Obduktionen pro Jahr* murmelte ich vor mich hin und lächelte jedem, der mir entgegenkam, freundlich zu.

Auf dem Rückweg zum Institut tätschelte ich wieder mein Auto und versprach ihm, dass wir bald nach Hause fahren würden, und als ich die Schlüsselkarte in das Schloss steckte, sah ich vor meinem inneren Auge erneut, wie Fyn Nielsen den tonnenschweren Polizeibericht auf meinen Tisch legte.

Ich hatte in diesem Moment die E-Mails beantwortet, die im Laufe der Nacht gekommen waren, und musste anschließend all die Leute zurückrufen, die am Tag zuvor bei meiner Sekretärin angerufen hatten. Der Morgen war ein perfekter Zeitpunkt für derart leidige Aufgaben, denn für alles andere war ich da noch zu müde.

Er hatte vorsichtig an die Tür geklopft, hatte sich dann in seinen gut sitzenden, schicken Kleidern in mein Büro geschlichen und beinahe geflüstert: »Entschuldigen Sie die Störung.«

»Ich bitte Sie«, hatte ich geantwortet und war aufgestanden. »Was kann ich denn für Sie tun, möchten Sie einen Kaffee?«

Er hatte den Kopf geschüttelt. Sein Anliegen steckte anscheinend in der Mappe, die er in den Händen hielt und dann diskret auf meinen Couchtisch legte.

»Wenn Sie Zeit haben, könnten Sie da vielleicht mal einen Blick reinwerfen?« Er nickte in Richtung des Polizeiberichts. »Ihr Fachgebiet ist doch SIDS. Ich habe Ihnen eine Zusammenfassung geschrieben, die liegt ganz vorne. Da steht auch, was genau Sie sich ansehen sollen.«

So in etwa war unser Gespräch verlaufen, da war ich mir ziemlich sicher, obwohl ich nie bereit wäre, Geld auf etwas zu setzen, das vor zehn Uhr morgens geschehen war. Dann hatte Fyn Nielsen seine Hände auf meine Schultern gelegt, den Kopf zur Seite geneigt und mich gefragt:

»Geht es Ihnen besser, Maria?«

»Vielen Dank.« Ich war mir nicht ganz sicher, auf was er anspielte, war aber dankbar für die Fürsorge. Wenn er doch mein Vater wäre, dachte ich mit einem seltsam weichen Teil meines ansonsten so harten Gehirns. Fyn Nielsen war die Freundlichkeit in Person, leider aber nur gut zehn Jahre älter als ich, sodass ich mir diese Vaterspielchen wirklich sparen konnte. Er nickte und ließ langsam seine Hände wieder sinken, dann blinzelte er mir zu, schlich sich diskret nach draußen und ließ mich mit all meinem neuen, nicht-existenten Expertenwissen zurück.

Verätzungen und SIDS. Mal sehen, für was ich sonst noch Expertin werden würde?

SIDS war die Abkürzung für Sudden Infant Death Syndrom, auch plötzlicher Kindstod genannt. Ich hatte zwar tatsächlich vor einer halben Ewigkeit meine Doktorarbeit über dieses Thema geschrieben und auch ein paar Fälle obduziert, war aber alles andere als eine Expertin auf diesem Gebiet. Da wussten hierzulande andere besser Bescheid.

Es war schon nach sechs, als ich wieder ins Institut ging.

Die Beleuchtung auf dem Flur wirkte gedämpft, und das Gebäude war bis auf zwei Menschen, die in ein Gespräch vertieft langsam vom hinteren Ende her auf mich zukamen, menschenleer. Von weitem sahen sie aus wie Nkem und der Leiter der Rechtsmedizin, die eine Gestalt sehr schwarz, die andere groß und breit. Als ich mein Büro aufschloss, sah ich Fyn Nielsens Mappe auf dem Couchtisch liegen. Ich setzte mich hin und blätterte etwas abwesend durch den Bericht, sah aber gleich, dass ich ihn mit nach Hause nehmen musste, wollte ich mich wirklich in ihn vertiefen. Ich zündete eine Cecil an und klemmte sie zwischen meine Lippen, denn ich brauchte beide Hände, um die schwere Mappe zu tragen, und machte mich auf den Heimweg.

8

Zu Fuß stieg ich in den zweiten Stock und öffnete die Tür meiner Wohnung, wo ich von meiner fetten, schwanzlosen Jammerkatze begrüßt wurde, die mir lauthals verkündete, dass ihr Fressnapf schon lange leer war. Ich füllte ihn mit Trockenfutter, wechselte das Wasser, öffnete mir eine Flasche Wein und zündete mir eine Cecil an. Dann setzte ich mich mit einem Schälchen Erdnüsse in die Küche und begann zu lesen. Schon nach wenigen Minuten hatte ich verstanden, worum es ging.

Ganz in der Nähe von mir, im hippen Ärzteviertel am Hunderupvej, wohnten eine junge Hausfrau, ihr Mann, natürlich ein Arzt, und ihre zweijährige Tochter. Eines Sonntagnachmittags, es war der 28. Februar dieses Jahres, wurde das Mädchen in ihrem Kinderwagen für den Mittagsschlaf auf die Terrasse geschoben, während Mutter und Vater im Haus anderen Tätigkeiten nachgegangen waren. Sie hatte ferngesehen und er gelesen. Danach hatte die Frau sich die Bügelwäsche vorgenommen und der Mann einen Stuhl im Esszimmer repariert. Sie hatten sich beide im Wohnzimmer mit Blick auf die Terrasse aufgehalten, auf der das kleine Mädchen hinter einer Glasschiebetür schlief. Als das Kind weinend aufwachte, ging die Mutter nach draußen und nahm es aus dem Wagen. Sie bemerkte ein paar dunkle Flecken an den Ohren und am Hals ihrer Tochter. Der Gurt des Kinderwagens und das Kleidchen des Mädchens waren nass und stanken schrecklich. Die Mutter legte ihre Tochter, die wie am Spieß geschrien haben soll, auf den Esstisch, löste den Gurt und zog sie rasch aus, bis sie den »grässlichen Ausschlag auf der ganzen Brust« sah.

Das Gefühl eines Déjà-vus überwältigte mich mehr und mehr, und schließlich wurde mir klar, von wem hier die Rede war. Ich überprüfte die Namen, und ja, es waren Eva und Daniel T. Sommer. Das misshandelte Kind hieß Josefine. Ich goss mir Wein nach, zündete mir erneut eine Cecil an und hielt die Luft an. Alles auf einmal. Dann las ich weiter.

Die Mutter hatte die Kleine daraufhin in eine Decke gewickelt und war mit ihrem Mann sofort in die Notaufnahme der Ambulanz gefahren, in der man ihnen aber nicht hatte sagen können, ob es sich um eine Krankheit handelte oder ob die Kleine irgendwelchen äußeren Einflüssen ausgesetzt gewesen war. In den Aufzeichnungen aus der Ambulanz hieß es:

Zweijähriges Mädchen, bis dato gesund, wird wegen eines starken Hautausschlags, der sich im Laufe von nur zwei Stunden entwickelt haben soll, in die Notaufnahme gebracht. Bei ihrer Ankunft in der Notaufnahme ist die Patientin von dem Ausschlag gezeichnet, sie weint, ist aber nicht septisch oder meningeal. Der Ausschlag befindet sich an der gesamten Vorderseite des Thorax sowie an beiden Oberarmen. Die betroffenen Hautschichten sind von einer dunkelgrünen, glatten Hülle mit roten Rändern und peripheren Pusteln überzogen, einzelne solcher Stellen finden sich auch an den Ohren.

Das Kind wurde sofort an die Abteilung für Brandverletzungen in der Plastischen Chirurgie, Station Z, überwiesen. Die Brandwundenexperten legten vorsichtshalber Schutzkleidung an, weil sie sich die Schädigungen nicht unmittelbar erklären konnten und fürchteten, es mit einer lebensbedrohlichen, ansteckenden Hauterkrankung zu tun haben zu können. Die Hautschäden fanden sich an der gesamten Brust, am rechten Oberarm, dem Ellenbogen und auf dem Handrücken. Des Weiteren an der rechten Schulter, dem rechten Ohr und dem linken Unterarm. Auch unter dem Kinn und an der rechten Wange war die Haut geschädigt, überdies wirkten die Lippen gerötet. Das kleine Mädchen wurde komplett fotografiert. Die Eltern hatte beide keine Ahnung, was geschehen war, die Mutter erlitt noch im Krankenhaus einen Schock und verlor das Bewusstsein.

Tags darauf fuhr die Mutter gemeinsam mit der Polizei zurück zu ihrem Haus. Der Vater hatte in der Zwischenzeit aufgeräumt und die Decke, das Polster und die Gurthalterung des Kinderwagens, die allesamt nass gewesen waren, entfernt. Der Vater gab der Polizei gegenüber an, er habe die Sachen auf dem Weg zum Krankenhaus in einen Abfallcontainer geworfen, doch als die Polizei diesen Container überprüfen wollte, war dieser gerade geleert worden, sodass es keine Beweisstücke gab. Der Vater konnte keine Antwort darauf geben, warum er diese Sachen entfernt hatte. Er sagte lediglich, dass er einfach hätte »aufräumen« wollen.

War ich vorher höchst unsicher gewesen, zweifelte ich jetzt nicht mehr, kein bisschen. »E« war Eva. Mein Bruder war das Monster, das seine Kinder umbrachte. *Anschließend Großvater anrufen*, notierte ich mir mental. Und las weiter.

Die Polizei fand schließlich doch noch den Gurt des Kinderwagens, den die Mutter unter den Esstisch geworfen hatte. Er wurde dem Chemielabor der Kriminaltechnik übergeben, dessen Analyse schnell zeigte, dass es sich bei der Flüssigkeit um eine basische Lauge mit einem pH-Wert von elf oder höher handelte, aller Wahrscheinlichkeit nach Rohr- oder Ofenreiniger. Aufgrund dieser Erkenntnis gaben die Brandwundenexperten in ihrem Bericht an, dass die Wunden vermutlich Verätzungen dritten Grades waren. Die Polizei wunderte sich, dass im ganzen Haus keine Reinigungsmittel gefunden werden konnten. Der Vater leugnete, irgendetwas weggeworfen zu haben. Auch die Mutter sagte, dass sich weder Rohr- noch Ofenreiniger im Haus befunden hätten. Wie aber konnten die Verletzungen von Lauge stammen, wenn sich im ganzen Haus nichts Ätzendes befand?

Es waren keine anderen Menschen zu Besuch gewesen, als die Kleine ihren Mittagsschlaf gemacht hatte, und die Untersuchungen der Kriminaltechnik ergaben, dass die Flüssigkeit weder vom Garten noch vom Dach aus in den Kinderwagen gelangt sein konnte. Die Polizei stellte sich nun die Frage, ob dem Mädchen diese Verletzungen wirklich im Wagen zugefügt worden waren. Polizei und Staatsanwaltschaft waren kurz davor aufzugeben, sie hatten erkannt, dass sie dem eventuellen Verbrechen keinen konkreten Zeitpunkt zuweisen konnten, was jedoch nötig war, wollte man die Anzahl der möglichen Verdächtigen eingrenzen. Die Brandexperten erklärten bei ihrer Untersuchung überdies, dass die Verätzung mindestens acht Stunden alt war, durchaus aber auch schon eine Woche alt sein konnte. Obwohl weder die Mitarbeiter der Tagesstätte noch irgendwelche Besucher des Hauses oder die Babysitterin, die am vergangenen Abend auf die Kleine aufgepasst hatte, irgendeine Auffälligkeit an dem Kind bemerkt hatten, von einem Ausschlag dieser Art ganz zu schweigen, war die Polizei nach Konsultation des Staatsanwalts bereit, den Fall zu den Akten zu legen. Die Anzahl der möglichen Verdächtigen war einfach viel zu groß, sollte die Verätzung wirklich bereits eine Woche alt sein. Merkwürdig, dachte ich, denn die Eltern hatten ja selbst ausgesagt, dass die Hautschäden noch nicht da gewesen waren, als sie die Kleine schlafen gelegt hatten, und dass während ihres Mittagsschlafs sonst niemand im Haus gewesen war. Damit räumten sie doch ein, dass außer ihnen selbst niemand sonst als Täter infrage kam.

Es gab einige konkrete Fragen an mich, die auf einer Extraseite dem Resümee angeheftet waren. Die Kernfrage lautete: Konnte ich als Verätzungsexpertin (*Blödsinn*) den Zeitraum eingrenzen, in dem das Mädchen derart misshandelt worden war?

Puh, da hätte ich schon dabei sein müssen!

Ich las weiter. Das alles war sehr merkwürdig. Beide Eltern wiesen jegliche Schuld von sich. Die Sache konnte jedoch nur vorgefallen sein, während sich beide angeblich im Wohnzimmer mit Blick auf das Kind aufgehalten hatten. Denn so, wie das kleine Mädchen ausgesehen hatte, mit all der dunkelgrünbraunen, toten Haut auf dem Oberkörper, hätten Mutter oder Vater es mitbekommen, wenn die Verätzung bereits Tage vorher stattgefunden hätte. Das hätte jeder gesehen, der nur einen flüchtigen Blick auf das Kind geworfen hätte. Und wie hatten sie oder die Nachbarn ihr Weinen nicht mitbekommen können? Sowohl Vater und Mutter als auch die Nachbarn, die befragt worden waren, hatten angegeben, die Kleine habe die ganze Zeit über nicht geweint, sondern sich erst beim Aufwachen gemeldet, was sie immer täte. Als die Mutter das Kind aus dem Wagen genommen hatte und in die Klinik gebracht hatte, war bereits nicht nur die Haut verätzt gewesen, sondern auch alle Nervenbahnen, sodass die Kleine eigentlich gar keinen Schmerz mehr empfunden haben konnte.

Wo war das Kind gewesen, als es Schmerzen gehabt hatte? Und wer hatte es in dieser Zeit gehört? Diese Fragen stellte ich mir immer wieder.

Ich trank noch etwas mehr Wein und sah schreckliche Bilder vor meinem inneren Auge: Daniel, wie er den Kinderwagen ins Bad schob und dann seine Frau zu sich in den Raum zerrte und abschloss. Wie er eine Flasche Rohrreiniger über das Mädchen schüttete, während die Mutter schrie. Ich schüttelte den Kopf. Er mochte ja krank im Kopf sein, doch so krank nun auch wieder nicht. Dann versuchte ich mich auf Säuren und Basen zu konzentrieren. Rohrreiniger hatte einen pH-Wert von vierzehn, alkalischer – oder basischer – ging es gar nicht mehr. Ein ph-Wert von null war typisch für eine extrem starke Säure, Wasser hatte einen pH-Wert von sieben, während vierzehn das andere, das basische Extrem war. Das Chemielabor der Kriminaltechnik hatte einen pH-Wert von elf gemessen, auch wenn konzentrierter Rohrreiniger vierzehn hatte. Das war zu erklären, da die Flüssigkeit mit dem Gurt reagiert haben und dadurch auf einen ph-Wert von elf neutralisiert worden sein konnte. Rohrreiniger – kaustisches Soda, Ätznatron oder Natronlauge – bestanden alle aus Natriumhydroxid. Dreifach konzentrierter Salmiakspiritus hatte einen ph-Wert von dreizehn. Ich schüttelte ungläubig den Kopf.

Im Laufe der Zeit hatte ich mit allen Formen von Kindesmisshandlung zu tun gehabt und wurde immer wieder von Notaufnahmen und Ambulanzen kontaktiert, wenn ein Verdacht auf Kindesmisshandlung vorlag. Solche Taten geschahen weitaus häufiger, als man glaubte, und sie waren jedes Mal gleich grausam und unverständlich. Dieser Fall aber war schlichtweg unbegreiflich. Allein der Gedanke an den Geruch von Rohrreiniger ließ meine Nasenschleimhäute schmerzen und brannte sich in mein Gehirn ein.

Beide Eltern hatten eindeutig ausgesagt, dass die Verletzung noch nicht da gewesen war, als sie das Kind schlafen gelegt hatten. Ebenso klar und definitiv hatten sie zu Protokoll gegeben, dass niemand sonst im Haus gewesen war, als das Kind geschlafen hatte, also in der Zeit von 12.00 bis 14.00 Uhr. Trotzdem war es aus technischen Gründen essentiell, dass dieser Zeitraum auch noch auf andere Weise eingeschränkt wurde. Also wollten sie, dass ich – die ich nicht die geringste Ahnung von Verätzungen hatte – etwas Entscheidendes beitrug, das den Aussagen der Brandverletzungsexperten des Odenser Universitätshospitals widersprach und noch dazu vor Gericht Bestand hatte. Als könnte ich zaubern oder die Welt auf den Kopf stellen. Was glaubten die eigentlich? Ich schob die Mappe irritiert weg und schaufelte weiter Erdnüsse in mich hinein. Dachte nach und rauchte. Was hatte eigentlich SIDS damit zu tun? Der plötzliche Kindstod war doch etwas ganz anderes, Herr Fyn Nielsen.

Ja, also lieben Sie Kinder.

Ach, tue ich das?

Diese stereotype Meinung kam wohl immer auf, wenn man eine Doktorarbeit über das Thema plötzlicher Kindstod schrieb. Dabei war ich nicht kinderlieb. Das merkte ich jedes Mal, wenn ich einer dieser herumschreienden Rotznasen begegnete, die noch dazu potthässlich waren und die ich am liebsten ausstopfen und ummodellieren würde. Zumindest sagte ich das immer, wenn ich richtig hart wirken wollte, was seit dem Tod meiner Tochter häufiger vorgekommen war.

Ja, ich liebe Kinder.

Und welche?

Meine eigenen, verdammt! Ich vermisse sie so schrecklich!

Das Gefühl traf mich ständig wie ein Nadelstich ins Hirn – zwei-, drei-, zehn-, sechzehnmal am Tag, und dann kniff ich die Augen zusammen und versuchte mich mit ganzer Macht auf das zu konzentrieren, was ich gerade machte: *Schreib jetzt den Obduktionsbericht, trenn den Bauch auf, setz dich an den Computer, füll das Schema aus, antworte dem Mann, geh!*

Ich hatte Sehnsucht. Eine grausame, physisch spürbare Sehnsucht, die wie eine ätzende Säure durch meinen Körper strömte. Und dieses Sehnen hörte nicht auf, es war unmenschlich und machte es mir unmöglich, mich in meinem Körper wohlzufühlen. Von allen verständigen und unverständigen Menschen auf dieser Welt war ich vermutlich die Letzte, die jemals verstehen würde, wie Eltern ihre Kinder misshandeln konnten. Das widersprach jedem Urtrieb, und jeder einzelne Fall schien die Welt für einen Moment aus dem Gleichgewicht zu bringen. Ich sah diese Kinder oft, denn viele von ihnen kamen in die Rechtsmedizinischen Institute, wenn die Verletzungen – oder Morde – untersucht werden sollten, wie jetzt auch bei diesem kleinen Mädchen. Wie konnte man eine Zweijährige derart hassen, dass man sie solch unmenschlichen Schmerzen aussetzte und ihren Körper für immer verunstaltete? Sie dürfte in ihrem Alter noch nicht viel gesagt haben. War sie eines dieser Kinder, die ihre Eltern mit unaufhörlichem Weinen zum Wahnsinn trieben? Aber dafür war sie eigentlich zu alt. Warum um alles in der Welt waren solche Kinder nicht bei mir oder Nkem? Wir hätten unsere langen Arme um sie geschlungen und sie vor allem Bösen beschützt. Irgendwo in dem Bericht der Brandwundenexperten hatte gestanden, dass die Narben des Mädchens niemals verschwinden würden, weder die am Ohr noch die großflächigen Narben auf der Brust oder an Schultern und Armen.

Inzwischen hatte ich die halbe Flasche Wein, die ich mir täglich zu trinken erlaubte, längst geleert und näherte mich dem Flaschenboden.

Ärzte! Daniel war Arzt, ich war Ärztin, Bonde Madsen war Arzt. Und keiner von uns hatte wirklich alle Tassen im Schrank. Ich trank die letzten Schlucke Wein, nahm eine neue Flasche aus dem Regal und suchte den Korkenzieher, der wie das Handy, die Schlüssel und das Feuerzeug immer verschwunden war. Er lag hinter dem Aschenbecher.

Was hatte es mit Ärzten nur auf sich? Ich musste an einen Artikel im Journal *Dagens Medicin* denken, den ich damals, Anfang des Jahrtausends, so amüsant gefunden hatte. Unter anderem war es in diesem Aufsatz darum gegangen, unterschiedliche Berufsgruppen wie Juristen, Ingenieure, Pflegekräfte und Ärzte auf ihre Neigung zu Gewalt- und Mordtaten zu untersuchen. Peter Kramps Schlussfolgerung klingt mir noch heute im Ohr: »Klar ist, dass ich in Verbindung mit Gewalt- und

Tötungsdelikten deutlich mehr Ärzte als andere Akademiker untersucht habe.« Kramp war zu diesem Zeitpunkt Oberarzt der dem Justizministerium unterstehenden Rechtspsychiatrischen Klinik und dort zuständig für die psychiatrischen Gutachten.

Wieder dachte ich an die mysteriöse E-Mail. Ein Monster, das seine Kinder umbringt. Sie umzubringen versucht? Das Mädchen hatte auch am Mund eine deutliche Rötung gehabt, vielleicht hatte der Täter zusätzlich versucht, ihr die Flüssigkeit einzuflößen? Konnte es das sein, was »E« meinte? Mit aller Kraft verdrängte ich die Gedanken an die E-Mail und versuchte, mich darauf zu konzentrieren, wie gut es war, dass ich in dieser Nacht keine Bereitschaft hatte und es mir folglich leisten konnte, noch eine halbe Flasche zu trinken. Das tat ich, ging ins Bett und schaltete den Fernseher ein. Der Spätkrimi war vorbei, und ich lag steif wie ein Brett da und wusste ganz genau, dass ich nicht würde schlafen können. Also griff ich in meine Tasche und zog Madsens Buch *Doktor Glas* heraus. Vielleicht lag es am Wein, vielleicht an meinen Grübeleien, aber mir wurde sehr schnell klar, dass wir zwei, Doktor Glas und ich, eine ganze Reihe von Gemeinsamkeiten hatten. Ich las das halbe Buch in einem Rutsch, wunderte mich und legte es zurück in die Tasche. Noch immer steif wie ein Brett und den Kopf voller schwerer Gedanken. Schließlich nahm ich eine Schlaftablette, schlummerte ein und träumte von einem Planeten, der aus dem Gleichgewicht geriet und in ein großes schwarzes Loch gesaugt wurde.

9

Doktor Glas war zart und romantisch. Er benutzte Worte wie »herzlos« und »sorgenvoll« und hatte eine ganz eigene Sicht auf die Welt. Bereute machtlos seine Entscheidungen, verteidigte sie aber mit Händen und Füßen. *Ich hätte Ski fahren und Fußball spielen und frisch und munter mit Freunden und Frauen umgehen sollen. Ich hätte heiraten und Kinder in die Welt setzen sollen.* Er hasste andere Menschen, Liebe empfand er nur für ganz wenige. Auf mich hatte sein Stil eine beinahe hypnotische Wirkung, ich versank und spiegelte mich geradezu in ihm. Gedankenverloren verschlang ich Seite um Seite. Dennoch half mir die Lektüre, mich auf Nkem zu konzentrieren, auf den Mann im Rollstuhl, auf Fyn Nielsen, auf die guten Menschen, die es in dieser Welt ja auch noch gab. Dieses Gefühl legte sich wie ein Puffer zwischen mich und die anstrengenden Routinen des Tages.

In der Regel war ich gegen 16.30 Uhr mit der Arbeit fertig. Zu diesem Zeitpunkt meldete sich meist auch die Müdigkeit vehement. Da aber der Stapel der Post-it-Zettel der Sekretärinnen deutlich angewachsen war und das Symbol für eingegangene E-Mails hektisch blinkte, beschloss ich, diesen Dingen noch eine halbe Stunde zu widmen, um am nächsten Morgen mehr Zeit für einen kleineren Versuch mit Rohrreiniger zu haben. »Wir erwägen, die Eltern wegen schwerer Körperverletzung anzuklagen«, hatte Fyn Nielsen gesagt, als er mir den Polizeibericht gebracht hatte. Nachdem ich die Akte schließlich gelesen hatte, dachte ich: »Wenn ihr unbedingt wollt!« Ich war zwar keine Expertin für Verätzungen, aber was man nicht ist, kann man werden. Morgen, frisch und ausgeruht, hoffentlich.

Ich öffnete die Mailbox und sah, dass seit dem Vormittag siebenunddreißig neue Nachrichten eingegangen waren. Beim Überfliegen der Liste blieb mein Blick wie festgenagelt an einer neuen Nachricht von E hängen. Ich hielt die Luft an und öffnete sie:

Dr. Krause,

ich war gerade fünf Jahre alt, als ich meine außergewöhnlich hübsche Mutter zum ersten Mal sagen hörte: »Man muss sich immer wieder neu erfinden, wenn man das Leben ertragen will.« In den folgenden Jahren sagte sie diesen Satz immer wieder. Sie wiederholte ihn, wenn sie die Spinnweben im Haus mit Kupfer und Gold einsprühte. Meistens gingen sie dabei kaputt, aber wenn es meiner Mutter gelang, die filigranen Fäden einzufärben, war das viel hübscher, viel »festlicher«, als sie einfach zu entfernen. Auch wenn sie eine neue Perücke aufsetzte, betonte sie, dass man sich immer wieder neu erfinden müsse, genauso, wenn mein Vater mal wieder vollgefressen und nach Alkohol stinkend ins Bett fiel. Man könne an Langeweile sterben, behauptete sie immer wieder, wenn man nicht ein paar »außergewöhnliche Dinge« mache.

Wir wohnten in Rexville, Steuben County, im Staat New York. Mit ihren gut sechshundert Einwohnern wäre es eigentlich passender, diese Stadt als Vorort oder Dorf zu bezeichnen …

»Verdammt«, flüsterte ich und drehte mich zum Fenster, »was soll das?« Irgendeine anonyme Spinnerin schrieb mir seltsame Sachen und teilte mir zu allem Überfluss jetzt auch noch mit, dass sie in Rexville wohnte? Bevor ich weiterlesen konnte, wurde ich von den Erinnerungen an Steuben County überwältigt, von den Gerüchen und der beklemmenden Übelkeit. Für mich würde Steuben County immer verbunden sein mit dem Gestank verwesender Leichen und einer Art konzentrierter Einsamkeit, die kaum zu beschreiben ist. Steuben County liegt in dem Teil des Staates New York, der *the panhandle* genannt wurde, ein Zipfel Land, der wie der Handgriff einer Bratpfanne am restlichen Staat angehängt war.

Als ich Ende zwanzig war, gab es in Dänemark keine rechtsmedizinische Fachausbildung, und viele von uns gingen deshalb freiwillig für ein Jahr in die USA. Ich arbeitete ein paar Jahre in Orange County, verbrachte meine Ferien aber damit, gemeinsam mit Steve Copp, Allen Lewis oder einem der anderen Rechtsmediziner in Steuben herumzufahren und Leichen zu untersuchen, die schlimmer stanken, als ich es jemals wieder erlebt habe.

Steuben County war arm, dünn besiedelt und in jeglicher Hinsicht unattraktiv. Der Albtraum aller Immobilienmakler und Rechtsmediziner. In Steuben County lebten die Einsamen, die Merkwürdigen und die Ausgestoßenen, dort wurden Leichen, die fast immer hässlich waren, noch viel, viel hässlicher, weil niemand sie vermisste und sie deshalb viel zu lange unentdeckt liegen blieben. »Another day, another stinker«, hatte Allen immer gesagt. Wir hatten kästenweise Wick VapoRub im Auto, und die halb durchsichtige, leicht beige Substanz klebte fast immer wie eine Schneckenspur unter unseren Nasen. Jedes Mal, wenn ich dieses Zeug auftrug, sah ich die Bilder wieder vor mir: das hingebungsvolle Gesicht meiner Mutter, ihre elegante kleine Hand, mit der sie Daniel die Creme unter die Nase rieb und mir dann das Glas reichte, aber nur, damit ich es wieder in den Schrank stellte.

Rexville – im hinterletzten Eck, so sagte ich früher immer. Dort hatten wir einmal, etwas außerhalb der Stadt, fünf Kilometer vom nächsten Nachbarn entfernt, eine Leiche untersucht, gegen deren Gestank auch Wick VapoRub nichts mehr ausrichten konnte. Schon als wir uns dem Haus näherten, mussten wir die Fenster des Wagens schließen und die Lüftung ausschalten, was an einem heißen Sommertag, an dem sowohl die Temperaturen als auch die Luftfeuchtigkeit kaum mehr zu toppen waren, eigentlich eine Zumutung war. Ein Stück entfernt standen einige Feuerwehrleute vornübergebeugt und rangen nach Luft. Daneben stand Amy, die zäheste kleine Kriminaltechnikerin, die ich jemals getroffen habe. Sie hatte die Hände auf die Oberschenkel gestützt und sah aus, als müsste sie sich übergeben. Im etwas weiter entfernt parkenden Wagen der Kriminaltechnik saß ihr Chef, den Kopf auf das Lenkrad gelegt.

Noch während wir einparkten, kam Amy auf uns zugestürzt und erklärte, während wir uns unnützerweise extra viel Creme unter die Nasen schmierten, dass ihr Kollege sich weigerte, ins Haus zu gehen, dass sie aber jemanden bräuchte, der beim Eintüten des Beweismaterials half. Auf meine Frage, was die Feuerwehr hier zu suchen hatte, antwortete sie, dass sie zwei große elektronische Ventilatoren im Haus aufgestellt hätten, um den Verwesungsgeruch zu vertreiben. Offensichtlich war dieser Plan jedoch nach hinten losgegangen, die Dinger bombardierten Amy bloß mit Fliegeninnereien. Trotzdem wollten die Feuerwehrleute sie nicht ausschalten. Wir stiegen aus, und der Gestank trieb mir sogleich die Tränen in die Augen. Ich versuchte, die Luft anzuhalten, doch mit jedem Atemzug füllte sich mein Mund mit dem faulen Geschmack zerfallenden Fleisches. Steve, mein rechtsmedizinischer Mentor, erklärte knapp, zum Eintüten der Beweismittel reiche ja einer von uns als Hilfe, und ging hastig zu den Feuerwehrleuten.

»Hier drinnen«, sagte Amy und führte mich durch das dunkle Haus. Schließlich standen wir in einem Schlafzimmer, in dem mindestens vierzig Grad herrschten und der Gestank uns beinahe ohnmächtig werden ließ. Schwärme von schwarzen Fliegen hingen an den Wänden und in der Luft und umkreisten uns summend. Ich zog die Ärmel runter und hielt mir die Hand vor das Gesicht. Auch an den Fenstern hingen die Fliegen wie eine dicke, schwarze, pulsierende Matte und rieben sich ihre Bäuche – wie Menschen, die an Weihnachten zu viel gegessen hatten. Es fiel mir schwer, meine Augen vom Anblick der rasenden Verwesung zu lösen, die auf dem Bett vonstattenging. Millionen von Maden erweckten den Eindruck, dass sich die Leiche, die dort wer weiß wie lange lag, bewegte. Soweit ich das aus der Armhaltung schließen konnte, lag der Tote auf dem Rücken. In der Hand hielt er eine Schusswaffe. Auf seinem Gesicht lag ein Kissen mit einem Einschussloch, und genau dieses Kissen war es, das Amy in ihren Beweisbeutel manövrieren musste. Die Haut des Toten war überall grünbraun, feucht und schleimig, an Armen und Händen lösten sich ganze Fetzen. Das Bettzeug war durchtränkt, von Leichenflüssigkeit verfärbt, und das klebrige Geräusch der Maden, die sich durch das butterweiche Fleisch wanden, ließ mich fast wieder aus dem Haus stürzen. Als Amy mir den Beweisbeutel reichte, sah sie mich herausfordernd an: »Du lässt mich jetzt nicht im Stich! Es dauert nur ein paar Sekunden.«

»Eins, zwei, drei«, sagte sie und legte ihre behandschuhten Hände auf das Kissen. Es klang nass und klebrig, als sie es vom Gesicht des Toten nahm. Lange Fäden einer zähen gelben Masse verbanden das Kissen mit dem, was einmal ein Gesicht gewesen war, jetzt aber nur noch aus Millionen von Maden bestand. Der Gestank wurde massiv. Als eine fette Schmeißfliege dann auch noch darauf bestand, auf meiner Wange zu landen, hätte ich beinahe die Tüte fallen lassen und mich übergeben, doch Amy kam mir zuvor. Die Tränen schossen aus ihren Augen, als sie die Tüte mühevoll mit vier Fingern festhielt und sich erbrach. Ich schloss die Augen und dachte an die Feuerwehrleute, die draußen standen, und an Steve. Ich würde ihnen zeigen, wer hier die Hosen anhatte. Noch lange, nachdem Amy ihren Mageninhalt auf den Boden gespuckt hatte, stand sie vornübergebeugt da, während die Krämpfe in ihrem Bauch sie immer wieder zum trockenen Würgen zwangen. Irgendwann gelang es uns schließlich, das Kissen in die Tüte zu packen und aus dem Haus zu stürmen.

Langsam kehrten meine Gedanken wieder in die Gegenwart zurück, und ich wandte mich wieder der E-Mail zu. Was hatte es damit auf sich? Ein Gruß aus der Vergangenheit? Ich las weiter:

Wir wohnten in Rexville im Staat New York. Eine Stadt voller Pfuscher, Trunkenbolde und Kleptomanen. Menschen, die wie wir von der Sozialhilfe lebten. Die achtundfünfzig Häuser, von denen vielleicht die Hälfte bewohnt war, konkurrierten eigentlich nur darum, welches am meisten geflickt, verfallen oder am undichtesten war. Es gab nicht einmal einen Supermarkt, sondern bloß einen *Convenience Store*, der an einen länglichen Darm mit neongrün beleuchteten Deckenarmaturen erinnerte. Dort bekam man Riesenpakete vakuumverpackter T-Bone-Steaks, die angeblich mindestens zehn Jahre haltbar blieben und mit denen man angeblich Tote zum Leben erwecken und Lebende totschlagen konnte. Der Laden hieß *Witty's*, auch wenn man Geistreiches dort vergebens suchte, sei es bei den Kunden oder bei der alten Frau, die in ihrem blauen Kittel an der Kasse stand und die Zukunft der Leute aus ihrem Kaffeesatz las.

Und überall gab es Heckenschützen. Die Bevölkerungszahl von Rexville war aus naheliegenden Gründen bereits sehr niedrig, und wenn die Leute im Ort dennoch der Meinung waren, dass sie zu stark anstieg, wurden jene, die man nicht so gern mochte, zu einer Jagd eingeladen, von der sie dann auf einer Bahre zurückkamen, mit einem Loch im Kopf oder im Herzen.

Unser Haus war uralt und unheimlich, voller Gespenster, Geräusche, dunkler Ecken und geheimer Räume. Möbliert mit knirschenden, löchrigen Federkernmatratzen, riesigen Kommoden aus dunklem Holz und einem Esstisch, der so schwer war, dass niemand ihn bewegen konnte. Die Möbel hatten wir mitsamt dem Haus übernommen. Mutter und Vater erhielten Invalidenrente und waren eigentlich immer knapp bei Kasse. Meine Mutter hatte zwar einmal als Krankenschwester gearbeitet – zumindest erzählte sie mir das –, doch jetzt war sie wirklich berufsunfähig, litt an diversen Allergien, ständiger Migräne und einer geheimnisvollen Krankheit, die niemand kannte, die aber bewirkte, dass ihre Muskeln ständig schmerzten. Jedenfalls behauptete sie das selbst immer. Zum Glück hatten wir eine Krankenversicherung. Die stammte bestimmt noch aus der Zeit, in der mein Vater richtig gut verdient hatte, und diese Versicherung galt auch für mich. Ohne diesen Rettungspfeiler wäre das Leben meiner Mutter inhaltslos und leer gewesen. Schließlich war mein Vater seit Jahren »hirntot« und konnte nicht als Inhalt gezählt werden. Und doch muss es Zeiten gegeben haben, in denen die beiden sich sehr geliebt hatten. »Damals, als dein Vater noch Geld hatte und ein hübscher Kerl war«, sagte meine Mutter oft mit einem Seufzen, das gespenstisch durch alle Winkel des Hauses schlich, die Temperaturen sinken und das Licht blau werden ließ. Sie hatte meinen Vater, einen durchtrainierten Börsenmakler, an der Bar eines Hotels in Odense getroffen, wo sie und ihre Freundin sich mit dem expliziten Ziel aufgehalten hatten, einen »gutaussehenden, reichen, großen Ausländer mit dunklem Teint«

abzuschleppen. Sie war damals siebzehn Jahre alt gewesen. Und dann war sie mit mir schwanger geworden.

Letztlich aber waren nach ein paar Jahren Luxusleben auf Staten Island die Investitionen meines Vaters vollkommen in die Hose gegangen. Insbesondere seine privaten. Er hatte alles verloren, und die Aussichtslosigkeit hatte ihn in die Alkoholabhängigkeit getrieben. In dem dunklen Haus in Rexville trank er aus ökonomischen Gründen fast nur noch klaren Schnaps (und Coors, wenn ein Nachbar vorbeikam oder meine Mutter ein seltenes Mal der Meinung war, er habe sich einen verdient). Er verbrachte seine Zeit damit, zu schlafen oder von irgendwelchen Stühlen zu kippen. Was mich anging, so hatte ich ja ständig Fieber, hohes Fieber. Und Kopfschmerzen, schreckliche Kopfschmerzen. Und Bauchweh. Von Geburt an, sagte meine Mutter zu mir, hätte ich Fieber, Kopfschmerzen und Bauchweh gehabt und das zu allen möglichen und unmöglichen Zeitpunkten.

»Mein kleiner Schatz, du verbrennst ja förmlich«, sagte sie einmal voller Entsetzen, als sie die Hand auf meine Stirn legte. Das war an Weihnachten, ich war damals gerade fünf geworden. Eine meiner ersten Kindheitserinnerungen. Wir hatten Reisbrei mit Jell-O bekommen, und mein Vater war … War er wirklich weg gewesen?

»Ich glaube, ich rufe den Arzt an.« Meine Mutter zog auf der Jagd nach einer sichtbaren Krankheit meine Augenlider hoch.

Wie es sich anfühle, wenn man Fieber habe, wollte ich von meiner Mutter wissen, denn ich vergaß das immer wieder. »Was soll ich dem Arzt denn sagen? Bin ich krank?«

»Du sagst, dass du drinnen in dir fast verbrennst. Klar bist du krank!«

Ich bekam Angst, und in meinem Bauch bildete sich ein dicker Knoten.

»Mama, mein Bauch tut weh, es sticht so.«

»So ein stechendes Gefühl im Bauch?«, fragte sie mit weit geöffneten Augen, während Zeige- und Mittelfinger in die Luft zeigten. Ich hielt mir mit beiden Händen den Bauch und begann zu weinen. Sie schob mir ein Kissen in den Rücken, während ich nickte und durch Rotz und Tränen antwortete:

»Ja, es sticht und tut weh!«

»Das musst du auch dem Arzt erzählen!«

Sie begann hektisch herumzurennen und Kleider in den kleinen Plastikkoffer zu werfen, den sie im Katalog bestellt hatte – wie alles andere auch. »Ich fahre dich gleich zu Dr. Erics. Und du erzählst ihm von deinen Magenschmerzen. Und dass du das Gefühl hast, zu verbrennen. Er weist dich dann bestimmt ins Krankenhaus ein.«

In diesem Moment tauchte mein Vater taumelnd in der Tür auf. Er stützte sich am Türrahmen ab und schien alles im Raum gleichzeitig fixieren zu wollen. »Was ist denn hier los? Was ist denn mit meinem Mädchen?«, lallte er.

»Fuck you! Du wertloses Stück Scheiße!«, schrie meine Mutter. Entweder beachtete sie ihn überhaupt nicht, oder sie pflegte, während sie in ihren Katalogen blätterte, zu sagen, dass sie schon noch einen reichen Mann finden würde, wenn die Zeit dafür reif sei.

»Irgendein Fremder hat deiner Tochter Süßigkeiten gegeben, und jetzt ist sie todkrank«, schrie sie.

»Verdammt!«, murmelte mein Vater und verschwand taumelnd wieder in der Dunkelheit. »Sie darf doch nichts von Fremden annehmen.«

Ich blinzelte verwirrt und verstand nichts, aber wenn meine Mutter erzählte, dass ich Süßigkeiten von einem Fremden bekommen hatte und jetzt todkrank war, musste das ja stimmen.

Schließlich begann ich wieder zu weinen.

»Jetzt schau doch!«, rief meine Mutter und zeigte auf mich. Da hatte mein Vater aber längst schon wieder den Raum verlassen.

Mutter packte mich mit ihren riesigen Händen, die wirklich wie diese Abschleppwagen waren, die zu jeder Tages- und Nachtzeit die kaputten Autos aufsammelten. Mit einem Arm hielt sie mich fest, während sie mich mit dem anderen in eine hellrote Daunenjacke manövrierte, mir eine hellrote Mütze aufsetzte und mir Handschuhe in einer anderen roten Farbe überstreifte. Ich wog schon als Kind nicht viel, schließlich war ich ständig krank und musste mich zudem an eine ganz bestimmte Allergiediät halten, nur eben nicht an diesem Abend. Schließlich war Weihnachten. Wir fuhren direkt zu Dr. Erics' Privathaus, das etwas außerhalb von Rexville am Hang lag, eine dünn besiedelte Gegend, wo nur wenige Häuser wie einsame Weihnachtsbäume ins Tal hinunter leuchteten. Meine Mutter parkte unser großes, rostiges Familienmobil, das einmal ein Ford Escort gewesen war. Ich saß auf dem Rücksitz und weinte.

»Na, ihr wieder«, begrüßte uns Dr. Erics freundlich. Wir kannten ihn richtig gut, weil ich so oft krank war. Er wuschelte mir durch die Haare, als meine Mutter mich in den Flur trug, und war nicht die Spur sauer darüber, an Heiligabend gestört zu werden. Er sah meine Mutter immer mit auffällig fröhlichen Augen an. *Du bist so schön*, sagten seine Augen, und er schien dabei kaum zu bemerken, dass seine eigene Frau mit einem Tablett an ihm vorbeiging.

»Ja, also, ich weiß mir mit ihr wirklich nicht mehr zu helfen.« Meine Mutter legte mir die Hand auf den Kopf. »Das ist doch wirklich verrückt, nicht wahr, Schatz?«

Ich nickte schniefend. Dr. Erics schob seinen großen Kopf vor meinen und lächelte mich an. Seine Zähne hatten die gleiche Farbe wie die vergilbten Tasten des Klaviers, das in einer der dunklen Ecken unseres Hauses stand und auf dem keiner spielen konnte. Sogar im Gesicht hatte er einige dieser braunen Flecken.

»Was ist denn wieder mit dir los, Kleine?«

»Mir ist total heiß«, weinte ich und spürte die zähen Speichelfäden zwischen meinen Lippen, als ich den Mund öffnete. Er legte mir seine rauhe Hand auf die Stirn und sagte, dass ich auf jeden Fall kein Fieber hätte.

»Seltsam, dann muss das Fieber sehr schnell gesunken sein«, sagte meine Mutter erzürnt, »eben hatte sie noch 39,7. Das ist weniger als eine Stunde her. Und sie hatte wahnsinnige Kopfschmerzen.« Ich sah ängstlich zu meiner Mutter, denn ich konnte mich an kein Fiebermessen erinnern. Das musste ich dann wohl vergessen haben. Mutter betonte ohnehin stets, dass ich vergesslich sei, weil ich so oft Kopfschmerzen hatte. Irgendetwas sei da vollkommen verkehrt mit meinem Kopf, pflegte sie zu sagen. Mein Blick flackerte von ihr zu Dr. Erics und wieder zurück, während ich mich fragte, was genau Kopfschmerzen eigentlich waren.

»Am schlimmsten sind wohl die Bauchschmerzen. Ich weiß echt nicht, was in meiner Tochter vor sich geht«, sagte meine Mutter und begann in der Küche des Arztes auf und ab zu laufen. »Sie hat irgendwelche Süßigkeiten gegessen, die sie von einem Unbekannten bekommen hat, und wir wissen ja alle, wie *so was* ausgehen kann – was war denn das, Schatz?«

Ich schüttelte den Kopf und zuckte mit den Schultern. Irgendetwas musste sie da missverstanden haben, denn da war kein Mann gewesen. Zum Glück war ich jedoch klug genug, ihr das nicht zu sagen.

»Und dann hat sie diese Wahnsinnsbauchschmerzen bekommen. Sie wissen schon, so Stiche.« Sie kniff die Augen zusammen und sah den Arzt verschworen an. »Können diese Süßigkeiten vergiftet gewesen sein? Man weiß ja nie.«

»Was genau hat dir der Mann denn gegeben, Schatz?«

Ich blickte zu Boden und spürte die Tränen kommen. »Ich weiß es nicht«, flüsterte ich und spürte wieder diesen zähen Speichel zwischen meinen Lippen. Wie immer, wenn ich weinte.

»Schatz, jetzt hör aber auf!« Mutter packte mich fest am Arm.

»Erzähl Dr. Erics, was du gegessen hast. Du darfst seine Zeit nicht vergeuden. Mir hast du doch irgendetwas von einem roten Lutscher erzählt, oder nicht?«

Ich nickte und blickte auf meine verschwitzten Finger, die gefaltet in meinem Schoß lagen.

»Wie genau fühlt sich das in deinem Bauch an?«, fragte Dr. Erics. Ich versuchte, mich zu erinnern, wie es sich anfühlte, wenn ich es zu Hause mit der Angst zu tun bekam und sich der Bauch zusammenschnürte.

»Der … der … wie wenn sich der verknotet«, begann ich, und meine Mutter fuhr fort: »Wie wenn dir jemand mit der Faust in den Bauch schlägt, hast du doch gesagt.« Ich nickte. »Und du hast auch von heftigen Stichen gesprochen, stimmt's?« Ich nickte erneut. Sie wandte sich unruhig dem Arzt zu. »Muss sie nicht in die Klinik? Wäre das nicht das Beste?«

Dr. Erics musterte mich genau und schüttelte langsam den Kopf. »Nein«, sagte er. »Dafür sehe ich wirklich keinen Grund. Wenn sie Fieber hätte, vielleicht, aber so …«

Als wir schließlich das Haus des Arztes verließen, war jede Bewegung meiner Mutter hektisch und schnell. Sie rannte förmlich, sie zuckte mit dem Kopf hin und her, ruderte mit den Armen und fummelte ärgerlich mit dem Schlüssel herum.

»Also, auf diesen Dr. Erics kann man sich auch nicht mehr verlassen. Ich finde, er nimmt die Sache nicht ernst genug. Es ist wohl an der Zeit, einen anderen Arzt zu finden, Schatz.«

– E

Für wen hielt die mich eigentlich? Ich war doch kein Verlag! Das artete jetzt wirklich aus. Sie hatte mir auf keine meiner Fragen geantwortet, sondern stattdessen das hier geschickt.

Vielleicht war die Sache mit Rexville bloß ein Zufall, so wie neulich, als eine der Sekretärinnen bemerkt hatte, dass ihr afrikanisches »Patenkind« aus einem Dorf in Kenia kam, in dem sie tatsächlich schon gewesen war. Ich suchte nach der ersten E-Mail von »E« und las sie ganz genau durch:

Dr. Krause,

der, der Ihnen am nächsten steht, ist ein Monster, das seine Kinder umbringt. Please, helfen Sie mir, damit das nicht wieder geschieht.

– E

Anschließend las ich die zweite, unanständig lange Nachricht zum zweiten Mal. Die Absenderin musste ganz einfach Eva sein. Wenn Daniel in den USA gewohnt und Eva dort getroffen hatte, war es durchaus möglich, dass sie in Rexville geboren oder aufgewachsen war. Dann musste das Evas Kindheitsgeschichte sein, aber was hatte *ich* damit zu tun? Sie hatte um meine Hilfe gebeten, ich hatte geantwortet, sie war nicht auf meine Bitte eingegangen, ergo konnte ich ihr nicht helfen. Wollte sie überhaupt Hilfe? Ich seufzte. Letztlich schickte ich ihr trotzdem eine Antwort:

Liebe E, danke für Ihre lange E-Mail, deren Ziel ich, wie ich leider eingestehen muss, leider nicht ganz verstanden habe. Sie haben in Ihrer ersten Nachricht um meine Hilfe gebeten, aber mir fehlen Informationen. Wie kann ich Ihnen helfen?

Mit freundlichen Grüßen,
Dr. Krause

Meine Finger zitterten und zuckten in Richtung Telefon, um Daniel anzurufen und ihn direkt auf seine Frau anzusprechen. Ihn zu fragen, ob sie im Staat New York aufgewachsen war. Natürlich durfte ich das nicht. Ich durfte keinen Kontakt mit ihm aufnehmen. Er war raus aus meinem Leben. So sollte es auch bleiben. Wenn »E« etwas wollte, dann sollte sie es – verdammt noch mal – sagen. Das war nicht mein Problem.

Seufzend klickte ich mich durch die sechsunddreißig verbliebenen E-Mails.

10

Als ich mir den ersten Instantkaffee aus der Institutsmaschine genehmigte, war ich noch immer nicht ganz wach. Was für einen lächerlichen, grotesken Anblick ich wohl abgab, als ich den glühend heißen Kaffee mit Trippelschrittchen aus der Bibliothek bis nach oben in mein Büro balancierte und dabei doch die Hälfte auf der Untertasse landete. Zum Glück hatte mich niemand dabei beobachtet.

Mein schläfriger Blick klebte auf den beiden Flaschen Rohrreiniger, die neben dem gigantischen Polizeibericht auf dem Tisch thronten und die ich noch im Tiefschlaf auf dem Weg zur Arbeit gekauft hatte. Das Telefon klingelte, und ein Journalist, mit dem ich angeblich früher schon einmal gesprochen hatte, wollte mich zum Thema »Gewalt gegen Babys« interviewen. Insbesondere ging es ihm um das Schütteln der Kleinen, das nach neuester Rechtsprechung als schwere Körperverletzung eingestuft werden konnte. Ich bat darum, ihn zurückrufen zu dürfen, und legte auf. Das Telefon klingelte jedoch gleich wieder. Eine Frau aus Svendborg wollte die Todesursache eines Familienmitglieds wissen, das 1948 obduziert worden war. Das Institut für Rechtsmedizin in Odense bestand seit 1971, und alle früheren Obduktionen waren von lokalen Pathologen in den verschiedensten Krankenhäusern durchgeführt worden. Auch sie bat ich, zurückrufen zu dürfen. Danach ließ ich den Hörer auf dem Tisch liegen, verschanzte mich hinter meinem iPod und unternahm derart eingestöpselt einen verzweifelten Versuch, endlich richtig wach zu werden. Gerade, als ich diesem Ziel recht nahegekommen war, tippte mir unsere Supersekretärin Ruth auf den Rücken. Ich zuckte zusammen und zog die Kopfhörer heraus.

»Was?« Irgendwie musste ich dafür sorgen, dass dieser Schreibtisch umgestellt wurde, sonst würde ich noch einmal vor Schreck sterben, wenn jemand etwas von mir wollte.

»Institutssitzung. Wir warten auf Sie«, sagte sie und legte demonstrativ den Telefonhörer auf die Gabel.

»Stimmt was nicht?«, fragte sie unfreundlich.

»Nein, nein, ich habe bloß nachgedacht.«

Sie sah mich völlig teilnahmslos an. »Sie sollten früher ins Bett gehen.«

Ich antwortete nicht, sondern folgte ihr wortlos durch die Tür. Es spielte überhaupt keine Rolle, wann ich ins Bett ging, solange ich einfach nicht einschlafen konnte.

Als ich nach der Sitzung wieder in mein Büro kam, rief ich Fyn Nielsen an und sagte, dass ich mir den Bericht angesehen hätte und nun sehen wollte, was ich herausfinden konnte: Problematisch war, dass es keine Literatur über Langzeitverätzungen gab. Ich hatte sehr viel Zeit auf Medline und anderen medizinischen Datenbasen verbracht, ohne etwas Brauchbares zu finden. In diesem Punkt gab es anscheinend tatsächlich keine Erfahrungen, vermutlich, weil es nie zuvor einen solchen Fall gegeben hatte, bei dem jemand zwei Stunden lang buchstäblich in Rohrreiniger gebadet wurde.

»Man muss bedenken, dass das Kind in diesem Zeug beinahe geschwommen ist«, erklärte ich Fyn Nielsen. »Normalerweise spült man so etwas ja sofort wieder ab, wenn man damit in Kontakt kommt. Es gibt diesbezüglich also keinerlei Erfahrungen.«

»Und wie können sich die Brandwundenexperten dann so kategorisch äußern?«, fragte Fyn Nielsen. »Sie waren sich vollkommen sicher, dass die Verätzungen bis zu einer Woche alt seien.«

»Na ja, Sie wissen schon, wie das mit Ärzten ist, für die ist das normal, sich derart kategorisch auszudrücken.«

»Und wie wollen Sie das Problem angehen?« Fyn Nielsen klang fast verzweifelt. »Dieser Fall geht mir und den anderen verflucht an die Nieren. Ich weiß wirklich nicht, wann ich zuletzt mit etwas derart Widerlichem zu tun hatte.«

»Ich muss etwas überprüfen, dann melde ich mich wieder«, erwiderte ich, legte auf, erhob mich und setzte mich an mein Leica-Mikroskop, unter das ich ein Glas gestellt hatte, das groß genug für meine Hand war, Handschuhgröße sieben. Dort hinein goss ich einen Viertelliter Rohrreiniger, sah auf meine Uhr, wartete, bis der Sekundenzeiger oben war, und schob meine linke Hand in das Glas, bis sie von der Flüssigkeit bedeckt war. Die Lösung drohte aus dem Glas verdrängt zu werden, aber ich hielt die Hand ganz still und sah auf den Sekundenzeiger. Ich spürte nichts. In den ersten fünfzehn Sekunden jedenfalls, weder Brennen noch Jucken. Schließlich zog ich die Hand heraus, wischte sie ab und inspizierte sie genau. Nichts zu sehen. Das Telefon klingelte. Eine Frau von einem jütländischen Hausfrauenverein, die große Freude an einem Vortrag gehabt hatte, den ich vor acht Jahren gehalten hatte, wollte ihn gerne noch einmal hören. Ich hatte keine Ahnung, wovon sie redete, und bat sie, zurückrufen zu dürfen. Dann betrachtete ich wieder meine Hand. Noch immer war nichts zu sehen. Ich rief Nkem an.

»Könntest du mir helfen? Hast du ein bisschen Zeit?«

»Eigentlich nicht, du hast gesagt, nach dem Lunch.«

»Es dauert vermutlich nicht länger als fünf Minuten.«

»Okay.«

»Bring deine Pflaster mit.«

Während ich auf sie wartete, holte ich das alte weiße Baumwollhemd aus der Tasche, das ich an diesem Morgen aus dem Kleiderschrank genommen und zum Tode verurteilt hatte. Ich schnitt drei Quadrate von etwa 1 × 1 cm aus und legte sie in das

Glas mit dem Rohrreiniger. Dann musterte ich meine linke Hand. Noch immer war nichts zu sehen, aber irgendwo musste ich ja anfangen.

Als Nkem beinahe lautlos in Korksandalen und einem weißen Kittel, der sie fast leuchten ließ, durch meine Tür schlüpfte, fragte sie, ob ich jetzt wach sei.

Seltsame Frage. Immerhin waren wir gerade gemeinsam bei einer Sitzung gewesen.

Sie grinste. »Du hast ausgesehen wie ein Zombie. *Zzzzzoombbbie!* Wo warst du eigentlich mit deinen Gedanken?«

»Soll ich ehrlich sein? Nirgendwo.«

Dann erzählte ich ihr, dass ich gerade meine Hand für fünfzehn Sekunden in Rohrreiniger getunkt hatte, und hielt sie ihr hin.

»Du hast doch nicht mehr alle!«, platzte sie hervor. »Aber merkwürdig, dass da nichts zu sehen ist, schließlich sind da ziemlich krasse Inhaltsstoffe drin.«

»Jetzt nimmst du diese Läppchen«, ich nickte in Richtung des Glases, in dem die kleinen Stofffetzen schwammen, »lässt sie abtropfen und legst sie einen nach dem anderen auf meinen Unterarm.« Am Unterarm war die Haut am ehesten wie die eines Babys, also erschein es mir am sinnvollsten, die Stofffetzen dort zu plazieren. Ich hatte den Ärmel bereits hochgekrempelt und Nkem den Unterarm zugedreht, doch sie schüttelte den Kopf. »Ich stecke da nicht die Finger rein.«

»Bist du etwa aus Zucker?«, fragte ich und fischte einen Lappen mit Daumen und Zeigefinger heraus, ließ ihn abtropfen und legte ihn etwa einen Zentimeter von meiner Armbanduhr entfernt auf meinen Arm. »Kannst du den mit einem Pflaster festkleben, damit er auch an Ort und Stelle bleibt?«, bat ich und sah auf meine Uhr.

Nkem tat, worum ich sie gebeten hatte. Anschließend nahm

ich das zweite Läppchen und legte es gut einen Zentimeter von dem ersten entfernt auf meine Haut. »Das bitte auch verpflastern.« Nkem gehorchte, schüttelte aber den Kopf. »Ich verstehe nicht, was du da machst.«

Ich nahm das letzte Stoffstück und plazierte es erneut einen Zentimeter weiter in Richtung Armbeuge, sodass jetzt drei weiße Stofffetzen nebeneinander auf meinem Unterarm klebten. »Pflaster drauf! Ich erkläre dir das später.« Als sie das letzte Pflaster geklebt hatte, sah ich auf meine Uhr. Es war knapp eine Minute vergangen, seit ich das erste Stück Stoff aufgelegt hatte.

»Machst du bitte ein Foto von meinem Arm mit den Pflastern? Die Kamera liegt da neben dem Telefon«, sagte ich und wies ihr nickend die Richtung. Sie brauchte einen Moment, um den Einschaltknopf zu finden, bevor sie das besagte Foto schießen konnte. »Warte einen Moment«, bat ich und nahm das erste Pflaster wieder ab. Die Haut darunter wies absolut keine besonderen Merkmale auf. Ich warf den Stofffetzen in den Mülleimer.

»Kannst du noch eine Nahaufnahme von dieser Stelle machen?« Nkem griff kommentarlos nach der Kamera und drückte den Auslöser. Den nächsten Lappen wollte ich in zehn Minuten abnehmen.

»Ich will herausfinden, wie lange es dauert, bis es zu Verätzungen wie diesen hier kommt.« Ich zog eine Fotografie aus dem Polizeibericht, auf der man deutlich die schwarz-grün glänzende tote Haut erkennen konnte.

»Oh mein Gott!«, sagte sie. »Was ist denn das?«

Mit knappen Worten schilderte ich ihr den Fall und meinen Informationsstand.

»Das muss ein Unfall gewesen sein!«, sagte sie mit besorgter Miene. »So etwas tun Eltern ihren Kindern doch nicht an!«

Ich widersprach ihr nicht. Nach all den Jahren in Dänemark hatte sie sich nach wie vor ihre nigerianische Upperclass-Unschuld bewahrt. Es gab keinen Grund für mich, das zu torpedieren.

»Ich muss jetzt wieder los, ist das okay für dich?«, fragte sie.

»Ja, ja, danke. Ich brauche dich vielleicht später noch einmal, wenn du Zeit hast.«

Sie nickte und verschwand. Die Uhr verriet mir, dass das nächste Stoffstück bald zehn Minuten auf der Haut war. Das Telefon klingelte, doch statt den Hörer abzunehmen, starrte ich das Gerät nur wütend an und versuchte, das lästige Geräusch möglichst zu ignorieren. Mir fiel ein Film ein, bei dem ein Mann einen anderen mehr oder weniger wegen eines nervigen Klingeltons erschoss.

Ich nahm das Pflaster ab, warf es in den Papierkorb und musterte meinen Arm, auf dem zwei winzige rote Flecken entstanden waren. Ich nahm die Kamera und wollte selbst ein Foto knipsen, doch nach einigen vergeblichen Versuchen wurde mir schließlich klar, dass diese Aufgabe lieber ein Mensch mit zwei Händen übernehmen sollte. Also warf ich einen Blick auf den Flur, wo mir ausgerechnet mein Chef mit seiner Stahlbrille auf der Nase und einem Handy am Ohr entgegenkam. Ich schob mich in sein Blickfeld und wedelte mit der Kamera herum. Er nickte mir zu, während er sein Telefonat fortsetzte. Ich schnappte so etwas wie »Paarmotor« auf und kapierte erst, um was es ging, als auch das Wort »Boot« fiel. Er nahm sich viel Zeit, und als er endlich fertig war und aufgelegt hatte, sah er mich etwas abwesend an.

»Könnten Sie von denen hier vielleicht ein Foto machen?« Er stand dicht vor mir, und ich hielt ihm meinen Arm vor das Gesicht. Er nahm die Kamera.

»Was ist das?«

»Das erkläre ich Ihnen bei der nächsten Institutssitzung. Sehen Sie die roten Punkte?«

»Kaum«, erwiderte er und sah sich neugierig meinen Arm an. Dann nahm er die Kamera, die ich ihm hinhielt, und drückte auf den Auslöser.

»Vielen Dank«, sagte ich, schob mich schnell wieder zurück in mein Büro und schloss die Tür hinter mir.

Das letzte Pflaster wollte ich eine Stunde auf der Haut lassen und die Zeit bis dahin nutzen, um bei Google Scholar nach Langzeitverätzungen zu suchen – das übliche Vorgehen, wenn man alles andere bereits versucht hatte. Ich nutzte die gleichen Suchworte: *caustic burns*, *alcalic burns*, *caustic substances*, alle möglichen Variationen des Themas, fand aber natürlich nichts.

Als ich wieder auf die Uhr sah, waren eine Stunde und zehn Minuten vergangen. Die zehn Minuten zu viel waren kein Drama. Ich nahm das letzte Stoffstück ab, es war schon fast trocken. Auf dem Arm waren wieder nur zwei bis drei rote Punkte zu erkennen. Ich würde also andere, härtere Maßnahmen ergreifen müssen. Ich ging zu den Sekretärinnen und bat Ruth, auch das letzte wenig beeindruckende Resultat fotografisch festzuhalten.

Nach dem Lunch würde ich wieder ans Werk gehen.

11

Diesmal wollte ich mehrere Stoffbahnen verwenden, um sicherzugehen, dass die Haut wirklich in Rohrreiniger baden konnte, wie es bei dem Mädchen der Fall gewesen war. Auch sie war ja in mehrere Lagen Kleidung gewickelt gewesen. Der Stoff durfte nicht wie beim ersten Mal austrocknen. Außerdem wollte ich die Haut zwei Stunden exponieren, entsprechend der Zeit, die das Mädchen geschlafen hatte. Ich konnte natürlich nicht davon ausgehen, dass der Übergriff genau in dem Moment geschehen war, in dem sie schlafen gelegt worden war, aber von dem Moment an, in dem das Mädchen die Wohnung verlassen hatte, bis zu der Aufnahme der Fotografien in der Notaufnahme, waren zwei Stunden vergangen.

Bewaffnet mit einem großen Glas, das halb mit Rohrreiniger gefüllt war, und einer Stoffwindel, die ich in einem der Schränke gefunden hatte, ging ich nach oben zu Nkem. Die Tür stand offen, und sie saß über ihr Mikroskop gebeugt da: Irgendeine obskure nigerianische Musik erklang aus dem Radio, das auf ihrem Regal stand. Mit einem Lächeln blickte sie zu mir hoch, als ich mich räusperte.

»*Kedu?* Noch mal?«

»Nur ein einzelnes Stück, aber dieses Mal richtig!«

Ich stellte das Glas vorsichtig auf den Tisch. Nkem warf besorgt einen Blick darauf und nahm sich ein paar Papierservietten.

»Hast du eine Schere?«, fragte ich und wedelte mit der Windel herum.

Sie zog eine Schublade auf, nahm eine heraus und reichte sie mir. Ich schnitt einen zwei Zentimeter breiten Streifen von der Windel, faltete ihn dreimal, sodass er etwa zweimal zwei Zentimeter maß, und zeigte ihn ihr.

»Passend?«

»Wofür?«

Nachdem ich sie kurz in meinen Plan eingeweiht hatte, runzelte sie die Stirn.

»Und was, wenn du eine Narbe kriegst? Kannst du den Lappen nicht noch zuschneiden, damit der nicht so groß ist? *It's zooo biggggg!*«

Eigentlich war es mir egal, aber trotzdem verkleinerte ich das Stoffstück. Für das Resultat spielte das schließlich keine Rolle. Ich drückte den Stoff gründlich in den Rohrreiniger, bis er wirklich vollgesaugt war, ließ ihn kurz abtropfen und legte ihn dann auf die Innenseite meines Unterarms, sodass die Flüssigkeit über meinen Arm nach unten lief und auf den Boden tropfte. Nkem tupfte den Arm ab und wischte den Boden trocken, bevor sie das Stoffstück mit einem Streifen Pflaster befestigte, den sie um meinen ganzen Arm wickelte. Ich setzte mich auf den Besucherstuhl, legte den Arm mit der Unterseite nach oben auf den Schoß und sah auf meine Uhr: fünf Minuten nach zwei.

»Willst du hier sitzen bleiben?« Offensichtlich gefiel ihr diese Vorstellung nicht.

»Nur ein bisschen, okay?«

»Wie lange? Ich hab viel zu tun.«

»Ich mach auch keinen Mucks, versprochen!« Ich wollte einfach nur gerne bei ihr sitzen. Das konnte doch nicht so schlimm sein?

Sie verstaute das Pflaster in der Schublade und wandte sich wieder ihrem Mikroskop zu. Kurz darauf notierte sie etwas auf einem Block, justierte die Einstellung, sah wieder hinein und notierte erneut etwas. Ich wollte sie gerade fragen, was sie machte, als mir in den Sinn kam, dass ich den Mund zu halten versprochen hatte. Also beobachtete ich sie. Ihre Bewegungen waren voller Sinnlichkeit, alles war so langsam, ruhig und weich, fast hypnotisch. Plötzlich spürte ich einen scharfen Schmerz unter dem Stoff.

»Au, verdammt!«, rutschte mir über die Lippen. Sie drehte sich bestürzt zu mir um.

»Verdammt, scheiße, tut das weh!«, schrie ich und krallte meine Nägel neben dem Stoff in die Haut, um mich von dem infamen Schmerz abzulenken, der unter dem Pflaster brannte. Ich sah kurz auf die Uhr. Es war zehn nach zwei.

»Runter damit!«, sagte Nkem und stand auf. »Mach das ab!«

»Genau das will ich nicht«, rief ich und gab dabei sämtliche Schimpfworte von mir, die ich kannte. Die Haut war um das Pflaster herum schon ganz verkratzt.

Nkem beugte sich über mich und wollte ihre Hand auf den Arm legen, doch ich zog ihn weg. »Hör auf!«, fauchte ich etwas zu laut. »Wenn ein kleines, nichts ahnendes Mädchen das stundenlang auf seiner ganzen Brust ertragen kann, werde ich doch wohl einen kleinen Fetzen aushalten.« Und dann fluchte ich weiter. Es half. Versuche hatten gezeigt, dass Fluchen ebenso wie der Duft von Blumen die Schmerzempfindlichkeit herabsetzte.

In der Tür versammelten sich immer mehr weiß gekleidete Laboranten, die wissen wollten, was hier vor sich ging.

»Krause hat heute einen schlechten Tag«, sagte Nkem und warf die Tür zu.

Die Zeit kroch nur im Schneckentempo weiter, ich starrte auf die Uhr, fluchte und war wirklich kurz davor, mir diesen Lappen abzureißen. Nkem stand mitten im Raum und sah mich die ganze Zeit über an. In ihren weit geöffneten Augen lag mütterliche Angst. *Verdammt, verdammt, verdammt.*

»Setz dich bitte wenigstens hin«, fauchte ich sie an, während ich weiter mit allen Nägeln auf meine Haut losging. Sie aber blieb stehen.

»Verflucht noch mal, kannst du nicht einfach arbeiten!«, schimpfte ich und fluchte weiter: scheiße, scheiße, scheiße! Es hörte nicht auf! Irgendwann trat ich ans Fenster und starrte nach unten auf den Beton, während ich nervös auf- und abhüpfte. Wieder sah ich auf die Uhr. Wie lange dauerte es, bis die Nervenbahnen weggeätzt waren? Den ganzen Tag? Ich biss die Zähne zusammen und starrte wieder auf die Uhr. Dreizehn Minuten nach zwei. Hinter mir setzte Nkem sich wieder ans Mikroskop, sah allerdings immer wieder zu mir herüber. Hüpfend versuchte ich, mich auf ihr Bücherregal zu konzentrieren, fluchte dabei aber weiter.

Und dann hörte es plötzlich auf. Mit einem Mal waren die Schmerzen weg. Ich sah auf meine Uhr. Viertel nach zehn. Zehn Minuten dauerte es also.

»So«, sagte ich und sah in ihr besorgtes Gesicht mit den großen Augen. »Jetzt ist es vorbei: Damit wissen wir, dass es zehn Minuten dauert, bis hochalkalische Lösungen Nervenbahnen weggeätzt haben. Und wir wissen, dass es verdammt weh tut. Danke für deine Hilfe.«

Ich schlüpfte nach draußen und lief über die Treppe nach unten in mein Büro. Dort schnappte ich mir mein Handy und stellte den Wecker, damit ich nicht vergaß, wann die zwei Stunden vorbei waren und ich den Stoff abnehmen musste. Dann machte ich mich daran, die orangefarbenen Zettel abzuarbeiten, die die Sekretärinnen mir auf die Tischplatte geklebt hatten: Das Technische Gymnasium in Viby wollte gerne etwas über Mordermittlungen erfahren. Ich verwies sie an Schweinebacke im Büro nebenan. Er liebte Vorträge und Auftritte, ich hingegen hasste das. Auf dem nächsten Zettel stand: »Ein Herr, der nicht wirklich sagen wollte, was er will.« Ich rief ihn zurück und er wollte etwas über einen Bauchdeckenbruch wissen, ohne mir aber verraten zu wollen, wofür er diese Informationen brauchte. Die nächste Frage kam von einem praktizierenden Arzt: Konnte das Alter von Erwachsenen ebenso wie das von Kindern eingeschätzt werden? Später erklärte er mir am Telefon, dass es um einen ausländischen Patienten ging, der wegen seiner Heirat sein Geburtsdatum nach oben korrigiert hatte, jetzt wegen der Pension aber wieder älter sein wollte.

Und natürlich hatte sich wieder einmal eine Autorin gemeldet: »Lotte Hansen hat angerufen«, stand auf dem Zettel. »Ihre Freundin schreibt einen Krimi. Sie hat gleich mehrere Fragen: Findet man noch DNA, wenn eine Leiche im Sommer draußen gelegen hat und stark verwest ist? Und kann man Fremd-DNA in den Haaren von Toten finden? Gibt es so etwas wie ein DNA-Register?« So vergingen die zwei Stunden.

Fünf Minuten nach vier nahm ich vorsichtig das Stoffstück ab und war schockiert über den Anblick: Eine schleimige, grünbraune Hautschicht, genau wie die, die das Mädchen auf der Brust gehabt hatte, bedeckte den Bereich unter dem Stofffetzen. Einen Moment lang blieb ich sitzen und dachte nach. Ich sah mir die Fotografien der Verletzungen noch einmal genauer an, dann nahm ich die Bilder aus der Mappe, schnappte mir den Fotoapparat und ging nach oben zu Nkem. Ich platzte einfach bei ihr herein, obwohl ich wusste, dass sie das hasste, und warf die Tür hinter mir zu. Sie stand vor dem Mikroskop und streckte sich aus.

Ich hielt ihr wortlos den Arm hin.

»Das sieht definitiv nicht gut aus.«

Ich reichte ihr die Kamera. »Ich brauche noch ein paar Fotos davon.« Sie tat mir den Gefallen, und ich überprüfte anschließend, ob die Aufnahmen auch scharf und gut belichtet waren.

Daraufhin ließ ich die Fotografien aus der Mappe vor ihr auf den Tisch fallen, obwohl ich mir ziemlich sicher war, dass sie die gar nicht sehen durfte. »Schau dir das mal an«, sagte ich und zeigte auf eines der Bilder, auf denen die Brust des Mädchens eingezoomt war. Sie starrte auf das Foto und musterte dann den Fleck auf meinem Arm.

»Sieht genauso aus. Was heißt das jetzt?«

»Wenn die Wundentwicklung ebenfalls übereinstimmt, deutet einiges darauf hin, dass auch die kleine Josefine über zwei Stunden in so einer Suppe gebadet hat. Morgen kann ich meine Wunde mit ihrer vergleichen, jeweils am zweiten Tag. Auf diese Weise kann ich den Zeitpunkt des Übergriffes eingrenzen.«

»Und das wollte die Polizei von dir?«

Ich nickte. »Sie wollten einen möglichst genauen Tatzeitpunkt, idealerweise in dem Zeitraum, in dem Josefine geschlafen hat. Den haben sie jetzt. Nicht mehr und nicht weniger.«

Nkem zog die Augenbrauen hoch.

»Ich weiß jetzt immerhin, dass es keine Spuren auf der Haut hinterlässt, wenn man die Hand kurzzeitig in Rohrreiniger taucht und dann wieder abtrocknet. Und dass kürzere Intervalle mit weniger Lösung nur zu einer leichten Rötung führen. Deshalb«, sagte ich, hockte mich mit den Fotografien hin und breitete sie am Boden aus, »kann ich daraus schließen, dass es sich um eine Art *pattern injury* handelt. Ein Muster gibt es da auf jeden Fall.«

Nkem lachte laut. »Ihr und eure Muster!«

Da war schon was dran, dachte ich, wir Rechtsmediziner fuhren wirklich auf *pattern injuries* ab. Aber das war durchaus verständlich, denn wenn die Verletzungen in ein gewisses Muster passten, konnte man leichter Schlussfolgerungen ziehen, was geschehen war. »Wir sehen ja, dass sie nicht vollständig in diesem Zeug gelegen hat.« Ich kauerte vor den Bildern auf dem Boden. »Man sieht ganz deutlich«, sagte ich und deutete auf ein Übersichtsfoto, wo man erkennen konnte, dass die Brust grünschwarz war, während sich andere Stellen nur mehr oder weniger rot verfärbt hatten, »dass sie dort, wo sie die stärksten Verätzungen hat, also auf der Brust, zugedeckt war. Da ist die Flüssigkeit in die Kleidung gedrungen und hat so längere Zeit auf die Haut eingewirkt.« Ich wies vom Ohr über den Mund bis zur Schulter, an der eine leichte Rötung zu erkennen war. »Da und da und da ist die Flüssigkeit nur entlanggelaufen, bis sie von den Kleidern aufgesaugt wurde. Aber niemand hat die Lösung weggewischt, wie ich es auf meiner Hand getan habe. Schau dir mal ihren Mund an.« Ich reichte Nkem eine Nahaufnahme von Josefines sehr rotem Mund.

»Uha, der sieht ziemlich mitgenommen aus«, sagte sie und schnitt eine Grimasse.

»Wenn ich eine Theorie über den Handlungsverlauf abgeben sollte, würde ich auf Basis des Musters, das die Bilder wiedergeben, vermuten, dass jemand versucht hat, Josefine Rohrreiniger einzuflößen, vermutlich in der Absicht, sie umzubringen – den hat sie aber wieder ausgespuckt. In ihrer Mundhöhle gab es keine Verätzungen und in der Speiseröhre auch nicht. Sie muss eine ganze Menge von dem Zeug eingetrichtert bekommen haben, denn ihre Lippen sind feuerrot. Von dort ist die Suppe in ihre Kleider gelaufen.« Ich zeigte auf Josefines Kinn, wo ebenfalls rote Spuren zu erkennen waren, und weiter auf ihre Brust, wo die Flüssigkeit dann von den Kleidern aufgesaugt worden war. »Hier siehst du ganz deutlich den Rand«, sagte ich und zeigte auf die untere Grenze der grünbraunen Fläche auf ihrer Brust. »An der Art, wie die Flüssigkeit sich verteilt hat, kann man sogar ablesen, wie Josefine gelegen hat.«

Schließlich stand ich auf, ging zum Fenster und setzte mich in den weichen Sessel, der dort stand. »Hör mal, ich muss dir etwas sehr Merkwürdiges erzählen.«

Es war dunkel geworden, und mein Magen knurrte, als ich Nkem schließlich alles über meine Kindheit mit Daniel erzählt hatte, über unser Wiedersehen hier, nach zwanzig Jahren, und seine Verstrickung in eine mögliche Kindesmisshandlung.

»Und da meinst du trotzdem, dass ausgerechnet du so ein Experiment unternehmen solltest? Du bist doch total befangen«, meinte Nkem. »Und außerdem wolltest du nie wieder etwas mit ihm zu tun haben, oder?«

Ich erhob mich und sah sie eiskalt an. »Ich bin wissenschaftliche Mitarbeiterin hier an diesem Institut, oder? Die Wissenschaft sucht die Wahrheit. Und die Wahrheit interessiert es nicht, wie Menschen heißen oder mit wem sie verwandt sind.«

»Das glaubst du doch selbst nicht«, rief sie. Was dann folgte, war der reinste *bitch-fight*.

12

Bereits am nächsten Morgen hatte »E« mir per E-Mail geantwortet:

Dr. Krause,

irgendwann bekam meine Mutter eine neue Idee, was es mit all meinen Krankheiten auf sich hatte. Es musste mein Herz sein. Irgendetwas konnte damit nicht stimmen. Der Rhythmus. Ich musste Herzrhythmusstörungen haben. Also war ich wirklich ernsthaft krank.

Sie hatte mich aufs Sofa gelegt, und ich wagte es kaum, mich zu rühren. Mit zunehmender Angst spürte ich mein Herz schlagen. Die Stahlfedern des Sofas knirschten, sobald ich Luft holte, und jeder Atemzug fühlte sich an, als ob sich meine Lungen mit Feuer füllten.

Ich sah zu meiner Mutter hinüber, die in ein Buch vertieft in dem samtgrünen Schaukelstuhl saß. Sie bewegte beim Lesen den Mund, nicht weil sie schlecht lesen konnte, sondern weil sie bei all diesen gesammelten Krankheitsbildern ständig neue Theorien formulierte, was mir denn fehlen könnte.

Mein Hirn summte von den Stimmen, die ich zu verdrängen versuchte. Tiefe Stimmen, die mir erzählten, dass ich sehr krank war und bald sterben würde, und leisere Stimmen, die behaupteten, ich sei vollkommen gesund. Meine Mutter machte es traurig, wenn es mir gut ging, denn das konnte ja nicht sein, sagte sie. Um des lieben Friedens willen erfand ich deshalb meist irgendetwas, wenn ich schnell genug war. Ansonsten tat sie das. Das wusste ich damals natürlich noch nicht, ich wusste nur, dass es am besten war, wenn ich krank war.

An diesem Tag hatte ich Bauchweh vor Hunger. Ich hatte kein Mittagessen bekommen, und mittlerweile war es acht Uhr abends. Aber gleich würden wir Hirsebrei essen, an dem schweren Tisch, den niemand von der Stelle rücken konnte. Mein Vater sabberte, und der grüne Brei klatschte auf das Plastiklätzchen. Vater grinste vor sich hin und starrte auf einen Punkt irgendwo hinter meiner Mutter.

»Nicht zu fassen«, sagte meine Mutter, und wir sahen beide weg und aßen unseren Brei mit geschlossenen Augen. Es gab häufig Brei, weil das eine der wenigen Sachen war, die ich vertrug, sagte Mutter. Tags zuvor hatte es Chips mit Dipsauce gegeben, weil die im Angebot waren, drei Tüten für den Preis von einer, aber das war gestern gewesen. Heute hätte ich es bestimmt gar nicht mehr vertragen, sagte Mama, außerdem galt das Angebot ja nicht mehr.

Tags darauf war ich wegen meines Herzfehlers nicht in der Schule. Ein großer Karton von irgendeinem Mailordershop war gekommen, sodass meine Mutter in einen vorübergehenden Waffenstillstand mit meinen Krankheiten eingewilligt hatte. Ich durfte mit meinem Rad eine Runde über Rexvilles kaugummiübersäte Hauptstraße drehen, die im Laufe des Morgens immer belebter wurde. Die meisten nutzten die Stadt nur, um hindurchzufahren und die Straße mit Plastikbechern, grünen Glasscherben, zerdrückten Bierdosen und Verpackungen von Wendy's und Pizza Hut zu schmücken. Dazu kam der stetige Geruch von Pisse, und ich hatte eine ganz bestimmte alten Dame im Verdacht, dafür verantwortlich zu sein. Sie hatte immer einen dunkelgelben Fleck auf ihrem Mantel und unternahm nicht einmal einen Versuch, diesen zu verbergen. Während sich also langsam der Müll auf der Main Street und der Cemetery Road häufte, füllte sich auch die Luft mit Burger- und Bierdunst und etwas anderem, das irgendwie nach faulen Eiern und Durchfall roch. Meine Mutter behauptete immer, dass es hier in unserem Ort die meisten hässlichen Menschen in ganz Amerika gab und dass sie nur aus Barmherzigkeit hier wohnen blieb, um auf meinen Vater aufzupassen. Sie sagte, Rexville sei die einzige Stadt in den USA, die ihn aufzunehmen bereit war, alle anderen Orte hätten Trunkenbolde seines Kalibers nicht toleriert oder gleich umgebracht.

Ich fuhr auf der Cemetery Road auf und ab, vorbei am Friedhof und der St.-Mary's-Kirche und spielte mein Lieblingsspiel: Dass ich tot umfiele, wenn ich nur einen der Gegenstände berührte, die eigentlich in einen Abfalleimer gehörten. Doch dann wurde ich kurzatmig, bekam Angst, stieg vom Fahrrad und schob es aus Rücksicht auf mein Herz nach Hause.

Als ich ins Haus kam, tanzte meine Mutter mit einer neuen roten Perücke auf dem Kopf durch das Wohnzimmer. Sie war schöner und jünger als die anderen Mütter, sagte selbst aber nur: »Unglückliche Leben haben viele Gesichter.« Sie strahlte eine beinahe elektrische Energie aus, wenn sie davon sprach, dass sie bald einen Mann finden würde, der eine teure Ausbildung auf dem Buckel hatte und dem das Geld aus jeder Pore seines Körpers drang. »Schatz, da bin ich mir wirklich ganz, ganz sicher.«

– E

Okay: Daniels Frau Nr. X (wie oft war er wohl verheiratet gewesen?) war also in Rexville mit einem Monster von Mutter aufgewachsen, so viel hatte ich verstanden. Aber warum teilte sie mir das mit? Wollte sie damit ihren Übergriff auf Josefine entschuldigen? Und was hatte das mit Daniel zu tun, dem Monster, das seine Kinder umbrachte? Versuchte sie mir zu sagen, dass ihre Mutter sie misshandelte und so auch dafür verantwortlich war, dass ihr Mann sie jetzt misshandelte? Sie war es, die in der Ambulanz geweint hatte. Er hatte nur auf der

Bank gesessen und sein Gesicht hinter seinen Händen verborgen. Okay: Vielleicht war sie genötigt worden, sich in irgendeiner Weise an der Misshandlung ihrer Kinder zu beteiligen? War das jetzt so etwas wie eine Beichte? Wollte sie Vergebung? Irgendetwas stimmte da nicht. In erster Linie die Tatsache, dass das Kind nicht ermordet worden war, dass keines von Daniels Kindern zu Tode gekommen war. Ich schob den Gedanken von mir.

Es fiel mir schwer, mich zu konzentrieren. Immer wieder musste ich an mein gestriges Gespräch mit Nkem denken. Wir waren im Streit auseinandergegangen. Ihr Gesicht hatte sich vollkommen verändert und ihr Blick war richtiggehend schwarz geworden. »Du interessierst dich doch überhaupt nicht für dieses kleine Mädchen!«, hatte sie auf einmal und ohne jede Vorwarnung gedonnert, während sie aufsprang und etwas in ihre Tasche stopfte. »Dir geht es doch nur darum, Daniel eins auszuwischen. Nur zu! Tu, was du nicht lassen kannst, lock ihn in irgendeinen dunklen Wald und bring ihn ganz einfach um!« Sie hatte ihren Mantel angezogen. »Du findest schon etwas, da bin ich mir sicher.« Als sie schon in der Tür stand und gerade gehen wollte, drehte sie sich noch einmal um und schimpfte: »C'mon, das ist es doch, was du willst!« Und dann hatte sie mich einfach in ihrem weichen Sessel zurückgelassen, allein mit all meinen Zweifeln. In gewisser Weise hatte sie ja recht, aber eben nur ein bisschen. Ich blieb sitzen, starrte auf die dunkle Scheibe und versuchte auszurechnen, zu wie viel Prozent sie recht hatte. Vielleicht zwanzig. Maximal dreißig. Mehr jedoch ganz sicher nicht. Und das sollte sie wissen. Ich war enttäuscht.

Diese Enttäuschung quälte mich immer noch. Es war inzwischen elf Uhr, und ich hatte noch so gut wie nichts ausgerichtet. Ich starrte auf die Stapel, die sich auf meinem Schreibtisch türmten, und ging zum Sofa. Meine Enttäuschung konkurrierte mit »E« um meine Aufmerksamkeit. Nicht mit meinem guten Willen.

Ich begutachtete die Wunde auf meinem Arm. Sie hatte bereits zu schuppen begonnen. Ich griff nach der Kamera und stand auf, als Nkem mit schuldbewusstem Gesicht in mein Büro kam. Sie schloss die Tür hinter sich.

»I'm sorry, *nne*«, sagte sie und blickte zu Boden. »Ich weiß, dass es so ist, ich weiß aber auch, dass das nicht die ganze Wahrheit ist.« Vermutlich verstand nur ich, was sie meinte: dass sie nämlich zu zwanzig bis dreißig Prozent recht hatte. Ihr Gesicht faltete sich zu einer unbegreiflich entschuldigenden Grimasse zusammen.

»Ist schon in Ordnung. Wir sagen so viel, wenn der Tag lang ist.«

»Ich komme dann wirklich bald rüber und helfe dir beim Auspacken. Um das wiedergutzumachen.« Oh nein. Nur das nicht. Aber das sagte ich nicht. Stattdessen bat ich sie, ein Foto von meiner einen Tag alten Wunde zu machen.

13

Es sollten zwei Wochen vergehen, bis ich wieder von »E« hörte. Zwei Wochen, in denen ich inständig versuchte, sie zu vergessen und mich ganz auf meine Arbeit zu konzentrieren, um Fyn Nielsen geben zu können, was er für die Anklageschrift brauchte.

Das Abschuppen meiner kleinen Wunde begann also bereits einen Tag nach der Verletzung, und diese Entwicklung hielt an und entsprach damit dem Wundentwicklungsverlauf bei Josefine, was den von uns angenommenen Tatzeitpunkt belegte. Ich nervte die Leute im Krankenhaus bis aufs Blut, bekam letztlich die Fotos, die ich brauchte, und verwendete anschließend jede freie Minute, um eine Argumentation zu entwickeln, die die Polizei nutzen konnte. Ich erklärte meine Vorgehensweise, eigentlich ein simples Trial-and-Error-Verfahren, dessen Schlussresultate nichtsdestotrotz sehr wissenschaftlich daherkamen. Die Darstellung beantwortete alle Fragen der Polizei und erklärte den vermutlichen Handlungsverlauf. Ich war stolz wie ein Gockel, denn auch wenn der Versuch recht primitiv gewesen war, so war er doch vollkommen einzigartig. Und schließlich hatte ich damit Erfahrungen über den zeitlichen Verlauf von Verätzungen gewonnen, die es zuvor noch nicht gegeben hatte.

Dass mein Arm am zweiten Tag schrecklich anschwoll, sich eine Woche später entzündete, sodass auch noch meine Lymphknoten in der Achselhöhle dick wurden, trug noch mehr zu meinem Gefühl bei, eine Heldin zu sein. Ein Gefühl, das Fyn Nielsen mit seiner Freude und seiner enormen Dankbarkeit unterstützte. Es machte mich einfach glücklich, diesem Mann eine Freude zu bereiten.

Da sich die Brandwundenexperten so eindeutig geäußert hatten, riet ich Fyn Nielsen, den Fall an den Rechtsmedizinischen Rat zu schicken, damit unabhängige Kollegen meinen Vorschlag beurteilen konnten. Kaum war die Sache von meinem Tisch, meldete »E« sich mit einem derart perfekten Timing, als hätte sie vernommen, dass ich Ruhe zum Arbeiten brauchte.

Dr. Krause,

am allermeisten war ich das Rasieren leid. Als Zwölfjährige hat man ja nicht gerade viele Haare auf der Brust, aber trotzdem wurde ich jedes Mal rasiert. »So machen wir das hier«, sagte die Schwester, als ich protestierte. Sie schmierte meinen Brustkorb mit kaltem, weißen Schaum ein und rasierte mich mit einem blauen Einmalrasierer, wie Vater ihn benutzte, wenn er sich gelegentlich aufraffte und sich die Zotteln aus dem Gesicht schabte.

Während die Schwester die Klinge systematisch durch die dicke Schicht Schaum zog, stellte ich mir vor, auf den Zweig zu klettern, der immer wieder am Fenster kratzte. Ich war leicht wie eine Feder, sodass er nicht brach und ich die dickeren Äste in der Nähe des Stamms erreichen konnte. Dort stellte ich mir ein Baumhaus vor, in dem ich allein lebte und vollkommen glücklich war. Auf diese Weise gelang es mir, das grelle Kliniklicht zu verdrängen, die kalten Hände, die Stimmen, Mutters angespanntes Gesicht, nur nicht den Geruch dieses zentimeterdicken Schaums, der eine Schutzschicht zwischen den Fingern der Schwester und meiner Haut bildete.

Irgendwann war ich dann bereit für die sechs weißen Lappen, die erst mit einem klaren magnetischen Gel beschmiert und dann auf meine Haut gelegt wurden. Unmengen von Leitungen führten von meinem Brustkorb über meinen Bauch in meine Hose. Sie kamen am Reißverschluss wieder heraus, aber was dann kam, wollte ich gar nicht mehr sehen, sodass ich an die Decke schaute und in dem kleinen, braunen Fleck zu verschwinden versuchte, der neben der Leuchtstoffröhre zu erkennen war. Ich ertappte mich bei der Vorstellung, dass die Leitungen irgendwie mit einem Stecker verbunden waren, der in die Steckdose gesteckt wurde, und dass die Schwester jeden Moment den Strom einschalten würde und ich wie ein Epileptiker auf dem Laken herumzuckte und erst starb, als Funken aus meinem Körper sprühten und sich dicker Rauch bildete. Genau wie damals, als sie vergessen hatten, den Schwamm zu wässern, den sie dem Mann auf dem elektrischen Stuhl auf den Kopf gelegt hatten, sodass er irgendwie von innen heraus verbrannte. Auch wenn ich nicht daran glaubte, versuchte ich mir in diesen Momenten auszumalen, durch all den Strom endlich normal werden zu können. Ganz normal, damit ich jeden Tag in die Schule gehen und sogar eine gute Schülerin werden würde. Freunde finden würde! Und nie wieder sitzenbleiben, weil ich so viel fehlte. Das Einzige, was ich konnte, war Zeichnen. Weder meine Mutter noch mein Vater konnten mit einem Zeichenstift umgehen, ich aber war richtig gut darin. Vielleicht weil ich die ganze Zeit nichts anderes tat, oder weil das etwas war, was die Hand tat, ohne dass der Kopf dafür nachdenken musste. Das war wirklich das Einzige, womit ich mir in all diesen Wartezimmern, in denen ich den Großteil meiner Kindheit verbrachte, die Zeit vertreiben konnte.

Aber sie setzten mich nicht unter Strom, was mich verwirrte. Der Krankenhausarzt, zwei Schwestern und meine Mutter standen bloß um mich herum und sahen auf einen Bildschirm, den ich selbst vor lauter Köpfen nicht sehen konnte.

»Das sind gute Neuigkeiten, Mrs. Levine«, sagte der Arzt schließlich. »Es gibt keinen Grund für die Annahme, dass mit dem Herzen Ihrer Tochter irgendetwas nicht stimmt. Es ist alles im Normalbereich.« Der Arzt deutete mit einem Finger auf die Zickzacklinie des

Kardiogramms, die meine Mutter längst auswendig kannte. Sofort begannen ihre hektischen Bewegungen. Sie zitterte, ihr Kopf zuckte von rechts nach links und zurück und sie stampfte auf dem Boden auf. Und dann kam es, tief aus ihrem Inneren, wie glühende, todbringende Lava. »WAS? Ja, haben Sie denn ihre Krankenakte nicht gelesen? Und den Brief des Spezialisten scheinen Sie auch nicht zu kennen, oder? Er hat sich ausführlich über ihr galoppierendes Herz geäußert. Darüber, wie sich der Herzrhythmus den äußeren Umständen anpasst. Also ob sie liegt oder steht. Dass sie gleich außer Atem ist, wenn sie sich nur minimal anstrengt. Wir sind hierhergekommen, um Hilfe für ein sehr krankes Kind zu bekommen, und Sie sagen mir, dass diesem Kind nichts fehlt und ich mir das alles nur … einbilde?«

»Nein, nein, Mrs. Levine …«

An dem Tag, an dem Mutter mich zum ersten Mal zu der neuen Kinderärztin Dr. Shirley mitnahm, versuchte sie mich immer wieder zu trösten. Sie wirkte beinahe elektrisiert, wie wenn sie eines ihrer Versandkatalog-Päckchen bekommen hatte. Ich hatte eigentlich bloß Hunger. Hatte den ganzen Tag nichts gegessen, weil ich zu spät aufgestanden war, um von den gezuckerten Cornflakes zu bekommen, nach denen sich mein Mund immer wie ein zusammengefallener Donut anfühlte. Mutter hatte diese Flakes kistenweise ins Auto geladen, weil sie im Angebot waren, weshalb auch schon unser Abendessen daraus bestanden hatte. Ein Pausenbrot hatte ich auch nicht mit in der Schule gehabt und Geld sowieso nicht, solange Mutter noch auf den Scheck wartete. Als ich von der Schule nach Hause kam, jammerte ich laut vor Hunger und bettelte um ein paar Cornflakes. Stattdessen packten mich Mutters Schaufelbaggerarme und verfrachteten mich zu Dr. Shirley, denn die war ihr gerade erst empfohlen worden.

»Meine Tochter hat in den letzten Tagen schrecklich unter Verdauungsbeschwerden gelitten. Ich habe nie in meinem Leben so laute ›Bäuerchen‹ von einem kleinen Kind gehört, und sie hat Bauchweh. Außerdem reagiert sie schrecklich heftig auf Fleisch, sie muss sich dann immer gleich übergeben.« Typisch Mutter, so etwas zu sagen. Ich konnte mich schon gar nicht mehr daran erinnern, wann wir zuletzt Fleisch gegessen hatten, aber mir war das nur recht, denn es schmeckte immer schrecklich.

»Und außerdem ist da die Sache mit ihrem Herzen. Das ist völlig außer Rand und Band. Dieses Mädchen hat immer irgendetwas, aber diese Provinzärzte können uns nicht helfen, die wissen nicht weiter. Deshalb hoffe ich jetzt auf Sie. Ich will dieser Sache so gerne auf den Grund gehen.«

Dr. Shirley, eine kleine, blasse Frau mit spitzer Nase und einem lippenlosen Mund, hörte mich kurz ab. Sie sagte »hmmm« und hörte mich noch einmal ab. Sie nahm sich viel Zeit und kontrollierte mein Herz, nachdem ich aufgestanden war, und dann noch einmal, nachdem ich ein paar Schritte gelaufen war. Ich habe meine Mutter selten so begeistert gesehen wie in dem Moment, als Dr. Shirley schließlich sagte:

»Der Unterschied des Herzrhythmus ist sehr groß, abhängig davon, ob Ihre Tochter sitzt, steht oder in Bewegung ist.« Meine Mutter nickte sehr eifrig.

»Und sie scheint nicht richtig Luft zu bekommen, wenn sie aufsteht. Wie fühlt sich das an?«

»Erzähl Dr. Shirley, wie schnell du immer außer Atem bist«, sagte Mutter und machte ihren Mund weit auf. »Das Ganze hängt doch zusammen.«

Ich wurde zur Herzuntersuchung ins Krankenhaus eingewiesen, und Mutter war außer sich vor Spannung.

»Ich habe Hunger«, sagte ich, als wir draußen vor der Praxis auf dem Bürgersteig standen und mein Magen so laut knurrte, dass sich ein Passant umdrehte und mich verwundert ansah. Es war inzwischen bald fünf Uhr nachmittags, und ich hatte den ganzen Tag noch nichts gegessen.

»Das geht jetzt noch nicht. In anderthalb Stunden sind wir zu Hause.« Anderthalb Stunden hatten wir also fahren müssen, um eine Ärztin zu finden, die mich nicht als völlig gesund und normal wieder nach Hause schickte. Das blieb nicht unsere längste Fahrt und es blieb auch nicht das letzte Mal, dass ich nichts zu essen bekam.

Im Krankenhaus rastete Mutter richtiggehend aus. »Innerhalb des normalen Rahmens?« So etwas durfte man nicht zu ihr sagen.

Sie hatte sich so darauf gefreut, dass ich endlich anständig untersucht werden würde, und dann schienen in diesem Krankenhaus wieder nur Idioten zu arbeiten. Scheiß Provinzklinik. Altmodische Ausstattung. Die haben keine Ahnung und engagieren sich nicht mal.

Wir fuhren geradewegs zurück zu Dr. Shirley, schließlich war das eine Notsituation. Zum Glück hatte sie an diesem Tag, einem Donnerstag, bis acht Uhr abends geöffnet und empfing uns, obwohl wir einfach so ohne Termin hereinplatzten.

Dr. Shirley hörte sich noch einmal mit ihrem kalten Stethoskop mein hämmerndes Herz an, und ich bekam Gänsehaut. Nur meine Wangen wurden heiß, als plötzlich mein Magen knurrte. Sie notierte sich meine Kurzatmigkeit und dass ich schnell müde wurde. Mein Magen knurrte wieder laut, und meine Mutter kommentierte das Geräusch mit den Worten: »Ja, dass sie Hunger hat, glaube ich, sie isst ja nichts. Was soll man denn machen? Sie zwangsernähren?«

»Ich verstehe«, sagte Dr. Shirley. »Es ist wirklich nervenaufreibend, ein krankes Kind zu haben. Aber ich verspreche Ihnen, dass ich mein Bestes geben werde, um einen Spezialisten zu finden, der Ihnen helfen kann, Mrs. Levine.«

Meine Mutter schniefte in ein Taschentuch. »Danke, Dr. Shirley. Ich fühle mich immer so schuldig, ich habe so eine Angst, irgendetwas verkehrt zu machen. Ich gebe mein Äußerstes, aber trotzdem kommen wir nicht vorwärts.« Ich sah meine Mutter ratlos an. In ihren Augen standen Tränen.

»Mrs. Levine«, sagte Dr. Shirley und legte ihre Hand auf Mutters Schulter. »Sie sind eine fantastische Mutter und Sie machen alles richtig. Ich werde Ihnen schon helfen können.«

Ja, eine verdammt fantastische Mutter, das war sie wirklich.

– E

Ihre Mutter hieß Levine, Eva hieß aber Sommer mit Nachnamen. War ich mit Eva doch auf einer falschen Fährte? Aber wenn diese Mails nicht von Eva kamen, von wem dann? Ich war diese »E« langsam leid. Hatte keine Lust, ihr zu antworten, tat es schließlich doch.

Liebe E,

ich kann Ihnen nicht helfen, wenn Sie sich nicht zu erkennen geben. Wer ist der, der mir nahesteht und der Ihrer Meinung nach seine Kinder umbringt? Und wer sind Sie? Treten Sie ins Licht, damit ich nicht die Geduld verliere.

Mit freundlichen Grüßen,
Dr. Krause

Wer war es, der mir am nächsten stand? Momentan wohl der Rollstuhlmann. Ihm hatte ich alles erzählt. Er wusste über mich, was auch Nkem über mich wusste, nahm es aber mit einer anderen Form von Verständnis entgegen. Wenn sich die Schrauben in meinem Kopf lockerten, hielt Nkem Abstand, der Rollstuhlmann hingegen nicht. Auf seltsame Weise hatte ich das Gefühl, ganz eins mit ihm zu sein, auch wenn ein ungeheures Schamgefühl in mir mich bis jetzt daran gehindert hatte, all das mit ihm zu tun, was sich in meinem Kopf abspielte, sobald ich die Augen schloss.

Eine seiner Helferinnen hieß Else. Und diese Else musterte mich immer mehr als auffällig. Vielleicht fragte sie sich, was ich eigentlich von ihm wollte? Ob ich es nur auf sein Geld abgesehen hatte und es mir egal war, dass ich ihm das Herz brach. Schließlich war sie es, die ihm den Arsch abwischte. Vielleicht hatte dieser Blick aber auch eine ganz andere Erklärung.

Der Rollstuhlmann hatte einen Sohn, der bei einem Verkehrsunfall ums Leben gekommen war, den er verursacht hatte. In gewisser Weise hatte er damit seinen Sohn getötet. *Seine Kinder*. Mehr als eins. Andererseits wusste ich ja nur, was er mir erzählt hatte.

Oh, verdammt, war das abwegig.

14

Jedes Mal, wenn ich mich dem großen weißen Haus an der Langelinie näherte, stürmte es. Und jedes Mal dachte ich an Sex. Trotzdem entwickelten die Dinge sich immer anders, als ich es erhofft hatte. Zu viel Amarone, zu viel Unpässlichkeit von Seiten des Rollstuhlmannes – mal eine Blasenentzündung, mal heftige Traurigkeit.

So auch heute. Seine ungelenken Finger bedrückten ihn. Ohne Finger konnte er nicht schreiben. Schade für ihn und nicht gerade sexy, sagte eine fiese Stimme in mir. Denn genau, als er das Thema ansprach, spürte ich den unbändigen Drang meines Körpers nach einer gesunden Hand, die über meinen Rücken streichelte und sich auf meinen Po legte. Er sollte mich anfassen, überall, mein Gesicht fest in seine Hände nehmen und mich küssen. Meine Brüste drücken und seine ganze Faust in meinen Slip schieben.

Gesunde Finger vermisste er am meisten. Dass er nicht gehen konnte, machte ihm nicht so viel aus, aber seine Finger machten ihn traurig.

Auf dem Sofatisch lagen stapelweise Ausdrucke, alles Texte, die er mit Hilfe der steifen Daumen geschrieben hatte.

»Irgendetwas muss ich ja machen«, sagte er erklärend und seufzte tief, als er mit Blick auf das Papierchaos erzählte, dass er mit Hilfe seiner Daumen ein Buch über die merkwürdigen Fälle schreiben wollte, die er im Laufe seiner Karriere bearbeitet hatte, »nur die übelsten Sachen, das, was in Erinnerung bleibt.«

Er begann mir von einer Leichenschändung in Kolding zu erzählen, erkannte aber bald an meinem flackernden Blick, dass mich diese Sache nicht wirklich interessierte. Ich wurde ärgerlich. Konnte er mich nicht wenigstens küssen?

Dann begann er über einen anderen Koldinger Fall zu reden, »vermutlich einer der ersten Fälle von Münchhausen by Proxy, der hier in Dänemark in weiteren Kreisen bekannt wurde. Du weißt doch, was das ist?«

Ich verdrehte die Augen. Natürlich wusste ich das. Vermutlich wusste ich mehr darüber als er. »Der Fall war aber nicht der erste beschriebene Fall«, sagte ich, um jeden Zweifel auszuräumen, dass er sich jetzt auf meinem Gebiet befand. »Der erste war im Jahr 1977. Damals wurde eine Sechsjährige immer wieder ins Krankenhaus eingewiesen, weil sie Blut im Urin hatte, bis sich dann irgendwann gezeigt hatte, dass ihre Mutter dem Urin das Blut beimischte.«

»Das wusste ich nicht«, sagte er etwas verärgert und zeigte mit seiner geballten Hand auf ein altes VHS-Band, das neben den Papieren auf dem Schreibtisch lag.

»Aber ich habe das Originalvideo von dem Fall in Kolding. Willst du es sehen?«

Ich hatte im Laufe meiner Zeit mit nicht wenig Münchhausen-by-Proxy-Opfern zu tun gehabt, sowohl mit toten als auch mit lebenden, und das Phänomen faszinierte mich immer wieder. Es war zwar kein Sex, aber auf jeden Fall besser als Leichenschändung. Ich stand auf, nahm das Band und steckte es in den Recorder. Der Rollstuhlmann aktivierte die Maschine mit dem Daumen, während er die Fernbedienung mit dem linken Unterarm nach unten drückte. Dann aber machte er den Recorder wieder aus und begann ärgerlich auf dem Rollstuhl vor und zurück zu rucken.

»Ach, Mist!«, schimpfte er und drückte auf einen Knopf an der Armlehne des Rollstuhls. Eine Sekunde später kam seine Helferin ins Zimmer. Else. Und natürlich warf sie mir wieder ihren unergründlichen Fahrstuhlblick zu.

»Ich brauche einen Schlag auf den Bauch«, sagte er ihr.

Ich saß neben seinem enormen Rollstuhl auf dem Sofa und meine Kinnlade sackte sprichwörtlich bis auf meine Knie, als ich sah, wie sie ihm mit voller Wucht in den Bauch schlug. Und dann noch einmal, bis ein Husten zu hören war.

»Ich kann nicht mehr selber husten«, erklärte er, als sie gegangen war, und schaltete den Recorder wieder ein. Er vergaß, dass ich Ärztin war und er mir eigentlich gar nicht so viel zu erklären brauchte. Nichtsdestotrotz kam mir diese Kur seltsam vor.

Ziemlich lange war auf dem Bildschirm nur ein Flimmern zu erkennen, doch dann sah man plötzlich ein weiß gekacheltes, leeres Bad. Ich dachte an Else, an ihren Blick, aber der Rollstuhlmann durchbrach meine Gedanken mit seinen Worten:

»Polizeikommissar Poul Løhde bekam im September 1988 mittels einer richterlichen Verfügung die Befugnis, das Zusammensein von Mutter und Sohn im Badezimmer des Krankenzimmers per Video zu überwachen. Das Badezimmer lag im Erdgeschoss, und in einem Kellerraum stand der Monitor, über den die Polizisten alles verfolgen konnten. Gibst du mir einen Schluck Wein?«

Ich stellte das Weinglas auf seine Faust und führte es an seinen Mund, während ich dachte, dass er »Befugnis« gesagt hatte. Das Band zeigte weiterhin das leere Badezimmer. Irgendwann kam eine Krankenschwester herein, nahm ein Becken und ging wieder. Erneut saßen wir da und starrten auf das leere Badezimmer. Es war möglich, dass die Aufnahme von ’88 war, aber die ganze Atmosphäre wirkte älter, und hätte mir jemand gesagt, dass diese Szenerie in einer Badeanstalt in Osteuropa irgendwann um die Jahrhundertwende herum spielte und dass man das Becken für einen Aderlass brauchte – ich hätte es geglaubt.

»Pass auf, jetzt kommt sie«, sagte er, als ich das Glas auf den

Tisch stellte. Und ganz richtig: Eine Mutter betrat den Raum, auf dem Arm ihren neunmonatigen Jungen. Sie legte das Kind vorsichtig auf den Wickeltisch, streichelte ihn, zog ihn zärtlich aus und wusch ihn mit einem großen Schwamm, den sie immer wieder in das Becken mit Wasser tunkte. Zum Schluss frottierte sie ihn vorsichtig und ließ ihn in das große Badetuch gewickelt liegen. Jetzt begann sie mit dem Kind zu blödeln, indem sie Verstecken mit seinem Schnuller spielte. Schließlich langweilte mich das Ganze, und ich goss mir Wein nach.

»Jetzt musst du aufpassen«, sagte er. Man sah, dass die Mutter den Schnuller neben den Kopf des Kindes gelegt hatte, während sie mit der Hand unter die Wickelkommode glitt, wo verschiedene Dinge lagen, unter anderem eine Plastiktüte, die sie mit der einen Hand nahm, während sie mit der anderen die Aufmerksamkeit des Jungen auf eine Reihe von Gegenständen richtete, die im Regal standen. Dann hielt er das Video an. »In diesem Moment hat das Observierungsteam im Keller bemerkt, dass sie irgendetwas im Schilde führte. Sie haben das Personal im Schwesternzimmer alarmiert und darum gebeten, dass sofort jemand nach dem Kind sieht. Aber die Schwester, die das Telefon abgenommen hatte, war nicht über die Überwachung unterrichtet und dachte, dass sich da irgendjemand einen Spaß erlaubte. Der Mann im Keller warf daraufhin den Hörer auf die Gabel und rannte nach oben, aber noch ehe er aus der Tür war, sah er im Bildschirm, was jetzt geschieht.«

Der Rollstuhlmann ließ das Video weiterlaufen, und wir sahen, wie die Mutter die Plastiktüte fest auf das Gesicht ihres Sohnes drückte, bis ein Mann mittleren Alters in Zivil in den Raum stürzte, dicht gefolgt von einem Arzt und einer Schwester.

»Es vergingen zweiundvierzig Sekunden, bis sie zur Stelle waren.«

Auf dem Video sah man, wie die Mutter die Plastiktüte zu verstecken versuchte, dass die Schwester sich das Kind schnappte und gefolgt von dem Arzt aus der Tür stürmte, während der Polizist die Arme der Frau ergriff. Danach war nur noch Flimmern zu sehen.

Ich kannte den Fall ganz genau, trotzdem war es wirklich beunruhigend, eine authentische Sequenz von etwas derart Unverständlichem zu sehen: Mütter, die Aufmerksamkeit bekamen, weil sie bei ihren Kindern immer neue Symptome erfanden oder ihnen, wie hier, direkt die Symptome lebensbedrohlicher Krankheiten zufügten. Aber ich hatte Feierabend und war nicht gekommen, um über Münchhausen by Proxy oder Leichenschändung zu reden.

Er aber saß neben mir im Rollstuhl und redete weiter über den Fall, als wäre wirklich das der Grund, weshalb ich hier war, hier bei ihm.

Ich hatte jetzt schon anderthalb Flaschen Wein intus und in meinem Unterleib zirkulierte eine Wärme, als turnten lauter kleine Kaulquappen in meinem Slip herum. Mein Über-Ich lag blutig und windelweich geschlagen irgendwo in einer Ecke und sagte kein Wort mehr. Ich spürte einen unersättlichen Drang nach etwas, das er mir nicht bieten konnte. Was aber wollte er dann? Was wollte er von mir? Er saß nur da, redete und zeigte mir einen Film. Wollte er bloß die Gesellschaft einer Dame? *Küssen kriege ich noch hin*, hatte er gesagt. Wollte er das denn auch? Es sah nicht gerade danach aus. Ich wollte es aber und legte meine Hand auf seine. »Spürst du das?«

Er schüttelte den Kopf, fügte dann aber hinzu: »Doch, da an der Schwimmhaut zwischen Daumen und Zeigefinger.« Ich fuhr zärtlich mit der Fingerspitze des Zeigefingers auf und ab. Und plötzlich wurde mir bewusst, dass er ja gar nichts tun konnte, ob er nun etwas von mir wollte oder nicht. Er konnte sich ja nicht bewegen. Wollte ich etwas von ihm, musste ich schon selbst aktiv werden. Er redete weiter. Wie oft wurde er von einer Frau, die er attraktiv fand, an einer Stelle berührt, die er spürte? Aber er redete und redete und redete. Über die Behauptung der Mutter, sich nicht an die Versuche erinnern zu können, ihr Kind erstickt zu haben. Seine unbeeindruckte Art versetzte mir einen Stich ins Herz. Ich musste wirklich etwas tun.

Ich stand auf, beugte mich hinunter und küsste ihn mitten in einem Satz, von dem ich nichts mehr mitbekam, als ich meine Zunge zwischen seine kräftigen, wohlproportionierten Lippen schob. Sie waren weich und feucht, und er entfachte mich gleich, sodass meine Beine unter mir nachgaben und ich ins Schwanken kam, während ich in seinen Mund stöhnte. Er führte seinen Arm unter mein Kleid; seine Knochen waren mehr als spürbar und seine Zunge wurde zu einem Wassermann in meinem Mund. Ich packte seinen dünnen Arm und drückte ihn fester gegen meinen Körper, bis mein Mund ganz schlaff wurde und über seine Wange glitt. Als ich mich wieder aufrichtete, sah ich meinen Speichel auf seiner Haut.

Ich setzte mich hin, zog mein Kleid zurecht, nahm einen Schluck Wein und sah weg. Er lächelte über meine plötzliche Scham.

»Mein Arzt sagt, dass ich, wenn ich eine Tablette nähme …«, begann er, ich aber hatte längst begriffen, wofür ich gekommen war, denn das Gespenst, das vor langer Zeit von mir Besitz ergriffen hatte, durchstreifte meinen Körper und molk die Begierde aus jeder Pore.

»Du bist die Sehnsucht«, sagte ich leise und schloss die Augen. »Glieder, die ohne jeden Sinn langsam auseinandergezogen werden.«

»… es vielleicht doch kann. So wie früher.«

Ich sah in die dunkelste Ecke des Zimmers und blieb mit meinen Augen dort. Dann zwang ich mich, auf meine Armbanduhr zu blicken. Es war vier Uhr morgens. Ich hätte wetten können, es wäre nicht später als Mitternacht. Wo war die Zeit geblieben?

Als ich nicht antwortete, fuhr er fort:

»Aber erst müssen wir intim miteinander sein«, sagte er und sah mich eindringlich an.

Am liebsten wäre ich auf der Stelle gestorben. *Intim!* Dieses beschissene, blöde Wort!

Er aber fuhr fort: »Ich hatte vergessen, wie es war zu küssen und was Küsse mit dem Rest des Körpers tun.«

Ich kriegte keine Luft mehr, ich musste weg, sofort. Schnell stand ich auf.

»Danke für den Abend.« Meine zitternde Stimme atmete Angst und Verwirrung in das große Zimmer. Ich küsste ihn auf die Stirn, drehte mich um und ging so schnell ich nur konnte davon.

»Kommst du wieder?«, hörte ich ihn fragen.

»Ja«, sagte ich, ohne mich umzudrehen, und schloss die Tür des Wohnzimmers hinter mir.

15

Ich segelte mit kleinen Schritten in Richtung Auto, während die Schneeflocken leicht und weich vor meinen Augen herumtanzten. Erst beim dritten Versuch gelang es mir, den Schlüssel in das Schlüsselloch meines geliebten Golf GTI zu stecken, ein Auto, das viel zu alt für Zentralverriegelungen war. Als es mir endlich gelungen war, zögerte ich einen Moment, denn ich hatte mit Sicherheit zu viel getrunken. Ich versuchte, die Gläser zu zählen, gab aber schnell wieder auf. Der Wein hatte wie Johannisbeersaft geschmeckt, und ich hatte ihn wie eine durstige Feldarbeiterin in mich hineingeschüttet. Gierig, schnell und sicher mehr als zehn Gläser, die außerdem viel zu groß waren, um in irgendein Schema zu passen. Ich lehnte den Kopf an das Dach und versuchte, mich selbst dazu zu überreden, mir ein Taxi zu bestellen. Stattdessen schwammen die Gedanken vom Rollstuhlmann (in was hatte ich mich da nur wieder verstrickt?) zu dem Videoband, das wir gesehen hatten (dass da eine Verbindung zu meinem Fall war, spürte ich). Fyn Nielsen tauchte in seinen schicken Klamotten in meinem Kopf auf. Wie er sich diskret in mein Büro schlich und den Bericht auf den Couchtisch legte. Weil ich Expertin für plötzlichen Kindstod war, für Krippentod. Was hatte das mit dem Bericht zu tun? Ein Kind war verätzt worden. Weiter nichts.

Ich starrte in die Nacht hinein, legte den Kopf langsam in den Nacken und sah nach oben in den Himmel, der endlich einmal klar und voller Sterne war. Nur das Streulicht der Straßenlaternen wirkte wie ein Dunstschleier. Etwas weiter entfernt sah ich die Lichter der Gärtnereien. Tausende von Quadratmetern beleuchteter Treibhäuser, die die Energie in die

Nacht hineinbrannten und die Unterseite der wenigen Wolken in einen roten Schimmer tunkten.

Ich spürte die Abwesenheit des Rollstuhlmanns wie einen pochenden, fast mit Händen zu greifenden Schmerz im Körper, und mein Hirn produzierte hoffnungslose Bilder von Sex mit einem Gelähmten.

Warum musste meine Wahl immer derart problembeladen sein und mich in schwierige Situationen bringen? Warum wollte ich oder das Schicksal, dass ich mich von einem Mann einfangen ließ, in dessen Gliedern kein Leben mehr war?

Josefine war entweder von ihrer Mutter oder von ihrem Vater verätzt worden, das stand inzwischen – dank meiner Nachforschungen – fest. Das kleine verätzte Mädchen war außerdem zu alt für einen Krippentod.

Mit Krippentod bezeichnete man die Todesfälle bei Neugeborenen, die man nicht erklären konnte. Obduktionen und Untersuchungen gaben meist keinen Aufschluss, und auch die Krankengeschichte des Kindes oder seiner Eltern gab keinen Hinweis. Der Säugling wurde meist, aber nicht immer, nach dem Schlafen tot aufgefunden. Es gab keine Anzeichen dafür, dass er im Augenblick des Todes gelitten hat. Der plötzliche Kindstod war der Albtraum aller frischgebackenen Eltern. Ein stiller Tod, der weder durch richtige Kost noch das richtige Bett oder irgendwelche Babyphone vermeidbar war. Es war diesbezüglich viel geforscht und spekuliert worden, und es gab einen Haufen von Theorien. Die letzte besagte, dass es mit Bakterien in den Luftwegen der Kinder zu tun habe. All diese Theorien waren aber nicht mehr als allenfalls mehr oder weniger gut begründete Annahmen, um das Phänomen zu erklären. Die Mutter, die in dem alten Video versucht hatte, ihr Kind mit einer Plastiktüte zu ersticken, hatte noch ein Kind gehabt, und dieses Kind hatte tatsächlich den Krippentod erlitten – angeblich, man glaubte das jedenfalls, bis das Video aufgenommen und vor Gericht genutzt worden war. Danach zweifelte man nicht mehr daran, dass die Mutter auch ihr erstes Kind erstickt und dies als lebensbedrohliche Apnoe getarnt hatte. Krippentodkinder starben an Apnoe – wobei das eigentlich nur eine Pause der Atmung war; diese konnte bei Säuglingen aber so lang werden, dass das Sauerstoffniveau im Körper auf eine tödliche Marke absinkt.

Mir war kalt, also setzte ich mich ins Auto, auch wenn es drinnen nicht wirklich wärmer war. Ich schaltete den Motor ein, knöpfte meinen Mantel zu und konzentrierte mich darauf, den Alkohol zu verbrennen. Dann schaltete ich das Radio ein, Roxette und *Neverending Love* dröhnte aus den Lautsprechern, sodass ich schnell den Sender wechselte, ohne zu überprüfen, welchen Knopf ich drückte. Eine gelehrte Stimme dozierte: … *auf Schloss Bodenwerder geboren und diente als Page bei Fürst Anton Ulrich II. von Braunschweig Lüneburg* … Ich bewegte den Finger zum nächsten Knopf, der das Ganze zum Schweigen bringen sollte, landete aber nach einem Klick zu oft wieder bei der gelehrten Stimme, die nun verkündete, dass es sich um Karl Friedrich Hieronymus handelte, später weltberühmt als Baron von Münchhausen. Der Kerl, der seine Lügengeschichten erzählt hatte, war also auf Schloss Bodenwerder geboren worden. Ich schaltete das Radio aus und starrte ins Dunkel. Plötzlich war er überall: Baron von Münchhausen hatte seinen Namen geben müssen für zwei pathologische Syndrome, bei denen man entweder Krankheitssymptome bei sich selbst oder bei anderen erfand oder zufügte, wobei Letzteres Münchhausen by Proxy genannt wurde. Es deutete alles darauf hin, dass eine seltsame anonyme Frau, die sich »E« nannte, ein Kriminalkommissar, ein fremder Mann in einem Rollstuhl und jetzt auch noch eine Stimme im Radio sich verschworen hatten, um mir etwas mitzuteilen. Hatte Fyn Nielsen das nicht auch bei seinem Gerede über den plötzlichen Kindstod im Kopf gehabt? Hinter seiner hübschen Stirn hatte sein Kopf aus gutem Grund den Fehler gemacht, Münchhausen und Krippentod zu vermischen. Dabei war das ganz und gar nicht das Gleiche. Trotzdem war der Krippentod von Säuglingen wie geschaffen für Frauen, die an Münchhausen by Proxy litten, denn Apnoe existierte in einer mehr oder weniger unerklärlichen Form, und zwischen den Anfällen waren die Kinder vollkommen normal. Fyn Nielsen ging es also in Wirklichkeit darum, zu überprüfen, inwieweit dieser spezielle Fall von Kindesmisshandlung meiner Meinung nach von einer Person ausgeführt worden sein konnte, die an Münchhausen by Proxy – oder MSBP, wie es in der Fachsprache hieß – litt.

Ich dachte nach. Josefines Geschichte war sicher kein typischer Münchhausen. Soweit ich das sah, war das nur ein unverständlicher, widerlicher und ziemlich bizarrer Fall von Kindesmisshandlung. Andererseits ging es in den Briefen von E bestimmt um eine Münchhausenmutter, daran gab es keinen Zweifel. Aber der Verätzungsfall? Wir pflegten zu sagen, dass alle Fälle von MSBP Kindesmisshandlungen waren, aber nicht alle Fälle von Kindesmisshandlung waren auf MSBP zurückzuführen – wie hoch die Quote war, wusste niemand, denn nur selten hatte man ein klares Bild. Es war das Letzte, an das ein Arzt dachte, wenn eine besorgte Mutter immer wieder mit ihrem unerklärlich kranken Kind auftauchte. Denn dass eine Mutter es darauf abgesehen hatte, ihr Kind zu schädigen, war immer irgendwie widernatürlich.

MSBP war sicher die komplizierteste und häufig lebensgefährliche Form von Kindesmisshandlung. Das Syndrom war definiert als das Erfinden, Übersteigern oder tatsächliche Verursachen von Krankheiten oder deren Symptomen durch nahestehende Fürsorgeberechtigte – im Prinzip die Eltern, in der Realität fast immer die Mutter. Man spricht auch von einer medizinischen oder ärztlichen Kindesmisshandlung, weil die Arztuntersuchungen und Behandlungen zu Übergriffen auf das Kind ausarten. Die Mutter schleppte das Kind zum Arzt und übertrieb entweder eine Krankheit, an der das Kind litt, erfand nicht-existente Krankheiten oder führte dem Kind eine Krankheit zu – zum Beispiel, indem sie das Kind Exkremente essen ließ oder diese dem Kind spritzte. Das Zufügen von Krankheiten wirkte auf den ersten Blick barbarischer als das Erfinden von Symptomen, aber eine gut vorgebrachte Lüge konnte oft genug dazu führen, dass ein Kind Medikamente mit ernsten Nebenwirkungen nehmen musste oder deutlich weitergehenden medizinischen Untersuchungen ausgesetzt war, bis hin zu schmerzhaften Operationen.

Verätzung? Nichts, was ich in dem Bericht gelesen hatte, deutete auf MSBP hin, und auch jetzt, als ich im Auto saß und die Lüftung voll aufgedreht hatte, um die Kälte zu vertreiben, konnte ich an dem Fall nichts Münchhausentypisches erkennen.

Schließlich waren MSBP-Frauen aber auch dafür bekannt, standhaft zu leugnen. Ich erinnerte mich an keinen Fall, in dem eine MSBP-Frau zusammengebrochen war und gestanden hatte: »Ja, ich habe meinem Kind geschadet, um Aufmerksamkeit zu bekommen.« Auch die beiden Eltern im Verätzungsfall leugneten alles. Sie bestritten, das Kind mit hochbasischer Flüssigkeit überschüttet zu haben, und gaben an, Josefine nicht weinen gehört zu haben. Beides war vollkommen unwahrscheinlich.

Als die Lüftung endlich ein wenig Wärme zu verströmen begann, erkannte ich plötzlich, wieso Fyn Nielsen auf MSBP gekommen war. Das Kind hatte schließlich seit der Verätzung bereits zahlreiche Hauttransplantationen hinter sich und weitere sollten folgen, was mit langwierigen stationären Aufenthalten, zahlreichen Arztterminen und viel Aufmerksamkeit verbunden war. Aber Fyn Nielsen musste noch mehr im Sinn gehabt haben. Ich suchte mit steifen Fingern mein Handy heraus und rief ihn an.

»Hier ist Krause«, sagte ich, als er mit einem Stöhnen ans Telefon ging. In diesem Moment hätte mir aufgehen müssen, dass es fünf Uhr morgens war, aber das blendete ich wirklich total aus. »Das Kind in diesem Verätzungsfall, ich müsste mir mal …«

Er sagte nichts, aber irgendetwas ging auf seiner Seite der Leitung mit einem lauten Knall zu Boden, bevor er stöhnte:

»Maria, verdammt, wissen Sie eigentlich, wie spät es ist?«

»Entschuldigung«, murmelte ich und spürte, wie sich eine gewisse Röte auf meinem Gesicht breitmachte. »Mich hat das wohl ziemlich gepackt. Darf ich Ihnen eine einzige Frage stellen?«

»Können Sie noch immer nicht schlafen, Maria?« In seiner Stimme war etwas Väterliches, fast Mitfühlendes, das mir nicht gefiel.

»Nein, nein, entschuldigen Sie – aber sagen Sie mir: Haben Sie die Krankenakte des Kindes irgendwo vorliegen, die war nicht im Polizeibericht?«

»Nein, die haben wir nicht.«

»Und wie kamen Sie dann auf die Idee, dass das etwas mit Münchhausen zu tun haben könnte?«

»Jetzt kann ich Ihnen gar nicht mehr folgen.«

»Sie haben mir gesagt, dass Sie mir den Bericht gegeben haben, weil ich eine Expertin für Krippentod bin – ich bin deshalb davon ausgegangen, dass Sie die Sache für einen Münchhausenfall halten …«

» Gott bewahre! Nein, ich meinte bloß, dass Sie Erfahrung mit Kindern haben … Sie glauben doch wohl nicht …«

»Nein, nicht notwendigerweise, aber könnten Sie nicht die Krankenakte des Kindes besorgen, damit wir überprüfen können, ob es darin irgendetwas gibt, was eine Münchhausentheorie stützen könnte?«

Lange Pause. »Können wir nicht morgen darüber reden?«

Morgen war Sonntag, und ich war und blieb ein ungeduldiger Mensch. »Können Sie nicht einfach diese Akte beschaffen?«

»Doch, schon«, er seufzte. »Entschuldigen Sie, Maria, aber sind Sie betrunken?«

»Nein, warum?«

»Weil Sie so laut reden. Und es ist Samstagabend. Eigentlich eher Sonntagmorgen.«

»Entschuldigen Sie.« Ich hätte in diesem Moment auflegen sollen, aber stattdessen fragte ich:

»Sie wissen nicht zufällig, wie Eva Sommer vor ihrer Heirat hieß, also ihren Mädchennamen?«

»Sie hieß Sommer. Warum?«

»Bloße Neugier. Vergessen Sie, dass ich angerufen habe, und verzeihen Sie mir, sobald Sie können. Nochmals Entschuldigung.« Ich legte auf und fühlte mich beschissen. Mit gutem Grund, sollte man meinen. Daniel hatte nicht gelogen. Er hatte tatsächlich den Namen seiner Frau angenommen. Plötzlich wurde mir bewusst, wie dumm und voll ich war. Was, wenn sich nun Fyn Nielsen dafür zu interessieren begann, wie Daniel geheißen hatte, bevor er den Namen seiner Frau angenommen hatte? Oh, verdammt! Ich sollte nur in meiner eigenen Gesellschaft trinken und ohne Telefone in Reichweite.

Ich nahm ein Kaugummi, falls ich angehalten werden sollte, und zündete mir eine Zigarette an, um den Alkoholgeruch im

Auto zu überlagern. Und dann fuhr ich unangetastet durch das menschenleere Odense nach Hause und schimpfte mich nach Strich und Faden aus, während die weichen Schneeflocken sich in einer dicken Decke auf den Boden legten.

16

In dieser Nacht riss mich ein wahnsinnig lebensechter Traum aus dem Schlaf, in dem der Rollstuhlmann auf zwei Beinen herumlief, mich packte, herumschleuderte und gründlich durchfickte. Trotz meiner Erregung hatte dieser Traum etwas vollkommen Verkehrtes an sich; der Sog fehlte, die Anziehung. Ich zog mir die Decke über den Kopf und seufzte tief. Vielleicht war ich nur ein Freak, jemand, der auf Krüppel abfuhr und dessen krankhafte Lust aus dem Drang entstand, zu helfen. Klar, warum nicht? Ich hatte so schon so viele Macken, dass es auf eine mehr oder weniger nun auch nicht mehr ankam.

Dann kam mir in den Sinn, dass heute Nkem kommen und ihre Ikea-Therapie mit mir durchziehen wollte. Ich zog die Decke noch weiter über meinen Kopf. Mit Schaudern dachte ich daran, dass ich mitten in der Nacht den netten, immer gut gekleideten Fyn Nielsen angerufen hatte. Noch weiter hochziehen konnte ich die Decke nicht. Also sah ich stattdessen aus dem Fenster. Die Schneeflocken der Nacht hatten sich in grauen Regen verwandelt, der an die Scheibe klatschte, sodass ich mich entschloss, im Bett zu bleiben. Etwas Besseres fiel mir nicht ein. Natürlich klingelte es in genau diesem Moment an der Tür, und da stand sie, meine schwarze Lebenslinie, den Kopf voller kleiner Zöpfe und mit einem verdammt ernsten Ausdruck in den Augen.

Dies war nun also der Sonntag, an dem meine leeren Zimmer geschmückt und die leeren Räume meiner Seele möbliert werden sollten, wie sie es nannte.

Ich hatte im letzten Sommer nach meinem Einzug eine Kommode gekauft und noch nicht ausgepackt. Und sechs Stühle für den Esstisch, von denen auch erst zwei zusammengebaut waren. Die anderen Sachen steckten noch in ihren Pappkartons, und Nkem hatte daraus eine Unmenge an Schlüssen gezogen und das Auspacken zu ihrem Projekt gemacht. Mich störten die Kartons nicht, aber ich spielte mit und dachte im Stillen, dass sie bestimmt irgendwann einmal einen Hobby-Psychologie-Kurs an einer Volkshochschule besucht hatte.

Sie sah aus dem Fenster, während ich mich anzog und eine Tablette gegen den Kater und den schlechten Geschmack in meinem Mund nahm und sicher auch gegen alles andere, das ins Ungleichgewicht geraten war.

Dann fingen wir an:

Nkems behandschuhte Hände hielten die Kartons, während ich die Verpackung mit einem Brotmesser aufschnitt – sicher nicht das optimale Werkzeug, aber das war im Moment sekundär. Die Klinge drang mit einem tiefen Schaben durch den Karton, und ein langer unebener Schlitz eröffnete uns die Welt von Ikea, als die Kommodenteile herausfielen und auf den Boden knallten. Nkem warf die Pappe zur Seite. Die Kommode schien aus einer Rückseite, zwei Seitenteilen, einer Reihe von Schubladen und einer Unmenge von Kleinteilen zu bestehen, die ich nicht zuordnen konnte. Schwer atmend krochen wir am Boden zwischen den Teilen herum. Ich suchte nach einer Gebrauchsanweisung und vermutete, dass das alles in China hergestellt worden war. Irgendwie gingen mir die Chinesen nicht mehr aus dem Kopf und ich stellte mir vor, dass sie überall waren und auch das Institut mit neuer Energie erfüllten. Mit mehr Leichen, mehr Forschung und besseren Resultaten. In Gedanken sah ich sie überall mit ihren kleinen, schnellen Füßen herumrennen. Es sah verdammt merkwürdig aus. Obduktionskittel in Kindergrößen. Irgendwie vollkommen verkehrt. Und sie wollten mich feuern, weil ich problematisch war, ineffektiv und sozial inkompetent.

»Ich habe jemanden kennengelernt«, sagte Nkem mit ihrer tiefen Stimme. Auch das klang verkehrt. Sagte man überhaupt so etwas? Ich musste an meine schwanzlose Katze denken, die erst auf dem Boden kratzte und sich dann im Kreis drehte, ehe sie ins Katzenklo kletterte. Nein, ich wollte überhaupt nicht an das denken, was Nkem da gesagt hatte. Schon so spritzte mir die Eifersucht aus jeder Pore. Sie sollte niemanden kennenlernen, sie gehörte mir.

Nkem hatte eine Plastiktüte mit massenhaft kleinen Schrauben und Plastikteilen gefunden, mit denen ich aber auch nichts anfangen konnte. Wir beide suchten die Gebrauchsanweisung. Ich roch ihren Eifer durch den süßen Talkumduft. Je aufgeregter sie war, desto stärker war ihr Geruch. Ah, mein *sweetheart*. Einer ihrer langen Zöpfe kitzelte mich an der Wange.

»Ich auch«, antwortete ich schließlich und atmete tief durch, um den Gedanken zu verdrängen: Ich durfte das natürlich, sie aber nicht. Ich spürte, wie sie mir durch die Finger rann, und fühlte mich schrecklich allein.

Sie sah mich an, distanziert, fürchterlich distanziert. Und ihr Blick fragte mich, ob es einen Zusammenhang gab zwischen meinen kahlen Zimmern und der Person, die ich getroffen hatte. War das wieder so ein unausgepackter Sadist? Das wäre ja nicht das erste Mal.

»Es wird nur wieder weh tun«, sagte ich, um sie zu provozieren.

Sie schloss die Augen, und in diesem Moment hätte ich ihr am liebsten eine geklebt.

»Aber auf ganz andere Weise. Er ist gelähmt.«

Sie wollte nichts mehr hören, auf jeden Fall sagte sie nichts, sondern arbeitete verbissen und mit auf den Boden gerichteten Augen weiter. Sie hatte genug von meinen Macken, die Kommode war die letzte Chance, die sie mir gab. Es war wichtig, sie zusammenzubauen, buchstäblich ging es um Leben und Tod: Schnellstmöglich sollte mein Herz in einem Zimmer schlagen, das Wärme ausstrahlte, Heimeligkeit, ein Raum, der mich zum Guten transferieren könnte. Und dann würde ich auch bald den lebenstüchtigen und voll funktionsfähigen Psychiater mit fünf gesunden Gliedmaßen kennenlernen, der mich medizinisch und mit gesundem Essen aus dem eigenen Garten wieder in den Griff bekommen würde, auf dass wir gemeinsam ein langes, glückliches Leben führen konnten.

»Und was ist mit dir? Wen hast du kennengelernt?«, zwang ich mich zu fragen.

In all der Zeit, die ich Nkem kannte, hatte sie nie jemanden kennengelernt, auf jeden Fall nicht richtig. Sie hatte immer nur ihrer verlorenen Liebe nachgetrauert. Wie ich, nur auf andere Weise.

Sie zuckte mit den Schultern. »Einen netten Mann, *nne*. Aber jetzt lass uns bauen.«

Ich spürte, wie Verzweiflung in mir aufkeimte. Wenn sie wirklich jemand kennengelernt hatte, würde das, was zwischen ihr und mir war, zu Ende sein, und dann stünde ich vollkommen allein da.

»Könntest du mal zählen, wie viele Schrauben da sind? Von den jeweiligen Sorten?« Sie sah mich nicht an, sondern suchte weiter, hob den Karton an und räumte Kleinteile weg. Ich war gerührt. Sie wollte mir nur Gutes. Nur für mich roch sie so stark nach Talkum. Mein Blick fiel auf die Rückseite der Kommode, unter der die Ecke eines Blattes hervorragte. Ich hatte endlich die Gebrauchsanweisung gefunden.

»Suchst du nach der hier?« Ich zog sie hervor und reichte ihr das Blatt. Sie nahm es und warf prüfend einen Blick darauf: »Zehn verschiedene Schrauben, acht unterschiedliche Plastikdinger.«

»Die habe ich hier«, sagte ich und zeigte auf die Häufchen, die ich gemacht hatte.

»Es sind zehn große, acht mittlere und …« Sie zählte sie mit ihrem langen, weißen Zeigefingernagel.

»Können wir die nicht einfach irgendwo reinschrauben?«

Ich war gut in Mathematik. Ich dachte logisch. Konnte ohne Probleme Gegenstände in 3D rotieren lassen. Hatte ein Faible für Mustererkennung und Naturwissenschaften und konnte problemlos mit Hilfe der Du-Bois-Formel die Oberfläche meines Katers berechnen, und das, obwohl er vor kurzem seinen Schwanz verloren hatte. Ich musste nur die Oberfläche des Schwanzes berechnen und sie von der Gesamtkatze abziehen, um so eine etwas kleinere Katze zu bekommen. Ich hätte die Kommode mit verbundenen Augen zusammenbauen können, aber ich ließ sie machen. Schließlich meinte sie, es sei lebenswichtig für mich, eine Ikea-Kommode an einer leeren Wand stehen zu haben; dabei hatte ich gar nichts, was ich in diese Kommode tun konnte. Oder auf sie draufstellen. Manchmal kamen mir Frauen unglaublich banal vor.

Nkem reichte mir nach und nach die passenden Schrauben, ohne ein Wort zu sagen, und schließlich schob ich die oberste Schublade in den Korpus hinein, während sie, auf allen vieren hockend, noch immer mit der untersten Schublade und ein paar Plastikteilen kämpfte, die nicht richtig passen wollten. Irgendwann stand schließlich eine Kommode an einer Wand, die vorher leer gewesen war. Jetzt war es also die Kommodenwand. Konnte man da noch irgendwas hinzufügen? Ein Bild vielleicht? Ein bisschen tote Natur in Farbe? Für die Seele?

»Gut«, sagte Nkem. Ihre Stirn glänzte.

»Ja.« Ich lächelte und versuchte, dankbar auszusehen, auch wenn ich wusste, dass das nicht nett von mir war, sondern herablassend. Die Kluft, die sich zwischen uns aufgetan hatte, war nicht leicht zu überbrücken.

Sie stand auf, streckte sich und seufzte. Dann nickte sie in Richtung der vier Stuhl-Kartons. Als würden die zwei, die ich schon hatte, nicht vollends reichen: Einer für sie und einer für mich. Mehr brauchte ich nicht.

»Müssen die auch noch zusammengebaut werden?«

»Nee, die sind vormontiert.«

Ich schlitzte die Kartons auf und dachte an Menschenkörper, die geöffnet wurden, einer nach dem anderen. Wir arbeiteten schweigend – fast wie in einer Kirche. Aber was wusste ich schon von menschlicher Gemeinschaft? Schließlich hatte ich sechs Stühle am Tisch stehen, obwohl ich nur zwei brauchte. Und was sollte ich jetzt damit?

»Das hätten wir.«

So etwas sagte sie sonst nicht. Eigentlich war das gerade der Unterschied zwischen ihr und den anderen Menschen – sie sagte nie etwas Dummes.

»Ja«, erwiderte ich auch nicht klüger und wartete gespannt. »Und jetzt?«

»Eines nach dem anderen. Wir sind ja schon weit gekommen.«

Ich nickte. Niemals zuvor hatten wir ein derart unerträgliches Gespräch geführt. *Eines nach dem anderen*, verflucht, es gab wirklich Grenzen, was ich in meinem Leben ertragen konnte, und eine Kommode und vier Stühle waren schon ziemlich viel. Schließlich hatte ich ja auch noch ein Bett, ein Sofa und einen Couchtisch. Und einen Esstisch. Und zwei volle, noch nicht ausgepackte Koffer. Plus einen, der aufgeklappt auf meinem Schlafzimmerboden lag. Ich wohnte hier seit über einem Jahr, aber oft war man ja einfach nur müde.

Nkem ging in die Küche, um eine Suppe zu kochen. Dann

drehte sie sich um und sagte mit besorgter Miene: »Du bist heute wirklich nicht du selbst.« Am liebsten hätte ich ihr gesagt, dass sie das ganz sicher auch nicht war, erwiderte aber stattdessen: »Ich bin also gut, wenn ich ich selbst bin? Dann gibt es ja Licht am Ende des Tunnels.«

Nach meinem Erlebnis in Freiburg im letzten Oktober hatte ich zunehmend Schwierigkeiten, die Gemeinsamkeiten von Nkem und mir zu sehen. Manchmal war da vielleicht so etwas wie Humor und ein wortloses Verständnis, das ich mir selbst nicht erklären konnte. Ansonsten spürte ich nur das, was ich mit allen Menschen gemeinsam hatte: nichts.

Gegen sieben Uhr am gleichen Abend – Nkem war schon lange gegangen – sah ich aus dem Fenster und genoss den Regen, der an der Scheibe herunterlief. Er ließ meine Aussicht zu einem alten Schwarz-Weiß-Film werden und brachte mich in Gedanken zu dem Rollstuhlmann und seinem VHS-Band.

Ein dunkler Volvo hielt mit laufendem Motor vor Nkems Tür. Dicker Qualm kam aus dem Auspuff. Plötzlich ging die Tür auf und ein Schirm entfaltete sich und stieg langsam zum Himmel, bevor ein groß gewachsener Mann aus dem Auto kletterte und sich aufrichtete. Verdeckt von seinem Schirm ging er auf Nkems Haustür zu, verschwand einen Moment aus meinem Blickfeld und kam dann mit Nkem an seiner Seite wieder zum Vorschein. Er hatte seinen Arm um sie gelegt. Bestimmt fragte er sie jetzt, ob sie einen guten Tag gehabt hatte, bevor sie ihm die gleiche Frage stellte. Und danach redeten sie vermutlich über das schreckliche Wetter, sodass Nkem die Möglichkeit bekam, über ihre Sehnsucht nach Nigeria zu sprechen, wenn Dänemark kalt, dunkel und nass war. Er öffnete ihr die Tür und sorgte mit dem Schirm dafür, dass nicht ein Regentropfen auf sie fiel. Dann schloss er vorsichtig die Tür.

Wenn sie erst im Auto saßen und sich entspannten, fielen zwischen ihnen sicher Worte, die ich nicht erahnen konnte, die ich niemals hören würde und die sie nur noch weiter von mir entfernen würde. Das Auto fuhr langsam aus meinem Blickfeld. Ich drehte mich um, ging in die Küche und öffnete eine Flasche Wein. Am liebsten hätte ich geheult, aber das war auch wieder eine dieser Sachen, die ich nicht konnte.

Der Kater rieb sich an meinem Bein. Ich sah zu seinem Fressnapf, aber der war noch halbvoll. Vielleicht fühlte er sich nur einsam. Ich nahm ihn auf den Schoß, schenkte mir Wein ein und spülte meine Gedanken mit großen Schlucken des kräftigen Malbec herunter.

Es war ein Wink des Schicksals, wenn man jemanden traf, indem man – vollkommen zufällig – rein physisch mit ihm zusammenstieß. Davon hatte ich mich schon vor langer Zeit überzeugt. Nkem und ich hatten uns auf diese Weise auf dem Flur des gerichtsmedizinischen Instituts in Kopenhagen kennengelernt, und ich hatte von unserer Begegnung sogar eine Beule davongetragen. Inzwischen war das viele Jahre her, mehr als ich spontan sagen konnte. Ebenso unvorbereitet war ich gegen die Fußstütze des Rollstuhlmanns gelaufen. Das musste doch eine Bedeutung haben. Ich hatte Lust, den Rollstuhlmann anzurufen, bevor mir in den Sinn kam, dass ich manchmal nichts lieber tat, als einfach nur durch meine Wohnung zu rennen, mit den Türen zu knallen und auf die Wände einzuhämmern. Was tat eigentlich ein Mann, der sich nicht einmal selbst an der Nase kratzen konnte?

Schließlich ging ich mit Hjalmar Söderberg ins Bett, meinem echten Zwilling, der *Doktor Glas* für mich geschrieben hatte, um meiner Seele Ruhe zu geben und mir zu zeigen, dass ich nicht allein war. *Für manche Menschen ist die Einsamkeit nicht eine Lage, in die sie geraten sind, sondern eine Eigenschaft.*

17

Die Sekretärinnen waren wieder einmal kollektiv auf einer Diätkur, sodass ihr ohnehin schon enges Büro auch noch vollgestellt war mit Mineralwasserflaschen und Obstschalen. »Mal ganz ehrlich«, platzte ich hervor, »warum könnt ihr denn nicht einfach akzeptieren, dass die etwas ausufernde Mittelpartie ein ganz natürliches Vorstadium des körperlichen Verfalls ist?« Wieder ein Morgen, an dem mir die Fantasie fehlte, um mich ein bisschen beliebter zu machen. Alle hoben ihre Blicke und sahen mich ohne zu lächeln an, alle schwiegen, bis Marianne fragte: »Was sind denn *ausufernde Mittelpartien*?«

»Bauchfett«, sagte ich, ausgerechnet ich, die ich aus unerklärlichen Gründen von diesem Leiden alternder Frauen verschont geblieben war, und das, obwohl ich regelmäßig zu viel Wein trank. Es konnte natürlich sein, dass ich meine Figur dem fantasielosen Müsli zu verdanken hatte, das ich jeden Morgen in einem bleichen See aus fettarmer Milch ertränkt zu mir nahm. Und natürlich meiner generell fehlenden Lust, etwas zu essen, wenn ich allein mit mir selbst war. »Mit Vitamin D kann man Bauchfett besser bekämpfen.« Ich stellte meinen iPod ein und wollte mir gerade die Kopfhörer in die Ohren stecken, als Ruth fragte: »Wirklich?«

»Ja, ja, das ist so. Vitamin D regt die Fettverbrennung an. Und Mandeln. Mit diesen Früchten«, ich zeigte mit der Hand auf die übervollen Schalen, »sollte man auch vorsichtig sein. Die stecken ja voller Fruchtzucker.« Ich hatte keine Ahnung, weder von Vitamin D noch von Mandeln oder Früchten, hatte das bloß irgendwann einmal mit einem halben Ohr aufgeschnappt.

Als das Telefon klingelte, sagte Ruth trocken: »Anruf für

Sie.« Bestimmt hätte sie lieber gesagt: *Verpiss dich!* Dann nahm sie lächelnd den Hörer ab und sagte: »Einen Augenblick, bitte!«, und reichte mir das Telefon: »Kenny Fyn Nielsen.« Ich sah zu, dass ich nach draußen kam, und hastete über den Flur zu meinem Büro.

»Hier ist Fyn«, sagte die melodische Stimme, und auch wenn ich ihn gerne mit einem flotten Spruch begrüßt hätte, um die peinliche Erinnerung an unser nächtliches Telefonat zu überspielen, beschränkte ich mich auf ein einfaches »Guten Morgen«.

»Sind Sie wieder nüchtern?«

»Ich bin immer nüchtern«, beeilte ich mich zu sagen. In Wahrheit schämte ich mich aber. »Was haben Sie für mich?«

»Nicht wirklich viel, fürchte ich. Ich habe in die Krankenakte des Kindes geschaut und mit dem Hausarzt geredet. Sie hatte die üblichen Krankheiten, Sie wissen schon, Mittelohrentzündung, Fieber, Lungenentzündung, nichts Besonderes für Kinder in diesem Alter. Eine Sache ist aber merkwürdig: Das Mädchen war ganze fünf Mal in der Notaufnahme, weil sie vom Wickeltisch gefallen ist und sich dabei ein paar Schrammen geholt hat. Nichts Schlimmes, eine paar Beulen und ein paar blaue Flecken, und einmal hat sie sich das Handgelenk gebrochen. Fünf Mal, das ist ziemlich oft. Es wird natürlich schwer zu beweisen sein, dass das keine Unfälle waren. Jedenfalls reicht es nicht aus, um in Richtung Münchhausen zu ermitteln.«

Gottseidank, dachte ich. Jetzt musste ich gut nachdenken, mir Zeit nehmen und die neuen Erkenntnisse richtig verdauen, bevor ich etwas sagte.

Fyn fuhr fort: »Außerdem sind diese *locked room*-Fälle ja immer etwas verzwickt. Unter Umständen müssen wir zum Schluss beide freisprechen, weil wir nicht beweisen können, wer für die Tat wirklich verantwortlich ist. Der Staatsanwalt hat sich auf den Vater eingeschossen. Schließlich war er es, der die Kleider und die Kinderwagenmatratze weggeschmissen und vermutlich auch alle alkalischen Reinigungsmittel aus dem Haus entfernt hat.«

Ich nickte. Er konnte das natürlich nicht sehen, weshalb ich zögernd ein »Hm-jaa« hinzufügte und dann noch einmal zu bedenken gab, dass das mit Münchhausen ja auch nur so eine Idee gewesen war. »Aber danke, dass Sie's überprüft haben.« Ich lächelte in den Hörer, was er natürlich auch nicht sehen konnte.

Irgendetwas an dieser Mutter beschäftigte mich, andererseits war ich froh darüber, dass sie den Vater unter die Lupe nehmen wollten. Dann musste ich mich nicht darum kümmern.

Ich hatte meine erste Obduktion erst gegen zehn Uhr, sodass mir noch Zeit blieb, ein paar E-Mails zu beantworten. Ich hatte mehr als vierzig Nachrichten bekommen, seit ich meinen Account zum letzten Mal überprüft hatte, stürzte mich aber gleich auf die eine, die unverkennbar von »E« stammte:

Dr. Krause,

Wir mussten drei Monate warten, bis wir einen Termin bei dem dritten Herzspezialisten bekamen, an den Dr. Shirley uns überwiesen hatte. Nummer zwei war mal wieder ein Quacksalber eines Provinzhospitals gewesen, mit lächerlicher Ausrüstung und einer bäuerlichen Einstellung, der ganz bewusst alles darangesetzt hat, weitergehende Untersuchungen zu sabotieren. Diese Sätze hatte ich inzwischen schon so oft gehört, dass ich sie selbst zu benutzen begann. Oft genug hatte ich zu diesem Zeitpunkt schon gesagt, wie sehr ich mir wünschte, dass dieser Sache auf den Grund gegangen wurde. Denn in einem Leben mit Blutproben, Analysen,

Injektionen, Krankmeldungen, langen Aufenthalten auf irgendwelchen Krankenbetten und einem Berg von Medizin dauert es nicht lang, bis man sich wirklich krank fühlt und nur noch hofft, dass die Erwachsenen endlich die Ursachen finden.

Mutter umklammerte das Lenkrad mit weißen Knöcheln und starrte wie ein Stier, der vor sich ein rotes, flatterndes Tuch ausgemacht hatte, durch die Windschutzscheibe. Sie murmelte fluchend vor sich hin und schimpfte über all die Scharlatane, bei denen wir schon gewesen waren. »Du bist doch wohl KRANK«, schrie sie plötzlich und wandte sich mir zu. »Und die führen sich auf, als wäre ihnen das alles egal!«

»Ja, Mama, das finde ich auch, aber bleib ruhig, wir schaffen es schon noch, der Sache auf den Grund zu gehen.«

Mutter parkte den Wagen vor einem hübschen, weißen und sehr neuen Krankenhaus, zog wütend die Handbremse an und sagte: »So, jetzt muss das aber klappen. Dieses Mal erzählst DU – und denk dran, wirklich ALLES zu erzählen, damit ich nicht wieder wie ein Idiot dastehe.«

Ich biss die Zähne fest zusammen und schloss die Augen. Wenn ich mich nur an alles erinnern konnte! Das schaffte ich doch nie. Ich wusste nie, was ich sagen sollte, und Mutter wurde dann immer so wütend. Also, was musste ich sagen? Schmerzende Stiche in der Brust? Kurzatmigkeit? Müdigkeit? Vielleicht hatte Dr. Shirley das ja auch schon im Arztbrief vermerkt?

Der neue Arzt war sehr konzentriert und heftete seine rabenschwarzen Augen auf meine hektisch redende Mutter, als ginge es um Leben und Tod. Ich musste wieder einmal schweigen. Der Arzt wollte noch einmal ein Kardiogramm machen. Dieses Mal aber doppelt so lang wie beim letzten Mal. Er klappte die Akte zu, machte mit den Lippen ein ploppendes Geräusch und verschwand aus dem Zimmer. Es gab keinen Zweifel daran, dass dieser Mann effektiv war und alles im Griff hatte. Aber noch während ich dasaß und nachdachte, dass dieser Arzt der Sache nun wirklich auf den Grund gehen würde, begann ich mich zu fragen, ob es wirklich mein Herz war, das so komplett aus den Fugen geraten war. Es konnten ja auch mein Blinddarm oder mein Kopf sein. Wir hatten mal einen Mitschüler, dem man den Blinddarm herausgenommen hatte und der anschließend ganz schnell wieder gesund geworden war. Und ein paar andere hatten irgendwelche Gehirnschäden und gingen in Spezialklassen. Aber die wurden deshalb nicht gesund, weshalb ich lieber nichts am Kopf haben wollte. Meine Mutter saß neben mir. Sie versuchte mir einzureden, dass wir nun endlich einen kompetenten Arzt gefunden hatten. »Was macht es schon, wenn du zwei statt einem Tag an diesen Apparaturen hängst. Wenn wir der Sache dadurch auf den Grund gehen können.«

Dann ging sie und die Krankenschwester schmierte mir Rasierschaum auf die Brust. Ich fixierte mit meinen Augen ihren weißen Arm, die braunroten Muttermale auf der Unterseite, und ließ mich von den ruhigen, gleichmäßigen Bewegungen der Rasierklinge einlullen. Als die Schwester das Gel auftrug, die weißen Kontaktpads hineindrückte und mit Pflastern verklebte, starrte ich auf ihren konzentrierten, leicht geöffneten Mund. Dann wurde ich wieder mit den üblichen Kabeln verstöpselt.

Meine Mutter nannte meine Ärzte immer unglaublich schnell beim Vornamen. Zwei Tage später stand sie deshalb mit »Michael« zusammen und ließ sich erklären, dass es sich vermutlich um periodische Herzrhythmusstörungen handelte. Ich saß auf einem Stuhl in der Ecke, während Mutter und Michael die Analyseresultate betrachteten, die auf seinem Schreibtisch lagen.

»Heißt das, dass sie am Herz operiert werden muss?« Ein Strahlen ging über das Gesicht meiner Mutter. Sie sah wirklich aus, als stünde sie in einem göttlichen Licht. »Ich würde da natürlich zustimmen, Michael, wenn wir das Übel damit ein für alle Male beseitigen könnten.«

»Nein, nein, das kommt gar nicht infrage. Aber wir sollten noch ein paar weitere Analysen vornehmen …«

Also meldete meine Mutter mich in der Herzabteilung des Krankenhauses an. Es war wie Schlangestehen für das Ferienlager der Pfadfinder, dachte ich, als wir draußen auf dem Flur hinter zwei älteren Damen warteten, die der Schwester hinter der Glasscheibe immer neue Fragen stellten. Aber roch es in einem Pfadfinderlager auch so gut und sicher? Ich liebte den Geruch nach Krankheit, Reinigungsmitteln und Medizin. Er gab mir Sicherheit.

Am späten Vormittag wurde ich von meinem sauberen, weißen Bett in einem Rollstuhl zu einem Bewegungsraum gebracht, obwohl ich selbst gehen konnte. Vorher hatte ich auch noch dampfend heißes Gulasch bekommen. Die Fürsorge, die mir hier zuteilwurde, machte mich wirklich froh und dankbar.

Die Schwester klebte wieder die weißen Kontaktpads auf meine Brust und schloss die Kabel an ein Gerät an. Dann zog sie mich vorsichtig aus dem Rollstuhl und schob mich auf ein Laufband. Sie schnallte mir einen Gürtel um die Hüfte und befestigte ihn zur Sicherheit an den Stangen des Laufbands, falls ich fallen sollte. Sofort war ich außer Atem. Am nächsten Tag ging es besser und tags darauf noch besser. Alle waren beeindruckt von mir, und nie in meinem Leben war ich glücklicher gewesen. Ich war sehr gerne dort, und ich liebte die Fürsorge, das Essen und die vielen Stunden, in denen meine Mutter nicht da war. Auf der anderen Seite sah ich sie kaum, wenn sie während der kurzen Besuchszeit da war, denn meistens konferierte sie mit den Schwestern und Ärzten, wenn es auch mehr so aussah, als unterhielten sie sich über irgendwelche anderen Sachen. Immer wieder hörte ich Mutters hohes, perlendes Lachen.

Auf dieser Station voller alter Menschen war ich eine umsorgte Seltenheit, und wenn ich auf dem Laufband umfallen musste, um noch etwas länger bleiben zu dürfen, dann tat ich das eben.

Ich lag gerade im Bett und las in einem Buch, als eine der nettesten Schwestern mit einem kleinen Rolltisch, auf dem alle möglichen Sachen lagen, in mein Zimmer kam. Diese Dinge mussten für jemand anderen gedacht sein, denn sie sagte:

»Na, freust du dich, dass du bald wieder nach Hause darfst?«

»Hm.« Oh nein, dieser liebe Mensch mit den dunklen Locken wollte mich nach Hause schicken!

Doch dann nahm sie einen Rasierer aus ihrer Kitteltasche und sagte:

»Aber einmal müssen wir dich noch rasieren, kleiner Schatz.«

Ich sah sie entsetzt an, und sie las meine Gedanken. Auf meiner Brust konnte wirklich nicht mal mehr ein mikroskopisch feiner Flaum sein. Schließlich fügte sie selbst hinzu: »Da unten!«, und zeigte auf meine Oberschenkel.

Mein krankes Herz pumpte wie wild in meiner Brust. »Aber ich bin doch wegen meinem Herz hier. Da unten ist doch alles in Ordnung.«

»Wenn der Arzt da einen Schnitt machen muss, dürfen da keine Haare im Weg sein.« Ich riss die Augen auf, während mein Herz immer wilder pochte.

»Das ist für den Katheter. Du willst doch auch, dass sie herausfinden, was mit dir nicht in Ordnung ist, oder?«

Ich starrte sie nur an und spürte die Panik in mir aufsteigen.

»Morgen machen sie einen kleinen Schnitt an deinem Arm und an deinem Oberschenkel, dort wo die großen Adern laufen. Dann schieben sie eine dünne Leitung hinein und gucken sich deine Herzklappen auf dem Bildschirm an. Du kannst dabei sogar zugucken.«

Als ich noch immer nichts sagte, sondern sie nur ängstlich ansah, fügte sie hinzu: »Es ist bestimmt richtig cool, sein eigenes Herz im Fernsehen zu sehen, oder was meinst du?«

»Meine Mama erfindet das alles doch nur!«, schrie ich plötzlich, ohne zu ahnen, woher das kam. Plötzlich schien die Zeit stillzustehen, und ich konnte auf mich selbst hinuntersehen, während ich da lag und diese schrecklichen Worte sagte. Das Gesicht der Krankenschwester zog sich zusammen. Aber an dieser Aussage konnte doch nichts dran sein – was war denn sonst mit mir los? Ich war doch krank! Sonst wäre ich doch nicht die ganze Zeit über müde, außerdem würde ich sonst nicht hier liegen. Nein, das Ganze war lächerlich. Meine Mutter liebte mich. Dann sagte die Schwester: »Jetzt mach das hier nicht kaputt, indem du etwas so Dummes sagst, oder gib einfach keine Antwort, wenn sie fragen! Tu einfach, was sie wollen.« Am liebsten hätte ich ihr in den Bauch getreten und wäre weggerannt. Weit, weit weg von zu Hause, um irgendwo eine andere Familie zu finden.

Die Schwester drehte sich zu ihrem Rolltisch um und reichte mir einen kleinen Plastikbecher.

»Die hier musst du nehmen«, sagte sie. Ich schluckte die Pillen gehorsam und zerdrückte den Becher in meiner Hand.

»Ich lass dich ein paar Minuten allein«, sagte sie und verließ das Zimmer. Den Rolltisch ließ sie stehen. Dort lag noch immer das Rasiermesser, und ich starrte es an, während mein Körper schwerer und schwerer wurde und ich immer tiefer in die Matratze versank. Als die Schwester wieder ins Zimmer kam, begann ich schniefend zu weinen. Ich wischte mir mit dem Arm Tränen und Schnodder aus dem Gesicht, während sie die Decke zur Seite schlug und mich an einer Stelle berührte, an der mich noch nie jemand berührt hatte. Der Geruch des eiskalten Rasierschaums und das Gefühl der Klinge auf meiner Haut ließ mich augenblicklich laut aufschluchzen, aber die Schwester drückte meine Beine auseinander und fuhr wortlos mit der Klinge über meine Haut.

»Fertig! War das denn so schlimm?«, fragte sie schließlich wie aus weiter Ferne. Und ja – es war so schlimm.

Am nächsten Vormittag war der Eingriff vorgesehen, und der Halbschlaf tropfte durch die Kanüle in meinem Handrücken, bis ich schlapp wie eine Puppe auf der Matratze lag und mich zwei Männer mitsamt meinem Laken auf ein Rollbett hoben. Ich fühlte mich, als schwebte ich schwerelos durch die Welt, während ich über Gänge geschoben wurde, die von den Sonnenstrahlen, die durch die Fenster fielen, wie ein Backofen aufgeheizt worden waren. Im Licht sah ich Staubflocken tanzen, bis sich plötzlich meine Mutter mit einem Glitzern in den Augen über mich beugte. Wieder erstrahlte sie in diesem göttlichen Licht.

Sie schnitten mit einem Skalpell in meinen Unterarm, und mein Fleisch teilte sich wie das Rote Meer. Eine elektrische Leitung wurde in eine Ader geschoben und immer weiter hinauf, über meine linke Schulter bis in mein Herz.

»Jetzt musst du gucken«, sagte eine junge Schwester und zeigte auf den Bildschirm, auf dem ein pulsierender Klumpen zu sehen war – mein Herz. Es sah aus wie eine Katze, die sich zum Sterben zurückgezogen hatte. »Du bist im Fernsehen.«

Der Arzt – er hieß noch immer Michael – holte mein schlaffes Bein unter dem Laken hervor, beugte sich darüber und schob es zur Seite. Ich starrte es apathisch an, als gehörte es gar nicht zu mir.

Mein Körper öffnete sich erneut unter seinem Skalpell, Blut sickerte heraus, aber ich sah das alles wie aus weiter Ferne, als hätte es nichts mit mir zu tun. Trotzdem zuckte ich mehrmals zusammen, sodass es ihm nicht gelang, den Katheter einzuführen, und er mich schließlich über den Tropf in Tiefschlaf versetzen musste.

Dieser Michael war von sich selbst mehr als überzeugt: Mit meinem Herzen sei alles in bester Ordnung. Mehr könne er nicht für mich tun.

Meine Mutter nahm diese Aussage ein seltenes Mal mit Fassung; sie sah Michael eindringlich und voller Ernst an, während sie kurz und effektiv all das auflistete, was er bereits wusste.

»Aber wie soll es denn jetzt weitergehen?«, fragte sie, ohne den Augenkontakt auch nur eine Sekunde abzubrechen. »Ist es in Anbetracht der vielen unklaren Untersuchungsergebnisse nicht doch langsam an der Zeit, eine Herzoperation zu erwägen? Wir müssen der Sache doch auf den Grund gehen.«

Er sah sie irritiert an. Aus ihren Augen kam jetzt kein göttliches Licht mehr, sondern Finsternis, ihre stecknadelkopfgroßen Pupillen waren wie schwarze Schächte.

»Mrs. Levine, Ihre Tochter braucht keine Herzoperation.« Er zögerte etwas, ehe er mit leicht geneigtem Kopf sagte: »Es wird Sie doch wohl freuen, das zu hören?«

Als meine Mutter ihm die Antwort schuldig blieb, fuhr er fort: »Wir könnten allenfalls in Erwägung ziehen, sie noch einmal mit Blick auf ein mögliches Frühstadium einer Mitralklappeninsuffizienz zu untersuchen.«

»Das ist doch nicht zu fassen!«, schimpfte meine Mutter jetzt doch und ließ sich theatralisch mit der Hand auf der Stirn nach hinten auf ihren Stuhl fallen. »Sie wollen sie also nicht näher untersuchen und eine Herzoperation vornehmen?«

»Alle Werte Ihrer Tochter liegen im normalen Bereich ...«

»Ich dachte, wir wären uns darüber einig gewesen, dieser Sache nun endlich wirklich auf den Grund zu gehen?«

»Wir kriegen kein Ergebnis, indem wir ein vollständig normales Herz operieren. Das Beste wird sein, erst einmal abzuwarten. Entweder werden die Symptome Ihrer Tochter mit der Zeit deutlicher, sodass wir Klarheit bekommen, oder das Ganze verliert sich vollkommen. Zum jetzigen Zeitpunkt sollten Sie alle weiteren Untersuchungen vergessen. Die sind einfach nicht nötig.«

Der effektive Michael schwang herum und ging zur Tür. Meine Mutter warf sich auf dem Stuhl nach vorn und brüllte: »Sie verantwortungsloser Mensch! Ich werde Sie verklagen, wenn sie irgendwann tot umfällt. Sie sind doch verrückt, wenn Sie nicht erkennen ...« Die Tür fiel ins Schloss, und meine Mutter drehte die Lautstärke noch ein bisschen weiter auf: »Verdammt noch mal! Meine Tochter ist krank!«

Unten im Auto schlug sie mit dem Kopf dreimal gegen die Scheibe und schrie, dass ich alles verbockt und meine letzte Chance vertan hätte. »Du hast bestimmt wieder irgendeinen Unsinn erzählt, während ich nicht da war, du Miststück!« Ihre Wut ebbte auch während des langen Heimwegs nicht ab. Erst als sie zu Hause war, beruhigte sie sich wieder, und als ich in mein Zimmer schlich, hörte ich ihre ruhige Stimme am Telefon:

»Guten Tag, meine Tochter muss von einem Herzspezialisten auf eine mögliche Mitralklappeninsuffizienz untersucht werden.«

– E

Wut und Verärgerung kochten in mir hoch. Okay, es konnte ja sein, dass »E« eine beschissene Kindheit mit einer komplett verrückten Münchhausen-Mutter hatte, aber verdammt noch mal: WAS HATTE ICH DAMIT ZU TUN? Frustriert schloss ich die E-Mail. Hätte ich doch nur eine Antwort auf diese Frage. Ich stand auf, ging zu meiner Bürotür und trat dagegen.

Poul steckte den Kopf in mein Büro und sagte, dass er den Leichnam jetzt in das Sektionszimmer brachte. Ich sah ihn verärgert an. Dann klingelte das Telefon. Es war noch einmal Fyn Nielsen.

»Ich bin es wieder, meine Liebe«, sagte er und half meiner Laune spontan auf die Sprünge. Es war verdammt lange her, dass mich jemand so genannt hatte.

»Ich wollte Ihnen nur sagen, dass wir jetzt loslegen können. Das Gutachten der Rechtsmedizinischen Vereinigung ist gekommen und stützt Ihre Schlussfolgerungen.«

»Und nicht die der Brandwundenexperten?«

»Nope.«

Und da verstand ich mit einem Mal den Ausdruck »vor Stolz platzen können«. Es fühlte sich nämlich wirklich so an, als würde ich schlagartig breiter und größer werden, sodass meine Haut sich verdammt spannen musste.

»Wissen Sie, was Sie sind?«

»Ihre Lieblingsrechtsmedizinerin?«

»Genau. Der Staatsanwalt stellt gerade den Haftbefehl aus, und dann fahren wir. Vielen Dank, Maria.«

Meine gute Laune hielt den ganzen Tag und wurde auch nicht durch die halbe Stunde beeinträchtigt, die ich im Odenser Gericht verbrachte, um eine Zeugenaussage in einem Vergewaltigungsprozess zu machen. Kurz vor Feierabend ging ich auf die Toilette, da ich schon länger dringend musste. Ich war ziemlich überrascht, als ich dort auf Nkem stieß, die sich vor dem Spiegel schminkte. In all den Jahren, die ich sie kannte, hatte ich sie nie mit Make-up gesehen. Dieser verdammte Volvomann!

»Ich dachte, Neger schminken sich nicht?«, sagte ich und verschwand in einer Toilettenkabine.

»Hmm«, sagte sie langsam. »Das tust du doch auch manchmal.«

»Ja«, rief ich aus der Kabine. »Aber ich bin ja auch keine Negerin.«

»Nein, im Moment nicht«, sagte sie kalt.

Nkem pflegte immer zu sagen: »Du bist eine Negerin«, und ich antwortete jedes Mal: »Sag das lieber nicht zu laut.« Lediglich beim ersten Mal hatte ich eine aschblonde Strähne von meinen Haaren in die Finger genommen und gesagt: »Na ja, nicht ganz, oder?« Sie war daraufhin mein Gesicht durchgegangen und hatte gesagt, ich hätte Negerlippen, dickes, elastisches Bindegewebe und braune Augen – und das würde ihr eigentlich reichen. Danach kam sie immer wieder mit diesem Negerinnen-Satz und ich wusste ziemlich genau, was sie damit meinte: Vom Schicksal dazu auserkoren, in den Augen der Weißen immer als etwas andersartig dazustehen.

Das war es, was wir gemeinsam hatten. Und diese Gemeinsamkeit war uns im Moment abhandengekommen. Ich blieb in meiner Kabine sitzen, bis sie gegangen war, und je länger ich dort saß, desto mehr hasste ich sie. Zum Schluss war ich nur noch wütend. Dann fuhr ich nach Hause, nahm eine Paracetamol und rief den Rollstuhlmann an. Ich wollte es endlich wissen: Was tat ein Mann, der sich nicht einmal an der Nase kratzen konnte, wenn er Lust hatte, gegen eine Tür zu treten?

18

Wut, zeigte sich, war nicht unbedingt ein physisches Problem für einen Mann, der sich nicht einmal selbst an der Nase kratzen konnte. Der Rollstuhlmann behauptete, nie wütend zu werden. Natürlich nicht, dachte ich. Wut gab es in diesen Lichtjahre entfernten Galaxien, aus denen er kam, ja gar nicht, bloß diese buddhaartige Ruhe. Er würde nur still, wenn er wütend sei, sagte er und lud mich wieder in sein großes Haus ein. Da sei Platz genug, um alles abzuladen, was ich loswerden wollte. Dort gäbe es für jede Sache, für jeden Menschen ein eigenes Zimmer. Ich konnte Daniel ins Klo sperren, Nkem samt ihrem verfluchten Volvomann ins Gästezimmer und all ihren Krimskrams zu den Sekretärinnen ins Büro, wo sie verhungern oder Staubmilben fressen konnten. Für meine mumifizierten Kollegen blieb dann noch die Bibliothek, in der sie sich gegenseitig mit ihrer überdeutlichen Aussprache aus uralten Büchern vorlesen konnten. Die Türen könnte ich verschließen und mich dann mitsamt dem riesigen Schlüsselbund in die Welt aufmachen. Aber noch nicht jetzt, später vielleicht.

Nkem war mit dem verfluchten Volvomann unterwegs. Die Nacht war dunkel, ich hatte Hunger und im Kühlschrank herrschte mal wieder gähnende Leere. Ich fasste spontan den Entschluss, nach draußen zu gehen, eine kleine Runde zu drehen, mir etwas zu essen zu holen und meinen Marktwert zu testen. In dieser Reihenfolge. Ich warf einen Blick durch das Fenster und stellte fest, dass es nicht mehr regnete. Also zog ich mir den Mantel an, ging über die Treppe nach unten und dachte über Falafel nach. Doch statt nach rechts zu gehen und weiter durch den Munke Mose bis zur Dönerbude, entschieden meine Beine sich für den Weg nach links, den Hunderupvej herunter.

Ich hatte alles vergessen. Immer, wenn ich sehr wütend oder traurig war, übernahmen meine Gefühle die Regie, und mitunter vergaß ich dann sogar, warum ich wütend oder traurig war. Ich verlor die Orientierung. Später versuchte ich dann irgendwann, mich wieder zu erinnern, worüber ich mich geärgert hatte. In diesen Momenten tauchten dann immer eine ganze Reihe von potentiellen Gründen auf und reihten sich brav in die Schlange ein, als wollte mein Unterbewusstsein mich bereitwillig mit allen möglichen Ausreden versorgen, schlechte Laune zu haben. Genau das geschah, als ich über den Jagtvej in Richtung Hunderupvej lief. Warum geht es mir eigentlich so schlecht, fragte ich mich, und sah Nkem und ihren Lover vor mir, der sie mir wegnehmen wollte. Auch Daniels schönes, böses Gesicht tauchte plötzlich auf. Er warf mir jenen Blick zu, den ich so hasste und der mir immer deutlich zu verstehen gab, dass er den Sieg davontragen würde … Ganz unvermittelt bog ich nach links ab und ignorierte meinen Hunger, während all diese vielen Fragen auf mich einhagelten. Wie lange wohnte er schon hier und warum? Hatte er wirklich sein Kind misshandelt? War er so böse? Hasste er nicht nur mich, sondern die ganze Welt, inklusive seiner Kinder? Wie viele Kinder hatte er überhaupt? Hasste er auch seine Frauen? War er wirklich der Teufel in Person, oder täuschte ich mich in ihm? Vielleicht war nicht nur seine Schwiegermutter eine gestörte Münchhausen-Person, sondern auch seine Frau – es war ja bekannt, dass sich Münchhausen oft von Mutter auf Tochter vererbte. Wie standen seine Aktien dann? Durch ein paar ernste Münchhausen-Fälle, mit denen ich bereits zu tun gehabt hatte, wusste ich, dass die Väter oft eine Symbiose mit ihren gestörten Frauen eingingen. Aber vielleicht war es hier ja auch der Mann, der gestört war, seine Frau unterdrückte und zur »Mitarbeit« nötigte?

Schon so oft war ich an Daniels großem, viereckigen Haus vorbeigelaufen und hatte jedes Mal darauf gehofft, irgendwelche Informationen aufsaugen zu können, eine Erklärung für das Geschehene. Alles aber, was ich sah, war ein sauberes, ordentliches Haus, das sich in das Bild der anderen Häuser im Hunderupvej perfekt einreihte: gepflegte Gärten, große Autos in den Carports, weißer Kies, Platten, Beete, Ordnung. In diesigen Nächten wie dieser waren nur die Umrisse der Häuser und die Silhouetten ihrer Bewohner in den hell erleuchteten Räumen zu erkennen. Weder Mond noch Sterne waren am Himmel zu sehen. Herr und Frau Sommer saßen an diesem Abend vor dem Fernseher. Ich sah deutlich das flackernde, blaue Licht, das aus der rechten Ecke des großen Wohnzimmers kam, ohne dass mich dieses Bild klüger machte. Aber die zwei Menschen, die sich in dieser Dunkelheit versteckten, die nur von den Lichtschwertern des Fernsehers zerteilt wurde, waren nicht normal, mindestens einer von ihnen, vielleicht sogar beide, hatten ihr Kind gequält. Das kleine Mädchen, das jetzt irgendwo im Haus schlief, hatte unglaubliche Schmerzen ertragen müssen, und vermutlich stand ihr noch einiges bevor. Nachdem sie aus dem Krankenhaus entlassen worden war, wohnte sie wieder bei ihren Eltern, während sich die Behörden darüber Gedanken machten, ob die überhaupt dazu geeignet waren, Josefine weiter bei sich zu haben. Die Gemeindepsychologen waren vorerst zu dem Schluss gekommen, dass Daniel und seine Frau normal genug waren, um ihr Kind weiterhin bei sich zu haben, und sie zementierten damit das Vorurteil, dass alle städtischen Angestellten debil waren. Ich erinnerte mich, dass in der Akte von mehreren psychologischen Gutachten die Rede gewesen war. Eva Sommer sei vollkommen normal, hieß es in der Beurteilung. Leider wurden die meisten Münchhausen-Frauen als »normal« eingestuft – wenn Eva denn ein

Münchhausen-Fall war. Es war für die Psychologen sicher schwer, diese Frauen einzustufen, und der Ansatz der englischen Psychologin Patricia Polledri, die einmal gesagt hatte, Münchhausen-Frauen seien tief in ihrem Inneren psychotisch, war nicht von der Hand zu weisen.

In dem psychologischen Gutachten über Daniel waren ein paar Besonderheiten aufgelistet worden:

Der Proband scheint an einer gemischten Persönlichkeitsstörung zu leiden, er erscheint in Belastungssituationen als emotional instabil mit einer Tendenz zu depressiven Symptomen, aber auch gewisse narzisstische und dissoziative Züge sind denkbar.

Irgendeine psychische Störung schien er also zu haben, und für mich war es beinahe eine Erlösung, diese Expertenworte zu lesen, die mir recht gaben. Des Weiteren war es wohltuend, dass Daniel als rechtlich zurechnungsfähig eingestuft wurde. Irgendwie musste ich versuchen, etwas Brauchbares aus meinen Beobachtungen abzuleiten. Ich blieb stehen, starrte in das flackernde, blaue Fernsehlicht und fragte mich, ob ich ihn anrufen und – ohne verbittert zu klingen, was natürlich unmöglich war – fragen sollte, was eigentlich geschehen war, und *warum, warum, warum*. Ich könnte ihn ja mit hinter dem Rücken gekreuzten Fingern fragen, ob wir nicht einfach einen dicken Strich unter unsere Kindheit ziehen sollten, und ihn dann ganz beiläufig bitten, mir von *seiner Wirklichkeit* zu erzählen. Wie würde er reagieren? Würde er mir die Tür vor der Nase zuknallen, mich totschlagen oder fesseln und mit Rohrreiniger übergießen? Ich drehte um und ging zurück in Richtung Stadt.

»Das Restaurant« – wie der alte, haarige Libanese seine Dönerbude nicht ohne Stolz bezeichnete – erstrahlte wie immer in grell-grünlichem Neonlicht, das flackernd die Konturen der anwesenden Gesichter schluckte. Der stolze Besitzer war heute

Abend allerdings gar nicht da. Heute bediente die neunzehnjährige Sarah mit ihrer wunderbaren Haremsnase, den rabenschwarzen Haaren und dem breiten Odense-Akzent. Lächelnd und mit halb geschlossenen Augen sang sie einen Song von Rasmus Seebach mit, während sie meine Bestellung aufnahm.

Reiß mein Herz heraus
Nimm es mit, wohin du gehst
Dein ist mein Leben
Werde immer bei dir sein

Ich wischte den roten Plastiktresen diskret mit einer Serviette ab, als sie mich nach dem Dressing fragte, das ich haben wollte.

»Crème fraîche«, sagte ich enttäuscht. Eigentlich müsste sie sich daran doch erinnern.

»Haben Sie etwas dagegen, wenn ich die Musik lauter mache?«

Ich schüttelte den Kopf. *Bei mir zu Hause darfst du alles tun.*

Es hörte nicht auf, es hörte nie auf. Ich musste einfach damit leben, mich auf die Gegenwart konzentrieren, diese Falafel essen. Sie zwinkerte mir zu, als sie mir das Essen reichte, und sang weiter.

Mein Inneres will zerspringen,
sehnt sich nur nach dir

Würde eine Tochter so etwas tun? Zwinkern? Ich dachte nach, hatte aber keine Ahnung. Als ich in den Spiegel hinter ihr blickte, sah ich sie vor mir, wie sie sich die Zähne putzte, ins Bett ging – oder wie sie morgens im Schlafanzug in die Küche geschlurft kam, um sich einen Tee zu machen, wie Emilie das immer gemacht hatte.

»Du musst dir helfen lassen«, hatte Nkem gesagt, als ich ihr gestanden hatte, dass es nicht geholfen hatte, den Mann gejagt zu haben, der Emilie ermordet hatte – die Tochter einer anderen Frau, von der mein krankes Hirn mir eingeredet hatte, es sei meine. Ich hatte ihm mein Obduktionsmesser ins Auge gestochen und zugesehen, wie er von einem anderen ermordet worden war, bevor dieser dann mit einem Messer auf mich losgegangen und mich durch den Schwarzwald gejagt hatte, sodass ich vierzehn Tage in einem Krankenhaus in Freiburg hatte verbringen müssen. Nichts hatte geholfen. Es hatte meine Sehnsucht nicht gelindert, und die alte, bohrende Einsamkeit war zurückgekehrt, kaum dass ich wieder klar hatte denken können. Es war nicht zu ertragen, sodass ich mir immer gleich eine neue Tochter erschuf, wenn ich ein Mädchen in Emilies Alter sah. Sie war etwa neunzehn gewesen. Ich stellte mir sie als Baby vor und sah mir immer wieder all die Bilder in den zehn dicken, imaginären Fotoalben meines Kopfes an. Welche Probleme hatte sie als Teenager gehabt? Ich dachte an ihren ersten Freund, an ihren zweiten, hörte, wie ich ihr ständig und immer wieder Ratschläge gab. Jämmerliche Gedanken, jämmerliches Ich.

»Und, sind sie jetzt weg?«, war das Erste, was Nkem mich gefragt hatte, als ich mit all meinen Verbänden und dem Blut fremder Menschen in meinen Adern aus Freiburg zurückkam.

»Sie? Wer?« Ich sah weg. Sie packte mein Kinn und drehte mein Gesicht zu ihr, sodass ich in ihre schwarzen, befehlenden Augen blicken musste.

»Diese Gedanken, diese Fantasietochter?«

Ich zuckte mit den Schultern und versuchte erneut, meinen Blick abzuwenden, aber sie hielt mich am Kinn fest.

»Du musst das mal laut aussprechen: *Ich habe nie eine Tochter gehabt.*«

»Ich habe nie eine Tochter gehabt.« Gott, es war peinlich, dass sie mich zu so etwas zwang. Und es enttäuschte mich, weil es so dumm erschien. Glaubte sie wirklich, dass …

»Gut«, Nkem legte den Kopf zur Seite. »Glaubst du das denn auch?«

Ich zuckte wieder mit den Schultern.

»Es ist doch eigentlich ganz harmlos, sich so etwas vorzustellen«, murmelte ich trotzig und erinnerte mich selbst an die Fantasien, die mein Leben gesteuert und mich fast umgebracht hatten.

»Das ist krankhaft«, schimpfte sie wütend, und ich konnte es kaum ertragen. »Sieh dich doch an!« Sie drehte mich brutal zum Spiegel, der neben einer ihrer afrikanischen Masken hing. Ich musterte mich selbst. Blass und eingefallen.

Ich hasste das Wort. *Krankhaft.* Und ich hasste sie, diese banale Kuh.

»Ist schon okay«, sagte ich, »so schlimm ist das nicht.«

Auch Doktor Glas hatte Fantasien. Doktor Glas war wie ich. *Während ich dasaß und den Blick dort draußen im tiefen Sommergrün versinken und ausruhen ließ, glitten meine Gedanken in eine Fantasie hinüber, mit der ich mich zuweilen amüsiere.*

Ich schluckte den letzten Bissen Falafel herunter und knüllte das Papier zusammen.

»Hast du inzwischen mit deinem Medizinstudium angefangen?«, fragte ich Sarah, die lächelnd nickte.

»Und, gefällt es dir?«

»Bla, bla, bla«, antwortete sie glücklich.

Sonst gab ich mich immer distanziert, kühl und sperrig, aber sie sollte mich mögen, hier ging es für mich fast um Leben und Tod; sie sollte mit mir reden, sich mir anvertrauen, sich wünschen, mit mir zusammen zu sein. Sie sollte sich danach sehnen, in meinem komplett leeren Gästezimmer aufzuwachen, und mir vom Flur ihr glückliches *Tschüss* zurufen, wenn sie sich morgens schon vor mir in Richtung Uni aufmachte. Genauso verhielt ich mich bei den anderen in ihrem Alter, obwohl ich ja nicht so viele traf. Wir hatten mal eine Praktikantin am Institut, die mich in gleicher Weise verändert hatte. *Mutter billig abzugeben*, dachte ich beschämt, während ich mich distanziert betrachtete. Plötzlich musste ich an den Spruch auf einer Toilettentür im Odenser Bahnhof denken: *Fotze zu verkaufen – VIEL benutzt*, 1,75 *groß*, *dicklich*, *schlammfarbene Augen. BILLIG!*

Ich lächelte innerlich und atmete tief durch. Dabei war das eigentlich nicht witzig. Das musste aufhören. Ich schwieg und verordnete mir selbst, Sarah in Ruhe zu lassen. Irgendwo musste man ja anfangen. Und trotzdem – bevor ich ging, konnte ich es nicht lassen, ihr meine Visitenkarte zu geben:

»Ruf einfach an, wenn ich dir irgendwie helfen kann«, hörte ich mich selbst mit einschmeichelnder Stimme sagen, während meine Gedanken schrien: *Hör auf! Hör auf! Hör auf!*

Nicht einmal vor einem Mann hatte ich mich jemals derart angebiedert. Aber als ich aufstand und ging, lächelte sie und sagte dankend: »Komm bald wieder.«

Niemand kann meine Gedanken lesen. Sie hält mich bestimmt nur für eine freundliche, hilfsbereite Ärztin.

Ich ging nach Hause. Es war bald zehn Uhr abends, und der Regen klatschte wieder auf mich herab. Ich spürte wieder dieses sehnende Ziehen in mir. Jemand musste den Lärm in meinem Kopf zum Schweigen bringen und die vielen Hohlräume da drinnen vollstopfen. Ich wollte vergessen, Nkem, Daniel, alles über ihn, verschanzte mich hinter meinem iPod und ließ mich von *Send me an angel to love* daran erinnern, wohin ich musste, wenn ich erst im Bad gewesen war.

19

Wieder dieser Geruch nach Reinigungsmitteln. Eine neue Hilfskraft – dieses Mal ein junger Mann – öffnete die Tür und musterte mich mindestens so misstrauisch wie Else. *Was hatte ich denn um diese Uhrzeit hier verloren. War ich käuflich? Teuer oder billig?* Vermutlich gingen ihm solche Fragen durch den Kopf. Ich folgte ihm über den langen Flur, der Klang meiner Schritte kollidierte mit seinem Schweigen.

Der Rollstuhlmann drehte sich um, als er mich auf meinen hohen Schuhen heranstöckeln hörte. Seine Wangen wurden rot. Ich beugte mich hinunter und gab ihm einen Kuss. Es wirkte nicht seltsam, eher so, als täte ich das seit vielen Jahren.

Er hauchte mir ins Ohr: »Hallo, mein süßer Schatz.«

Wann hatte mir das letzte Mal jemand so liebevoll etwas zugeflüstert? Hatte das überhaupt schon mal jemand getan?

Auch an diesem Abend war ich zurechtgemacht. Ich roch gut. Er sah mich an, und ich fühlte mich attraktiv. *Ich bekomme immer so ein Zittern im Körper, wenn du mit mir sprichst, man könnte meinen, ich sei in dich verliebt*, hatte ich ihm am Telefon gesagt.

Ich sah ihn an, wandte meinen Blick wieder ab, sah ihn jedoch sofort wieder an. Seine Augen lagen ruhig auf mir. Je länger er mich musterte, desto attraktiver fühlte ich mich, und auch das Zittern war jetzt wieder da, zunächst wie eine Hintergrundmusik, die dann aber alles zu überlagern begann. Genau wie bei körperlichen Schmerzen.

Ich musterte seinen runden Bauch und seine toten Beine, aber auch dieser Blick änderte nichts an meinen Gefühlen. Als ich die Strümpfe in seinen Sandalen wahrnahm, dachte ich, dass jetzt bestimmt Schluss war, dass die warmen Gefühle sich jetzt mit einem Schlag in Luft auflösen würden, aber so war es nicht. Irgendwie sah ich über all das hinweg.

Ich setzte mich aufs Sofa und er fuhr mit dem Rollstuhl neben mich und musterte mich noch einmal. Auf dem Tisch standen eine Flasche Amarone und zwei Gläser. Ich stand auf und goss uns ein. Hey, dachte ich, immerhin konnte er noch denken, sprechen, schreiben und mit den Armen herumfuchteln. Und er kriegte es noch hin zu küssen. Ich stellte sein Glas auf seine tote Hand, und er führte die Hand zum Mund und leerte es. Als ich ihn umarmte, hörte ich seine Lungen pfeifen.

Ich kann nicht gehen, ich kann meine Hände nicht benutzen, ich kann mich nicht räuspern, nicht husten…

Ich dachte an einen Bettler, den ich vor Jahren in Barcelona gesehen hatte; er hatte unten in der Metro in seinem Rollstuhl gekauert, beide Arme an den Ellenbogen abgetrennt. Und ich dachte an den kleinen Menschen in Indien, der jeden Tag auf einem Teppich auf die Straße gesetzt und abends wieder hereingeholt wurde. Ich wusste nicht, ob es ein Mädchen oder ein Junge gewesen war, eine Frau oder ein Mann, aber ich dachte: Konnte dieser kleine Mensch glücklich sein?

In seinen Träumen konnte auch der Rollstuhlmann laufen – und lieben. Wenn er aufwachte und entdeckte, dass er in einem toten Körper eingesperrt war, weinte er. In meinen Träumen erlöste ich ihn, brachte ich ihn dazu, wieder zu funktionieren, machte Liebe mit ihm, und gemeinsam verschwanden wir aus dieser Welt.

Ich streichelte über seine Wange. Er hatte sich frisch rasiert, seine Haut war ganz weich. Dann stand ich auf und vergrub meine Nase in seiner Halsbeuge. Er duftete wunderbar. Ich musterte sein Gesicht, erst von weitem und dann ganz aus der Nähe; es war so fein gemeißelt. Dann fuhr ich mit meinen Fingerspitzen über seinen Kopf, streichelte die Ohren, die Schläfen, die Wangen und küsste ihn langsam, wobei ich mir vorstellte, ihn in ein Glas zu gießen und mit Haut und Haaren zu trinken. Ich verlor mich in seinem großen, weichen Mund, und das zitternde Gefühl wollte nicht nachlassen. Beinahe hatte ich das Gefühl, dass er mich durch seinen Mund mit frischem Blut versorgte. Er war meine Konserve, mein Nachschub, meine Quelle. Er saugte die Zärtlichkeit aus mir und gab sie mir in anderer, magischer Form zurück, und ich dachte an das kleine, verätzte Mädchen. Wie Muttermilch floss die Zärtlichkeit in mich hinein.

Und dann erzählte ich ihm alles, in der Hoffnung, dass er es verstehen, es billigen würde – dass dann alles in Ordnung wäre. Schon vor einiger Zeit hatte ich ihm von meiner Tochter erzählt, aber erst vor kurzem, dass ich mir sie nur einbildete. Ich erzählte ihm, dass ich gerade eine Falafel gegessen hatte, und ich erzählte ihm von dem Mädchen hinter dem Tresen, das das Brot aufgewärmt und die Kichererbsenkugeln frittiert hatte und das mich zur Mutter haben könnte, wenn sie nur wollte. Vielleicht konnte ich sie dazu bringen zu denken: *Wenn du nur meine Mutter wärst. Vielleicht könnte ich ja mal vorbeikommen? Mit meiner leiblichen Mutter komme ich nicht so gut zurecht, ich hätte lieber dich. Du bist die Mutter, von der ich immer geträumt habe*. Ich erzählte ihm, wie sehr ich mich schämte, und er legte mir den Arm um den Rücken, während ich meine Wange an seinen Hals schmiegte. Und dann sagte er, dass wir alle unsere Träume hätten. Nur eben ganz unterschiedliche. Wir alle träumten von Dingen, die sich nie erfüllen würden. In diesem Moment, während sich seine Wange an die meine schmiegte und meine Geheimnisse vor ihm ausgebreitet lagen wie Organe auf einem Sektionstisch, meldete sich langsam schleichend die Wirklichkeit: Er würde mir niemals mit seiner warmen Hand über meine Wange streicheln, würde niemals seine Finger um meine Brust legen oder über meinen Po gleiten lassen. Dennoch griff ich nach seiner Hand, nach den toten Fingern und ballte eine Faust. Ich konnte es einfach nicht lassen. Mit Gewalt versuchte ich, meine Finger mit den seinen zu verkreuzen, rang vergeblich damit, meinen Zeigefinger zwischen seinen Mittel- und Zeigefinger zu schieben. Ich küsste ihn wieder und löste mich auf. Alle Gedanken verschwanden, die Tür zu meinem Herzen wurde zugeknallt und der Schlüssel umgedreht. Plötzlich gab es nur noch Platz für dieses eine Gefühl, dieses brennende Bedürfnis.

Er rief nach seinem Helfer und verschwand mit ihm im Schlafzimmer. Ich versuchte, mich nicht zu fragen, was sie jetzt da drin machten, denn ich wollte seine Geliebte sein, für immer. Seine einzige Geliebte. Trotzdem sah ich die ganze Zeit diffuse Bilder ihrer beiden Körper vor mir – und trotzdem blieb ich.

Dann lag er da, mitten im Doppelbett, auf einer besonders weichen Schonmatratze, in einem weißen T-Shirt, die untere Körperhälfte durch die Steppdecke verborgen. Als er mich in der Tür stehen sah, drehte er, so gut er konnte, den Kopf und warf mir einen fragenden Blick zu: *Ist das zu verrückt?*

Bestimmt, aber bin ich selbst nicht auch viel zu verrückt?

Wenn man einmal extrem starke Schmerzen empfunden hat, war man hinterher nicht mehr derselbe wie vorher. Die Wirbelsäule, das Herz, das Gemüt eines Kindes. Die Nervenbahnen waren tot; die Sehnsucht amputiert, Impulse und Gelüste funktionierten vielleicht nur noch in den roten Lampen unseres Gehirns, die nicht aufhören wollten zu blinken. Wie Erinnerungen, deren Nähe wir beinahe schon körperlich wahrnehmen. Genauso physisch fühlten sich bisweilen unsere Sehnsüchte, unsere brennendsten Wünsche an.

Es war warm im Schlafzimmer. Vorsichtig schloss ich die Tür hinter mir. Und blieb still stehen. Ich sah ihn vor mir, wieder so, wie er gewesen war, als ich ihn noch nicht gekannt hatte, als er noch kein Rollstuhlmann war. Ich konnte mir alles ausmalen, in lebendigen Bildern, schließlich hatte ich mir neunzehn Jahre lang erfolgreich eingebildet, ein Kind zu haben. Es war deutlich zu erkennen, dass er einmal ein großer Mann gewesen war, ein starker Mann, jemand, der über andere bestimmte und sicher nicht immer nett gewesen war. Jetzt war er ein Mann, der sich nicht mehr rühren konnte, dessen Oberkörper ebenso gelähmt war wie seine Beine, seine Finger und sein Schwanz. Ich an seiner Stelle würde mich in mein altes Leben zurückschreien oder, wenn das nicht ging, ins Krematorium. Er aber schrie nicht, obwohl er das immerhin noch konnte. Er würde auch nicht vor Wut gegen Türen treten, selbst wenn er könnte. Er stammte aus einer anderen Galaxie.

Es stimmte, er hatte mich gewarnt: *Ich bin etwas für Fortgeschrittene*. Doch zu dem Zeitpunkt hatte er noch nicht gewusst, dass auch ich behindert und etwas für Fortgeschrittene war.

Mit einer ungeduldigen Bewegung fuhr er mit seiner rechten Hand über meine Brust. »Willst du dich nicht ausziehen?«

Ich löste meine Wickelbluse, warf sie auf einen Stuhl und sah mich um. An verschiedenen Stellen im Zimmer standen Aggregate, deren Funktion ich nicht kannte, aber ich fragte nicht nach, musste ja nicht alles wissen. Dann zog ich meinen Rock und mein schwarzes Seidenunterhemd aus, obwohl ich es eigentlich lieber anbehalten hätte. Es lenkte von meinem kleinen Bauch ab, und an diesem Abend wollte ich perfekt sein. Man sollte nicht alles sehen. Er wollte aber, dass ich es auszog, und der Drang, ihm zu gehorchen, war einfach unbändig. Ich warf es zu der Bluse auf den Stuhl. Irgendwie erfüllte mich diese Geste mit ungeheurer Wärme und einem richtigen Glücksgefühl. Ich sah zu der Steppdecke hinüber, die seinen Körper von der Brust bis zu den Zehenspitzen verdeckte, und nahm mir vor, sie nicht anzurühren. Dann stellte ich mich so hin, dass er alles sehen konnte. Den schwarzen BH, den schwarzen Slip, die schwarzen Strümpfe mit den zwei Laufmaschen, meinen uralten Seeräuberschatz, den ich ihm und mir zuliebe angezogen hatte. Das zitternde Gefühl kam wieder, breitete sich bis in den letzten Winkel meines Körpers aus und betäubte mich, als er mich mit seinen Augen streichelte, ohne auch nur einen Fleck auszulassen.

»Du bist so hübsch, so anziehend, Maria. Du hast fantastische Beine.«

Es klang immer so echt, so ehrlich, wenn er das sagte. Mein Körper summte wie ein Glas voll wütender Insekten.

»Dreh dich um.« Ich gehorchte. »Du hast einen tollen Rücken, so gerade.«

Wie eine Katze kroch ich zu ihm ins Bett, legte mich auf seine linke Seite und drückte mich an ihn. Er streichelte mir mit der Rückseite seines Armes über den Rücken. »Deine Haut ist wie Seide.« Fantastische Beine, schöner Rücken, Seidenhaut.

Ich hatte davon geträumt, hier mit ihm zu liegen, hatte mir Bilder und Gefühle ausgemalt. Wenn ich mich über seinen Rollstuhl beugte und ihn küsste, war er nichts als ein Mund, der meinen Körper explodieren und alle Mauern einstürzen ließ. Ein Mund ohne Körper, ein Mund, vollkommen losgelöst von der toten, schweren Basis, dem runden Bauch, den verkümmerten Beinen.

Er konnte sich nicht umdrehen, war dazu verdammt, an dem Ort liegen zu bleiben, wo er abgelegt worden war. Ich hatte Lust, ein Bein unter die Decke zu schieben, um zu spüren, wie seine Beine durch meine Berührung zu neuem Leben erweckt wurden. Stattdessen stützte ich mich auf die Ellenbogen und küsste seine Lippen, schob meine Zunge in sein Nasenloch und leckte seinen Mund.

»Zieh deinen BH aus«, sagte er in meinen offenen Mund hinein, als habe er instinktiv gespürt, dass er mich nicht bitten durfte. Er musste befehlen. Ich richtete mich langsam auf, öffnete den BH, schüttelte ihn ab und legte mich auf den Rücken. Seine tote Hand rieb meine Brustwarze und ließ mich vollkommen sinnlos total feucht werden. Blind vor Lust auf etwas, was ich nicht bekommen konnte.

»Küss mich.«

In meinen Gedanken trug er eine Uniform, kommandierte und stieß mich herum, sodass ich hinfiel und zu blau und grün geschundener Begierde wurde. Ich wusste, wie er vor dem Unfall gewesen war. Attraktiv und stark, freundlich, aber bestimmt, dominant, kontrollierend. Kompetent. Er war 1,92 m groß gewesen und hatte Schultern wie ein Stier gehabt.

»Zieh deinen Slip aus, ich will dich lecken.«

Ich dachte an all meine Mängel. An meinen Bauch, meine Nase, daran, dass ich meinen Po schon seit Ewigkeiten nicht mehr in einem Spiegel gesehen hatte. Dabei wollte ich in diesem Moment so gerne perfekt sein. Ich hatte die Decke nicht angerührt. Hatte seinen Bauch nicht gesehen, seine dünnen Beine oder den Katheter, der in seinem Körper verschwand und den Urin in den Beutel leitete. Ich kannte Körper von innen und außen, hatte Menschen aufgeschnitten und ihnen die Organe entnommen. Ich war kein zartfühlendes Wesen, und gemeinsam mit ihm wäre ich vollkommen gewesen, voller Blut und Sehnsucht und Einsamkeit und all dem Schmerz, von dem ich nur träumen konnte.

Wieder gehorchte ich und streifte den Slip ab, zuerst mit den Händen und dann mit den Füßen, bis ich ihn wegschleuderte, ohne zu wissen, wo er landete. Jetzt war ich nackt.

»Steck deine Brust in meinen Mund.«

Ich tat, was er wollte, und er saugte wie ein Kind an meiner Brust, bis sie schwer aus seinem Mund rutschte. Sie zog eine feuchte Spur über seine Stirn, als ich mich vorbeugte und das Licht ausmachte. Direkt neben dem Lichtschalter war die Klingel. Im Dunkeln konnte ich mir einbilden, er wäre ein anderer, dabei sollte er gar kein anderer sein. Vorsichtig kroch ich über ihn, achtete genau darauf, nicht den Katheter abzudrücken oder seine Beine zu sehr zu belasten. Dann schob ich meine Hände unter sein weißes T-Shirt und streichelte ihm über die Brust. Dort konnte er mich spüren. Ich glühte, als er ungeduldig sagte:

»Jetzt komm schon!«

Ich setzte mich langsam auf seine Brust und beugte mich vor, bis meine Hände die Wand berührten. Dann hob ich meinen Unterleib an und schob ihn bis zu seinem Mund vor. Ich setzte mich auf ihn, sodass seine Zunge sich verzweigen und bis in meine Fingerspitzen, Zehenspitzen und in mein kochendes Herz dringen konnte, das in seinem einsamen Triumph glücklich davonsegelte. Dabei wusste ich genau, dass ich immer nur mir selbst begegnen würde – nie einem anderen.

20

Manchmal kam es mir so vor, als landeten alle Fragen, auf die man keine Antwort fand, auf meinem Schreibtisch. Ich las und beantwortete alles – nicht weil ich das toll oder richtig fand, sondern weil das die Politik unseres Instituts war. Auch wenn die Anfragen von Menschen kamen, die ganz offensichtlich nicht mehr alle Tassen im Schrank hatten. Dennoch, der Absender der ersten E-Mail, die ich an diesem Tag öffnete, schien sich wirklich in einer ganz eigenen Liga zu bewegen:

Maria Krause: Ich habe Sie gestern gesehen, als Sie das Gericht verlassen haben. Mein Gott, haben Sie grimmig ausgesehen. Sie sind ohne Zweifel schön, aber ich glaube wirklich, dass es Ihnen wirklich helfen würde, wenn Sie sich mal nach einer passenden Mülltonne umsehen.

MfG, Ole Boel Kristensen

Ich hatte einige wenige, nur leicht variierende, aber grundsätzlich höfliche Standardantworten für besonders dumme Anfragen, aber ich konnte mir nicht vorstellen, dass der Institutsleiter Fantasie genug hatte, um sich Nachrichten wie die von Ole auch nur vorzustellen, weshalb ich sie ganz einfach löschte. Dann öffnete ich die nächste: Eine Ärztin im Praktikum fragte, ob sie einmal sehen dürfe, was wir machten, und ob sie uns eine Nacht lang begleiten könne. Das durfte sie gerne. Eine andere Frage lautete, ob Faustschläge immer zu erkennen waren. Ich konnte darauf nicht mit ja oder nein antworten. Als Nächstes wollte ein Mann etwas über Kohlenmonoxidvergiftungen wissen. Und ein Anwalt wollte ein Treffen, um über die Verletzungen eines Vergewaltigungsopfers zu reden. Und natürlich hatte ich – wie jeden Tag – die Anfrage eines Autors im Posteingang, der etwas über einen Mord mit anschließender Zerstückelung wissen wollte. Heute wartete aber auch noch eine weitere E-Mail auf mich:

Dr. Krause,

ein Fotograf war in die Stadt gezogen, und meine Mutter bekam wieder dieses elektrisierte Zittern. Nach dem Abendessen stellte sie sich vor den Spiegel und übte mit ihren Haaren, bis sie wusste, wie sie sie stecken musste. Sie machte sich Locken und glättete sie wieder. Toupierte und stylte sich ihre Haare zu allen möglichen Frisuren, sprühte sie reichlich mit Haarspray ein, bis sie richtig glänzten. Erst standen sie ihr wild in alle Richtungen ab, wurden wieder zusammengefasst und durch einen kritischen Blick in den Spiegel begutachtet, schließlich kämmte sie sie gründlich aus, war aber nie wirklich zufrieden. Zu guter Letzt versuchte sie es mit ihrer roten Perücke. Sie betrachtete sich selbst von der Seite, zupfte an einer Locke herum, riss sich die Perücke dann aber wieder mit einem wütenden Brüllen vom Kopf.

Sie war nicht wie die anderen gut sechshundert Einwohner des Ortes. Sie war kein Loser. Der Fotograf kam aus New York. Und er hatte G-E-L-D. Sie setzte die blonde Marilyn-Perücke auf und wandte sich mir zu. »New York, du weißt schon«, wiederholte sie und zog die Augenbrauen bis fast zum Haaransatz hoch. »Das sind ganz andere Menschen.« Er hatte ein Haus gemietet, um in aller Ruhe an einem Fotoprojekt arbeiten zu können, das in Manhattan ausgestellt werden sollte.

Projekt. Manhattan. Ich verstand nicht, was das hieß, wohl aber, dass es wichtig sein musste. Und er sollte am nächsten Tag kommen, um Bilder von uns für eine Weihnachtskarte zu machen, die meine Mutter an unsere Familie in Dänemark schicken konnte, die ich nie getroffen hatte und von der sie eigentlich auch nie sprach. »Er kann mich gut leiden«, vertraute sie ihrem Spiegel an, legte den Kopf zur Seite und zwinkerte sich zu. »Und er macht das gratis.«

Sie sprach Dänisch mit mir. Das tat sie immer, wenn wir allein waren – oder wenn nur Vater bei uns war. Ihn trieb das immer zur Weißglut, denn er verstand nicht, was wir sagten. Mutter hatte die Angewohnheit, in diesen Momenten immer zu ihm hinüberzuschauen, sodass er denken musste, wir redeten über ihn. Inzwischen jedoch hatte er längst aufgegeben. Jetzt saß er am Tisch, den Kopf auf einen Arm gelegt. In diesen Momenten wusste ich nie, ob er schlief oder sich nur in sein altes Leben zurückträumte.

Mutter stellte ihre toupierten, eingesprayten Haare hoch und lächelte den Spiegel gewinnend an. »Ich glaube, ich muss da noch was ondulieren, aber ansonsten geht es.«

Den Rest des Tages verbrachte sie mit um den Kopf gewickelten Wattebäuschchen, und als sie diese herausnahm, war sie blond bis zur Kopfhaut, ja bis tief in ihre Seele hinein.

Am nächsten Tag saßen wir alle an dem großen Tisch, der nicht bewegt werden konnte, mit dem Rücken zur Wand. Das Licht fiel schräg durch das Fenster herein, und vor uns thronte eine ganze Armee von Weihnachtsmännern in klarem Plastik, die Mama per Katalog gekauft und sorgsam aufgestellt hatte.

Es war zehn Uhr morgens, Vater war erst seit einer halben Stunde wach und hatte folglich noch nicht die Zeit gehabt, sich wieder ins Koma zu saufen, wie Mama das immer nannte, wenn sie ihn mit Sabber im Mundwinkel auf dem Boden fand. Er saß neben mir und versuchte, sich wach zu blinzeln. Auf meiner anderen Seite saß Mama und plauderte mit dem Fotografen, der seine Ausrüstung vorbereitete und Mama höflich murmelnd antwortete. Wie immer, wenn sie ihr Aussehen herausstellen wollte, trug sie pastellfarbene Kleider. Der Fotograf sah ziemlich seltsam aus. Er hatte rabenschwarze Haare, einen schwarzen Vollbart und auf dem Kopf trug er etwas, das Mama als »französisches Béret« bezeichnete. Dieses Ding war tiefrot und passte zu seinem Schlips. Er war sehr schweigsam, während Mama drauflos plauderte. Sie strahlte wirklich wieder Energie aus, war richtiggehend elektrisiert. Schon um sieben war sie aufgestanden, hatte alle mit ihrem Föhn aus dem Schlaf gerissen und dann dänische Weihnachtslieder gesungen. Als ihre Haare endlich saßen, wie sie sollten – turmhoch oben auf dem Kopf und im Nacken mit einer Samtschleife zusammengebunden (die man auf den Fotografien aber nicht sehen würde) –, weckte sie mich aufgedreht, indem sie mir die Decke wegzog und gleich mit einer Bürste auf meine Haare losging. Das Beste sei aber, sagte sie mir, während sie mich in sitzende Stellung zog, dass ich heute nicht krank sei und keine Pillen nehmen müsse. Vor allem die blauen Migränepillen sollte ich nicht nehmen. Die machten mich immer richtig krank, sodass ich den Tag auf der Toilette verbrachte.

»Und jetzt wasch dich«, flötete sie, während sie meinen Vater mit einem eiskalten Coors-Bier weckte, damit er nicht zitternd vor dem Fotografen saß.

So ergab es sich, dass wir drei an dem Morgen, an dem der dunkle Fotograf aus Manhattan uns verewigen sollte, seltsam fröhlich waren. Das Resultat zeigte dann tatsächlich eine breit grinsende Familie aus dem großen Amerika, die vermutlich bei allen Familienmitgliedern, denen es nicht an Respekt fehlte, an den Kühlschrank gepinnt wurde. »Unsere Familie in den USA«, würden unsere Verwandten in Dänemark stolz erklären, wenn Freunde oder Bekannte zu Gast waren. »Denen geht es gut.«

Auch tags darauf, als Mutter das Bild bei dem Fotografen in dessen großem Haus holen sollte, war ich nicht krank, sondern durfte in die Schule gehen. Als ich nach Hause kam, war Mutter nicht da. Vater schlief. Dass Mutter nicht da war, kam so gut wie nie vor, und ich bekam eine Wahnsinnsangst.

Als sie schließlich nach Hause kam, standen ihre Haare in alle Richtungen ab, und sie redete unaufhörlich von dem Fotografen und dem Bild, das sie in zahlreichen Kopien auf dem großen Tisch ausbreitete. Sie meinte, es stünden uns gute Zeiten bevor, und schrieb auf die Rückseite unserer lächelnden Gesichter: Lieber X, liebe Y, Grüße aus Rexville.

Auch in den nächsten Tagen ging ich in die Schule, denn ich sei, wie Mutter mir mitteilte, noch immer gesund, sodass die Pillen als überflüssig erklärt und weggepackt wurden. Wenn ich nach Hause kam, schlief Vater. Mutter war weg und kam immer erst gegen fünf Uhr. Ihre Haare wurden mit jedem Tag zerzauster und ihr Lächeln immer breiter. »Es geht voran«, sagte sie und zwinkerte mir zu, während sie Milchreis in den Messbecher schüttete. Bis Weihnachten bekamen wir jeden Nachmittag Reisbrei, sodass Vaters Plastiklätzchen immer verkleckert war.

Mutters seltsam gute Laune hielt sich bis kurz vor Weihnachten. An den Tag erinnere ich mich genau, denn ich kam zum ersten Mal, solange ich denken konnte, mit einem ziemlich guten Zeugnis nach Hause. Das bemerkte aber niemand, denn Vater schlief, und Mutter lag unter Kissen begraben auf ihrem Bett. Das Einzige, was ich sehen konnte, waren ihre matten blonden Haare, die unter dem Kissen hervorlugten und wie die Spitzen eines Strohsternes aussahen.

Wir bekamen kein Abendessen, Mutter blieb im Bett. Ich aß Cornflakes mit fettarmer Milch und hörte sie nebenan im Bett stöhnen. »Mein Leben ist kaputt«, murmelte sie immer wieder.

In dieser Nacht machte ich wieder ins Bett, wie in den Tagen vor der Fotografie und auch viele Monate vorher. Ich erwachte in einem klammen, stinkenden Pyjama auf klitschnassen Laken. Das war nichts, was ich unter Kontrolle hatte, es passierte einfach. Ich wurde zwar immer direkt danach wach und schämte mich, blieb dann aber im Bett und schlief weiter, da ich jetzt ja ohnehin nichts mehr machen konnte.

Am nächsten Morgen zog meine Mutter das vollgepinkelte Laken vom Bett und schrie mich an, wie leid sie das alles sei und ob ich überhaupt eine Ahnung habe, wie teuer es sei, ständig diese Bettwäsche zu waschen. Allein schon Strom und Waschmittel. Sie proklamierte, dass ich wieder krank sei, und steckte mir eine blaue Migränepille in den Mund. Den Geschmack hatte ich den ganzen Tag im Mund, obwohl ich mich zweimal erbrach. Auch das seltsame Gefühl, einen pelzigen Belag auf den Zähnen zu haben, blieb bis zum Abend.

Dann hörte ich Mutter im Wohnzimmer telefonieren, sie machte einen Termin bei einem Arzt aus. »Sie kann kein Wasser mehr lassen. Ich weiß wirklich nicht, was mit diesem Kind los ist.«

Merkwürdig, dachte ich. Ich musste doch ständig aufs Klo.

– E

Ja, ich finde auch, dass das reichlich viel Urin war, schimpfte ich leise und erwog, ihre Briefe an den Staatsanwalt weiterzuleiten.

Jetzt musste sie sich wirklich zusammenreißen!

Antworten wollte ich auf keinen Fall darauf. Stattdessen beschloss ich, einen kleinen Ausflug zu machen.

21

Schnee, Schnee, Schnee und dann eiskalter Regen. Abgelöst von neuem Schnee. Drei Monate lang kalte Knochen, die bei der kleinsten Berührung knackten. Drei Monate lang Wolle und Daunenjacken, weißer Atem und frierende Fingerspitzen, die nie richtig warm werden wollen. Drei Monate lang. Kann sein, dass mir jeder Meteorologe da widerspräche, aber genau so fühlte es sich an.

Zumindest hatte es im Laufe der Nacht heftig geschneit, doch als ich am Morgen das Autoradio einschaltete, hörte ich, dass weder Kitas noch Schulen durch die Schneefälle ausfallen sollten, sodass ich das Radio wieder ausmachte. In den USA gab es angeblich einige Radiosender, die ausschließlich Musik spielten, aber wie sagte Marianne immer so schön: Was gibt es dort denn nicht? Vermutlich hätte ich meinen Besuch bei Großvater in Rødekro auf einen anderen Tag verschieben sollen, aber ich hatte ihn inzwischen wirklich lange nicht mehr gesehen und musste einfach mal raus. Außerdem, und da konnte ich ruhig ehrlich sein, wollte ich ihm ein paar Informationen entlocken. Ich musste mehr über Daniel wissen, ohne direkt in Kontakt mit ihm zu treten. Rødekro war dafür zweifellos der beste Ort, denn wenn man bestimmte Frauen für Tratschweiber hielt, kannte man die Schweinebauern dort auf dem Land noch nicht. Sie hielten ausgiebige Schwätzchen, wenn sie sich mit ihren Traktoren auf den schmalen Feldwegen begegneten, wenn sie einander bei den großen Maschinen halfen, die immer mal wieder kaputtgingen, oder wenn die tonnenschweren, süßlich nach Gras duftenden Rundballen umgelagert werden mussten. Und ganz besonders redeten sie, wenn sie ihren kalten, schwarzen Kaffee an Großvaters Küchentisch tranken, dieser Tisch, der einmal täglich mit einem feuchten Lappen abgewischt wurde, der vermutlich Millionen von Bakterien beheimatete, die noch unter keinem Mikroskop untersucht worden waren.

Oh ja, die Schweinebauern in Rødekro kannten ihre Nachbarn in- und auswendig, sie wussten alles über Gurli und Sonja und Elsbeth, insbesondere, wenn die mit jemandem plauderten, mit dem sie eigentlich nicht plaudern sollten. Hörte man bei diesen Gesprächen an Großvaters Tisch genau zu, erschien es beinahe, als könnten diese braven Männer tatsächlich Gedanken lesen. Eine Sache war ganz sicher: In ihren Köpfen gab es spezielle Zentren, in denen die Trivialitäten ihrer nächsten Mitmenschen abgespeichert waren, und diese Bereiche des Hirns mussten besser durchblutet sein als alle anderen. Vielleicht wäre das bei mir auch nicht anders, wenn ich tagaus, tagein mit Schweinen zu tun hätte. Auf jeden Fall hatte ich als kleines Mädchen immer begeistert die Ohren gespitzt, wenn Großvater und die anderen Bauern ihre Geschichten erzählten.

Ich verfluchte meine Sommerreifen, denn auf den kleinen Straßen erinnerte der Asphalt eher an braune Seife, sodass mir das Lenkrad ständig aus den Fingern glitschte. Wenn ich an den Winter dachte, verfluchte ich Ruth aus ganzem Herzen. »Oh, ist das hübsch!«, war ihr ständiger Kommentar. Unablässig. Drei Monate lang. Hingerissen starrte sie aus dem Fenster, hinter dem alles angeblich so wunderbar weiß war. *Reiß dich zusammen, du lächerliche Schrulle!*, dachte ich dann. *Das ist weder schön noch weiß, das ist gelb und hässlich. Und manchmal sogar braun.* Ich schloss mich voll und ganz den klugen Worten einer Frau an, die einmal gesagt hatte: »Schnee ist böses Wasser, Regen nur unsympathisches Wasser.« Trotzdem, je näher ich Rødekro kam, desto weißer und schöner wurde die Landschaft, die mir sonst immer so trostlos erschien.

Als ich schließlich auf dem Kies vor dem stillgelegten Schweinestall parkte, wurde ich von einer wohlbekannten Schar Katzen begrüßt. Mein geliebter Großvater kam mir entgegen, seinen kleinen, drahtigen Körper wie immer in Blaumann und Gummistiefel gehüllt, und grinste mich zahnlos an, ehe er im Haus verschwand und die Tür offen stehen ließ. Wir betraten die Küche von zwei verschiedenen Seiten, und ich wusste, dass er noch rasch im Schlafzimmer gewesen war und sich seine Zähne und sein Hörgerät geholt hatte. Ich umarmte ihn und reichte ihm eine Plastiktüte mit Einmaltüchern.

»Für dich.«

Er zog die Augenbrauen hoch, nahm die Tüte und stellte sie auf den Küchentisch. Er wusste ganz genau, was das war. Wie immer ging ich zum Waschbecken, nahm den ewig nassen Lappen und warf ihn in den Müll. Dann öffnete ich eine der Packungen, nahm ein feuchtes Tuch heraus und wischte damit Großvaters Wachstuch ab. Es war, wie jedes Mal, voller Kaffeeflecken, Krümel und Katzenhaare.

»Magst du ein Brot?« Großvater blickte kurzsichtig in seinen Kühlschrank.

»Nur eins mit Curryhering, wenn du welchen hast?«

Wir aßen Curryhering und südjütländische Rauchwürstchen, während eine Katze nach der anderen auf den Tisch sprang. Großvater scheuchte sie weg, und ich begann, den am besten durchbluteten Teil seines Gehirns zu aktivieren: den für Tratsch.

»Sag mal, wie oft war Daniel eigentlich verheiratet?«

»Mal nachdenken …« Sein rasselnder Atem war lauter als seine Stimme. Fast alle alten Schweinebauern hatten Lungenprobleme. Schuld daran war der ständige Gülledampf.

»Also nur die, die er wirklich geheiratet hat?«

»Die, mit denen er Kinder hatte. Wie viele waren das? Und wie viele Kinder hat er?«

»Als dein Vater starb, war er noch mit Vibeke zusammen«, Großvater sprach schrecklich langsam, besonders heute. Vielleicht war Daniel nicht sein Lieblingsthema. »Diese gebleichte Blondine mit dem kräftigen Hinterteil.«

»Ich habe ihn nur mit Wasserstoffblonden gesehen – war er überhaupt mit anderen zusammen?« Ich wippte auf meinem Stuhl auf und ab, als könnte ich die Zeit dadurch beschleunigen.

»Nee, da sagst du was«, antwortete er langsam und tat so, als kaute er auf seiner Zunge herum. »Mit Vibeke hat er zwei Jungen. Sie arbeitet als Fußpflegerin und wohnt in Værløse. Die Jungs rufen mich einmal im Monat an. Meistens schnappt sich Vibeke bei diesen Telefonaten irgendwann das Telefon und sagt, dass sie bald mal vorbeikommen, aber das tun sie nie.« Vor meinem inneren Auge sah ich Vibekes geschminktes Gesicht und hörte ihr Schniefen in der Kirche bei Mutters Beerdigung. »Als der Kleine drei Monate alt war, haben sie sich scheiden lassen, weil Daniel eine neue blonde Schönheit getroffen hatte. War das nicht diese Hanne?«

»Keine Ahnung. Und wie lange war er mit der verheiratet?«

»Fast sieben Jahre – wie bei allen seinen Ehen. Sie bekamen zwei Mädchen und einen Jungen, doch die habe ich nie kennengelernt. Aber ich habe sie angerufen, als du mich gefragt hast, ob eines seiner Kinder tot ist. Sind sie nicht. Sie hatten allerdings keine Ahnung, wer ich war. Dann hat er eine getroffen, an deren Namen ich mich nicht mehr erinnern kann. Mit der hat er noch mal ein Kind bekommen, und sie sind in die USA gezogen, wo er dann eine geschiedene dänische Frau kennengelernt und geheiratet hat. Die verlassene Frau ist dann mit ihrem Kind, einem Mädchen, nach Dänemark zurückgekehrt.

Sie haben sogar mal hier Station gemacht, als sie auf dem Weg nach Deutschland waren. Die Kleine war richtig süß.«

»Weißt du, warum Daniel in die USA gezogen ist?«

»Ich glaube, er hatte gehört, dass man da reich werden konnte.«

Großvater grinste so breit, dass kleine Stückchen Curryhering in seinem Gebiss zum Vorschein kamen. »Und das wurde er dann ja auch. Schon verrückt, dass man sich an der Pisse anderer Leute eine goldene Nase verdienen kann, oder?« Er kicherte. »Urinmillionär. Haha.«

»Und wie viele Kinder hat er dann insgesamt?«

»Moment, dann hat er ja noch die Neue getroffen, mit der er vor zwei Jahren ein Kind bekommen hat, ein kleines Mädchen, das muss schon in Kopenhagen zur Welt gekommen sein. Denn Daniel ist vor gut zwei Jahren zurückgekommen und hat diese Oberarztstelle am Reichshospital angenommen – alles in allem müssten das dann sieben Kinder sein.«

»Ist er ein guter Vater?«

»Ein guter Vater?« Großvater brummte. »Was bitte ist ein guter Vater? Aber egal – nein, ich denke, er ist ein Scheißvater – ich meine, die meisten seiner Kinder sieht er ja schließlich so gut wie gar nicht. Er kam mit ihnen nicht zurecht und hat seine Vereinbarungen nie eingehalten. Er hat sie nicht zum vereinbarten Zeitpunkt abgeholt, ob er es vergessen hatte oder einfach keine Lust hatte, weiß ich nicht. Das ging so lange, bis seine Exfrauen dann darum gebeten haben, dass er sie gar nicht mehr sieht. Das war bei allen so, früher oder später. Du weißt ja, wie das mit Kindern ist, die sind immer schrecklich enttäuscht, wenn sie versetzt werden.«

»Aber weißt du, ob er auch anderes gemacht hat, als sie bloß zu versetzen?«, fragte ich. »Hat er sie geschlagen oder in irgendeiner Weise misshandelt?«

»Temperament hat er ja, aber von solchen Sachen hat er mir nie was gesagt. Na ja, das mit dem Versetzen und so, davon hat er auch nie was erzählt, jedenfalls nicht auf diese Weise. Aber man kann ja so seine Schlüsse ziehen. In seiner Version klang das alles natürlich viel besser. Warum willst du das eigentlich wissen?«

»Weil er hier ist. Weil mich das etwas angeht. Und weil ich finde, dass ich ein Update verdient habe.« Ich konnte Großvater ja nicht erzählen, dass Daniel in eine geheimnisvolle Kindesmisshandlung verstrickt war. Die Schweigepflicht sollte man wirklich ernst nehmen, wenn man mit Schweinebauern aus Rødekro sprach. Leider wusste Großvater wirklich nicht viel über Daniel. Da war verdammt wenig Fleisch am Knochen. Vielleicht fand er ihn aber auch nicht so interessant wie die seltsamen Bewohner seines Dorfes, denn wenn er sich über die äußerte, fehlte es nie an Details.

Nach dem Kaffee fuhren wir in den Supermarkt. Großvater kaufte neuen Hering und redete dabei unendlich lange mit allen möglichen Leuten. Ich begann unruhig zu werden, denn ich wollte losfahren, solange es noch hell war. Am Abend hatte ich eine Verabredung.

22

Der Groschen fiel, als ich mit schwindendem Interesse das nächste Kapitel von »E«s Geschichte zu lesen begann. Mit einem Mal war meine ganze Wut verflogen:

Dr. Krause,

am nächsten Tag fuhren wir sehr, sehr lang zu einem neuen Arzt. In diesem Ort war ich vorher noch nie gewesen. Meine Mutter sagte auf der ganzen Fahrt kein Wort, und als wir schließlich da waren, pflanzte sie mich im Wartezimmer auf einen Stuhl, bevor sie an der Rezeption flüsternd ihre Angaben machte. Aber so laut, wie ihr Flüstern war, hätte sie ebenso schreien können. Ich schäme mich für meine Krankheiten, sagte sie, und wollte gerne direkt mit dem Arzt sprechen.

Bald darauf saß ich wieder auf der knisternden Papierunterlage einer Untersuchungsliege und starrte auf eine Unmenge von Instrumenten auf einem metallenen Rolltisch. Ich fand es merkwürdig, dass ich keine Unterhose trug, aber die Arzthelferin hatte mich gebeten, sie auszuziehen. Mein Slip lag gemeinsam mit meinen Jeans auf einem blauen Stuhl, der vor mir stand. Die Helferin war gegangen. Ich fror etwas. Das Metall der Liege war kalt. Ich starrte auf die Tür.

Irgendwann ging sie auf, und zwei Arzthelferinnen kamen herein. Die eine bat mich, mich hinzulegen, und packte meine Schultern, als es ihr scheinbar nicht schnell genug ging. Während ich die Papierunterlage unter mir zurechtrückte, umfasste die andere Helferin mit eiskalten Fingern meine Knöchel und drückte meine Beine auseinander.

»Du musst deine Beine jetzt in diese Halterungen legen«, sagte sie und legte meine Hacken auf etwas, das sich richtig eisig anfühlte. Als ich die Augen öffnete, sah ich, dass meine Füße in Stahlhalterungen steckten. Für einen Augenblick dachte ich, dass jetzt auch mit meinen Füßen etwas nicht stimme. Vielleicht wurden sie in diesen Halterungen vermessen.

»Was machen Sie da eigentlich?«, fragte ich schließlich, und meine Stimme muss wie die einer kleinen Maus geklungen haben, die in die Falle geraten war. Die Arzthelferin neben mir band mir einen Plastikriemen um meinen Oberarm, zog ihn stramm und sagte nichts. Die andere, die meine Füße in diese Halterungen geschoben hatte, legte ihre kalten Hände auf meine Unterschenkel und sagte: »Du hattest doch Schwierigkeiten, Wasser zu lassen, nicht wahr? Wir wollen deshalb untersuchen, was da nicht in Ordnung ist. Dazu müssen wir dir einen Katheter in die Urethra einführen.«

Urethra? Schwierigkeiten mit dem Wasserlassen? Ich machte ins Bett! Nach dem Riesenfleck auf dem Laken und dem durchnässten Pyjama musste das eine ganze Menge gewesen sein. Aber ich schwieg.

Die Arzthelferin neben mir wischte meine Armbeuge mit einem nassen, kalten Wattebausch ab, und das ganze Zimmer roch nach Alkohol. Sie klopfte meinen Arm ab, um eine Ader zu finden. Das hatte ich schon so oft mitgemacht. »Jetzt gibt es einen kleinen Stich.« Dabei war es viel unangenehmer, fühlte sich an, als beginne mein Blut mit einem Mal zu kochen. Ich begann laut zu schreien. Mit einem Schnalzen löste die Helferin den Plastikriemen, und ich zog den Arm zu mir.

»Ich weiß ja, dass das nicht angenehm ist«, sagte die Arzthelferin zu meinen Füßen, »aber willst du nicht ein großes Mädchen sein und still liegen bleiben?« Ich fühlte mich nackt und bloßgestellt und zog meine Füße aus den Gestellen. Dann kauerte ich mich zusammen und weinte.

»Kleines, hör doch auf!«, sagte die erste Arzthelferin ungeduldig. Ich konnte jedoch nicht aufhören, bekam meinen anderen Arm frei, legte ihn über meine Augen und weinte in meine Armbeuge, bis sie ganz nass von Tränen und Rotze war, die ich mir im Gesicht verschmierte.

»Die Jodinjektion färbt deinen Urin, damit wir sehen können, was da vor sich geht«, versuchte mir die andere Arzthelferin zu erklären. Es juckte überall, innen wie außen, und ich wand mich wie eine Schlange auf der Liege. Mein Gesicht war nass von Tränen, und plötzlich verlor ich das Bewusstsein.

Als ich wieder aufwachte, schmerzte mein ganzer Körper. Meine Mutter beugte sich über mich und zeigte auf mein Gesicht.

»Sie hat da drei Schwellungen im Gesicht«, sagte sie. »Na, jetzt bist du ja aufgewacht. Warst du ein braves Mädchen?«

Alles an mir juckte und brannte, und ich begann sogleich wieder zu weinen.

»Sie muss allergisch auf den Kontraststoff sein«, sagte die Arzthelferin und vermerkte diese Information auf der Karteikarte.

»Komm, Mädchen, setz dich auf und zieh dich an«, sagte meine Mutter und lächelte die Arzthelferin an.

Draußen auf dem Flur kauerte ich mich weinend auf einem Plastikstuhl zusammen, während meine Mutter fröhlich mit dem Arzt plauderte. Irgendwann begannen sie Dänisch zu reden. Ich horchte auf. Zum Schluss hörte ich sie sagen, dass er gerne ihre Telefonnummer haben könne, und ich blickte auf und sah die Augen des Arztes, als er meine Mutter ansah. Sie strahlte. Er erwiderte ihr Strahlen beinahe auf die gleiche Weise, als stünden sie beide in diesem heiligen Licht. Ich wusste, dass das etwas zu bedeuten hatte. Er nahm eine Karte aus seiner Kitteltasche und reichte sie ihr, und dann legte er ihr seine Hand auf die Schulter. Sie sahen sich lange an, bis Mutter sich schließlich losriss und mich rief.

Draußen im Auto musterte sie mich besorgt. »Du bist ja ganz

blass. Geht's dir schlecht?« Sie reichte mir ein Glas Paracetamol. »Nimm ein paar von denen hier.«

Schon während wir aus der Stadt fuhren, die ich nicht kannte und von der ich nicht einmal den Namen wusste, begann sie zu summen. »Gut, dass wir das so schnell hinter uns bringen konnten. Jetzt wissen wir endlich, was los ist, wenn du einen deiner blöden Anfälle bekommst. Die Ärzte haben es gern, wenn man weiß, wovon man spricht.«

Ich hatte keine Ahnung, wovon sie redete, hatte die Stirn an die Seitenscheibe gelehnt und sabberte vor mich hin.

Mutter sang auf dem ganzen Rückweg, und als wir endlich zu Hause waren, nahm sie ein Bad. Ich schob meine Hand in ihre Tasche und fand die Karte, die der Arzt ihr gegeben hatte. Er war Urologe. Für mich klang das irgendwie wie Urethra, aber was ich mir einprägte, war sein Name. Ich hatte das Gefühl, dass ich diesen Mann wiedersehen würde.

Aber all das wissen Sie ja, Dr. Krause.

– E

All das wusste Dr. Krause. Ja, nur dass dieser Dr. Krause nicht ich war.

23

Dr. Krause war Daniel. Er war der Urologe, der in den USA gewohnt hatte. Und er war mit Eva verheiratet, dem Monster, das seine Kinder umbrachte. Plötzlich machten die seltsamen Nachrichten Sinn. Die Macht der Erkenntnis brodelte in mir. Evas Tochter machte Daniel ganz einfach klar, mit wem er verheiratet war. Ich las die E-Mail noch einmal und dachte nach. Es gab ein paar Sachen, die mir nicht passten, insbesondere, dass ich Daniel gerne wegen Kindesmisshandlung drangekriegt hätte. Wegen schwerer Körperverletzung. Vielleicht ließ sich das ja noch machen, wenn diese E-Mails niemand zu Gesicht bekam.

Doch wie war es möglich gewesen, dass »E« sich konstant an die Falsche gewandt hatte? Ich sah noch einmal meine eigenen E-Mails durch. In meiner Signatur unten auf der Seite stand tatsächlich kein Vorname. Ich schrieb sie selbst und variierte je nach Empfänger. Mal schrieb ich Dr. Krause, mal Maria Krause, mal nur Maria. Mitunter war es ein Vorteil, sein Geschlecht zu verbergen. Nicht nur vor möglichen Stalkern, sondern ganz allgemein vor Männern, insbesondere älteren Männern, die die Aussagen einer Rechtsmedizinerin einfach nicht ernst nahmen. Außerdem war ich ein paar Mal von Männern belästigt und beschimpft worden, die sich darüber beschwerten, dass eine früher so ehrenhafte Männerdomäne jetzt von Frauen überschwemmt wurde, die das Niveau senkten. Manchmal war es deshalb am einfachsten, nur mit Dr. Krause zu unterschreiben. In »E«s Fall hatte ich mir automatisch den Namen Dr. Krause zugeteilt, weil sie mich selbst so angesprochen hatte. Doch in der Standardsignatur, die unter allen E-Mails stand, die mein Büro verließen, stand: *Rechtsmedizinisches Institut*. Danach folgten Telefon- und Faxnummer, E-Mail-Anschrift und die Postadresse. Aber diese Signatur stand weit unten. Konnte sie sie übersehen haben?

Ich schickte mir selbst eine E-Mail und sah sie mir genau an. Tatsächlich, wenn man etwas fahrig war, konnte man die Signatur durchaus überlesen. Möglicherweise wusste »E« aber auch gar nicht, was ein Rechtsmedizinisches Institut war oder was man da machte. Sie war ja noch ein Kind. Oder nicht? Ich sah mir die alten Nachrichten noch einmal an und fand schließlich eine Stelle, an der sie schrieb, ihre Mutter sei bei ihrer Geburt siebzehn gewesen. Eva Sommer sah nicht gerade alt aus. Ihr Alter hatte in der Akte gestanden, aber die hatte ich Fyn Nielsen längst zurückgegeben. Also rief ich ihn an und fragte nach. Zweiundvierzig. »E« war also schon fünfundzwanzig. Und damit kein Kind. Zugegeben, ihre seltsamen E-Mails klangen auch nicht so, als hätte ein Kind sie geschrieben. Dann blieb nur die Möglichkeit, dass sie meine Antworten gar nicht gelesen hatte. Sie waren ihr egal. Ihr Anliegen war einzig und allein, Dr. Daniel Krause zu informieren.

Ich las ihre letzte E-Mail noch einmal und dachte nach. Ihr Nachname war also Levine. E. Levine. Und Evas Name war ebenfalls Levine gewesen, bevor Daniel seinen Namen aus unerfindlichen Gründen in Sommer geändert hatte. Warum und wann hatte er das getan? Menschen, die sich noch aktiv im Berufsleben befanden, machten so etwas in der Regel nicht. Okay. Ein Schritt nach dem nächsten. Ich googelte *Vital Statistics* in New York und notierte mir die Telefonnummer. Alle Bundesstaaten der USA verfügten über eine Behörde namens Vital Statistics, über die man Menschen finden konnte, wenn sie denn existierten – in diesen Ämtern kannte man alle persönlichen Daten und wusste, wo wer geboren worden war. Ich schloss meine Tür und rief in New York an, um gleich wieder aufzulegen. Bei uns war es jetzt neun Uhr, drüben musste es also etwa Mitternacht sein.

Am späten Nachmittag war ich verdammt müde. Schweinebacke hatte die Grippe, und ich musste ihm eine sehr schwierige und langwierige Obduktion abnehmen, dann die Obduktionen zweier junger Ärzte begutachten und zum Schluss eine nicht enden wollende Sitzung mit einem alten Mann über mich ergehen lassen. Als das Institut sich zu leeren begann, rief ich erneut bei Vital Statistics an. Eine freundliche Frau teilte mir mit, dass Eva Levine aus Rexville zwei Kinder bekommen hatte. Emily und John, Letzterer war aber kurz nach seinem ersten Geburtstag verstorben. Ich ließ den Hörer sinken und schloss die Augen.

Emily!

Mir wurde schwarz vor Augen, und für einen Moment musste ich wohl richtig weggetreten sein, denn irgendwann hörte ich die freundliche Frau etwas unwirsch rufen: *Hallo? Hallo?* Ich riss mich zusammen, fragte, ob sie mir die ehemalige Adresse von Eva und Daniel Krause geben könnte – irgendwo im Staat New York. Auch damit konnte sie mir dienen: Rochester, New York. Keine Kinder. 2008 hatten sie die Staaten verlassen. Zuletzt fragte ich, ob sie nachschauen könne, ob sie in New York einen gemeinsamen Eintrag für Eva und Daniel T. Sommer finden könne. Sie konnte mir zwei Daniel Sommer anbieten, aber ohne T. Einer war neun Jahre alt, der andere siebenunddreißig. Keiner dieser beiden lebte aber mit einer Eva Sommer zusammen. Ich bedankte mich für die Information und legte auf. Das mit dem Namen »Sommer« war mir egal, aber Emily ließ mich nicht los.

Verdammt, Emily musste wissen, wem sie schrieb. Ich klickte auf »Antworten« und kniff die Augen zu. Wie sollte ich ihr das mitteilen? Vermutlich las sie die E-Mails ja gar nicht. Deshalb schrieb ich in die Betreff-Zeile: »Ich bin nicht Daniel Krause!«, und hoffte auf das Beste.

Liebe Emily,

ich bin nicht der Dr. Krause, für den du mich hältst. Ich heiße Maria Krause und arbeite in der Rechtsmedizin in Odense. Der Dr. Krause, an den du schreibst, ist der frühere Daniel Krause, er heißt jetzt Daniel Sommer, warum er den Namen geändert hat, weiß ich nicht. Er ist Urologe am Odenser Universitätsklinikum, das gleich neben der Rechtsmedizin liegt. Daniel Sommer / Krause und deine Mutter, die jetzt Eva Sommer heißt, haben ein Kind. Das Mädchen ist zwei Jahre alt. Sie sind beide der Kindesmisshandlung angeklagt, verdächtigt, deine Halbschwester mit stark ätzender Flüssigkeit übergossen zu haben. Die Kleine heißt Josefine. Es geht ihr sehr schlecht, und sie wird ihr Leben lang entstellt sein. Ich bitte dich inständig, mir eine Telefonnummer zu schicken, damit wir darüber reden können. Es wird eine Gerichtsverhandlung geben, und sowohl deine Mutter als auch dein Stiefvater sind der schweren Körperverletzung angeklagt worden, trotzdem wird es nicht leicht werden, ihnen die Tat wirklich nachzuweisen und ein Urteil zu erwirken. Deine Zeugenaussage kann entscheidend sein. Bitte, sei so gut und schicke mir deine Telefonnummer, damit wir reden können.

Herzliche Grüße, Maria Krause

Warum schrieb ich das eigentlich?, fragte ich mich selbst. Das lag doch gar nicht in meinem Interesse. Als ich die E-Mail gerade abgeschickt hatte, kam noch eine Nachricht von Emily.

24

Dr. Krause,

in den Tagen vor Weihnachten hatte meine Mutter schrecklich schlechte Laune, diese Phase zog sich bis in den Januar hinein, und irgendwann begann sie, sich jeden Morgen zu erbrechen. In dieser Zeit sagte sie mir jeden Tag, dass ich innerlich verbrannte und Kopfschmerzen hätte. Immer wenn sie mit dem Erbrechen fertig war, übernahm ich die Kloschüssel, eine Folge meiner kleinen, blauen Migränepille. Der nächste, einleuchtende Schritt war natürlich der Besuch bei einem Arzt, schließlich handelte es sich wieder einmal um einen Notfall, egal ob es nun Hals, Kopf, Bauch oder Herz waren, denen etwas fehlte.

Mutter war natürlich schwanger. Zu diesem Zeitpunkt hatte ich mir allerdings noch nicht ausgerechnet, dass der Vater des Kindes der Fotograf sein musste, der bereits Anfang des Jahres sein Projekt eingepackt und sich in Richtung Manhattan aus dem Staub gemacht hatte, ohne sich noch einmal in Rexville sehen zu lassen. Meine Mutter hatte tagelang geheult.

Eines Abends fand ich im Papierkorb all die Postkarten, die Mutter nach Dänemark hatte schicken wollen. Ihre Grüße aus Rexville waren im Müll gelandet. Als ich sie darauf ansprach, sagte sie mit Tränen in den Augen, dass es ja keinen gäbe, dem sie diese Grüße schicken könnte. Sie hätte keine Familie in Dänemark, alle dort seien tot. Sie hätte nur so getan, als gäbe es jemanden, dem sie ihre Grüße schicken konnte.

So krank wie in dieser Zeit war ich nie zuvor gewesen! Pillenschachteln stapelten sich auf meinem Nachttisch. Die Dosis wurde ständig erhöht, und ich konnte kaum noch etwas bei mir behalten: Keine Haferflocken, keine Chips, keine Pfannkuchen mit Sirup und ganz sicher keine Milch. Meinem Herzfehler waren wir nie auf den Grund gegangen, sodass ich mit wechselnder Dosierung noch immer meine Herzmedikamente nahm. *Aber krank war ich. Das war klar! Verdammt klar!*

Bis mein kleiner Bruder im nächstgelegenen Krankenhaus zur Welt kam. Er war von Anfang an so kerngesund und lebhaft, dass alle, die ihn sahen, unwillkürlich ihre Hände an seine Wangen legten und ausriefen: »Was für ein Wonneproppen, der ist aber süß!«

Das Leben meiner Mutter konzentrierte sich schnell nur noch auf den kleinen, süßen Schatz, sodass sie mir vollkommen zu sagen vergaß, dass ich meine Pillen nehmen musste. Ich selbst dachte auch nicht daran. Es vergingen sechs Wochen, bis mir bewusst wurde, dass ich eigentlich längst tot sein müsste, obwohl ich mich besser als je zuvor fühlte, was vielleicht auch damit zu tun hatte, dass sich meine Mutter nicht mehr um meine extreme Diät kümmerte. Der Mittelpunkt ihres Lebens war jetzt der kleine Wonneproppen, der – wie alle sagten – so kerngesund war.

Was diese Tatsache anging, war Mutter sich aber gar nicht so sicher. Sie studierte jeden Millimeter seines Körpers, sah ihm mit einer kleinen Taschenlampe in die Augen und fand heraus, dass er Halsweh hatte. Und dann ging es los. Ich kam natürlich mit, denn ich sollte nicht allein bei Vater bleiben, der ja nur herumsaß und soff. Trotzdem ging es mir ziemlich gut, und ich war lange nicht mehr so glücklich gewesen.

Mit meinem kleinen Bruder, der John heißen sollte, auch wenn er nie getauft wurde, waren Mutters Wege allerdings samt und sonders vergeblich.

»Aber was soll mit dem Kleinen denn nicht in Ordnung sein?«, fragte ein Arzt nach dem anderen.

»Er hat schreckliches Halsweh«, beklagte sich meine Mutter und fasste ihm mitfühlend an die Kehle.

Die Ärzte schauten John der Reihe nach in den Hals und konnten allenfalls eine kleine Reizung feststellen.

»Warum glauben Sie, dass er Halsweh hat? Hat er Ihnen das gesagt? Hahaha.« Mein kleiner Bruder war zu diesem Zeitpunkt drei Monate alt.

»Eine Mutter spürt so etwas«, sagte sie gereizt.

»Fieber hat er aber auch nicht«, konstatierte ein Arzt, nachdem er seine kalte Hand auf die Stirn des Kleinen gelegt hatte. Ich schloss die Augen und hielt die Luft an, während meine Mutter ihre übliche Ausrede, dass sie noch kurz vor unserer Abfahrt 39,2 °C bei ihm gemessen habe, vom Stapel ließ.

»Er hat gute, klare Augen«, sagte der Arzt und blickte zufrieden auf meinen glücklichen kleinen Bruder, der gurgelnd seine Stimme ausprobierte und nach dem Zeigefinger des Arztes griff. Er sah wirklich aus wie ein kleiner Engel. »Ein kerngesundes, lebhaftes Bürschchen, Mrs. Levine. Fahren Sie ruhig wieder mit ihm nach Hause.«

»Das muss ich dann wohl, wenn Sie ihm nicht helfen wollen!«, antwortete sie wütend und stand auf. »Oder vielmehr, wenn Sie nicht kompetent genug sind, mir zu helfen.«

Eines Tages beobachtete ich, wie sie sich über das Baby beugte und ihm mit einem langen Wattestäbchen im Hals herumfuhr. Neben ihr auf dem Tisch stand eine Flasche Abflussreiniger. John heulte und strampelte, und ich fragte ängstlich, was sie mache. »Ich entferne den schrecklichen Belag, den er im Hals hat, die Ärzte wollen sich ja nicht darum kümmern«, sagte sie. Ich las mir das Etikett auf der Flasche durch, während sie weitermachte. Es klang, als würde man sterben, nur wenn man den Deckel ohne Schutzkleidung anfasste. Da sie so mit ihrer Operation beschäftigt war, nutzte ich die Gunst der Stunde, schnappte mir die Flasche, rannte ins Bad, kippte sie im Waschbecken aus und füllte sie mit sauberem, klarem Wasser. Ich war gerade fertig, als Mutter rief:

»Hey, hast du mir die Flasche geklaut?«

Ich stellte sie wortlos auf den Tisch neben ihr und murmelte: »Ich wollte nur ein bisschen aufräumen. Es ist hier so unordentlich.«

In dieser Zeit träumte ich zum ersten Mal davon, mich in einen Greyhound-Bus zu setzen und weit, weit weg zu fahren, in irgendeine verschlafene Stadt, wo ich einfach aussteigen würde. Manchmal fand ich in meinen Träumen Arbeit in einem Café, schnitt Blaubeerpie oder Erdbeerkuchen in feine Stücke und schenkte den müden Männern, die wehmütig in Richtung der klagenden Musicbox sahen, Kaffee ein. Hatte ich frei, verbrachte ich meine Zeit allein auf meinem Zimmer, wo sich eine seltsame Form von Frieden über mich senkte. Andere Male stellte ich mir vor, in einem Adoptionsbüro in einer größeren Stadt zu sitzen und nach einer Familie Ausschau zu halten. Der Traum ging damit weiter, dass ich mit dem kleinen, hellroten Koffer, den Mutter mir per Mailorder gekauft hatte, durch einen Garten auf ein großes Haus zuging, in dem eine neue Mutter und ein neuer Vater mich mit strahlenden Augen (aber ohne das göttliche Licht, das meine Mutter mitunter umhüllte) mit offenen Armen in Empfang nahmen, ehe sie mir ihr normales Haus und mein normales Zimmer zeigten. Sie behandelten mich normal, gaben mir normales Essen und schenkten mir ein wunderbar normales Leben. In diesem Moment war ich mir sicher, so etwas noch nie erlebt zu haben. Und das Beste war, dass ich vollkommen dazu in der Lage war, dieses fantastische Ehepaar auf eine ganz neue Weise zu lieben. Dieser Traum war mein absoluter Lieblingstraum, er half mir, gegen die Sehnsucht und die Leere, die ich immer empfand, anzukämpfen. Vier, fünf Mal am Tag spielte ich in Gedanken diese Zukunftsvision durch, und je mehr ich träumte, desto klarer wurde mir, was ich wollte: Weg!

Ich starrte minutenlang auf das Wort »Weg!« und sah den kleinen, hellroten Koffer vor mir. Sie hielt ihn in der Hand, als ich ihr das neue Zimmer zeigte, in dem sie ab jetzt leben würde. Und ich sah mich selbst, eine Frau mit geöffneten Armen, die ihr normales Essen, ein normales Leben schenkte – ein Leben, das sie wirklich lieben konnte. Ich sah dieses eine Wort an und spürte, welch ungeheurer Frieden sich über sie und mich legte, wie eine dicke, dunkelrote Samtdecke.

»Sind Sie jetzt zur dunklen Seite der Macht übergelaufen?« Ich zuckte zusammen und drehte mich um. Micky, einer der Techniker der Rechtsmedizin, stand mit einem schiefen Grinsen in der Tür und kaute wie immer auf seinem Kaugummi herum.

»Was?«

»Gehen Sie heute nicht heim, Krause?«

Ich starrte ihn nur an, während die Sekunden tickend vergingen. Er legte den Kopf auf die Seite. »Wie … wie spät ist es denn?«, fragte ich schließlich.

»Nach acht. Außer Ihnen und mir ist keiner mehr da, und ich fahre jetzt auch.«

Ich wandte mich ab und sah aus dem Fenster. Es war dunkel geworden. »Nein, nein, ich bin auch gleich fertig. Könnten Sie die Türe schließen?«

Er murmelte etwas wie »mein Gott« und ließ dann laut die Tür ins Schloss fallen.

Ich lehnte mich zurück und dachte nach. Es war mehr als zwanzig Jahre her, dass ich im Staat New York als Ärztin praktiziert hatte. Die meisten Details hatte ich schon lange wieder vergessen, ich glaubte mich aber trotzdem daran zu erinnern, dass *The Board of Education* für die Zulassung der Ärzte zuständig war. Also rief ich dort an. Fünf Minuten später wusste ich, dass Daniel Krause seine Zulassung Anfang 2008 verloren hatte, weil er mit einer Patientin geschlafen hatte, während ihr Mann und ihre Kinder sich im Wartezimmer aufgehalten hatten. Er war aber schon vorher durch unpassende Beziehungen zu Patienten oder die Verschreibung wirkungsloser Medikamente unangenehm aufgefallen. Ich versuchte, dieses Wissen zu verdrängen, aber meine Finger kribbelten schrecklich. Am liebsten hätte ich Daniel angerufen und ihm gesagt, was ich wusste. Ich musste mich laut zurechtweisen: »*Halt dich von ihm fern, Maria!*«

Ich überprüfte, ob Emily geantwortet hatte, was nicht der Fall war. Dann ging ich in die Bibliothek und aß, was ich an alten Früchten finden konnte, eine weiche Pflaume, einen einigermaßen frischen Apfel und eine braun gewordene Banane. Noch immer hungrig durchsuchte ich das Sekretariat und aß alle Mandeln, die Marianne in ihrem Schälchen hatte. Dann zog ich Ruths unterste Schublade heraus. Dort versteckte sie immer ihre Schokoriegel. Leider war nur noch einer da. Ich aß ihn auf und ging wieder zurück in mein Büro, wo ich das Licht ausmachte und mich so auf das Sofa legte, dass ich sehen konnte, wenn eine neue E-Mail einging.

25

Irgendwann musste ich eingeschlafen sein, denn ich wachte erst am nächsten Morgen mit schmerzendem Rücken auf. Es war eine dumme Idee gewesen, die ganze Nacht auf dem Sofa zu verbringen, und geantwortet hatte sie auch nicht. Den ganzen Tag über hörte ich kein Wort von ihr. Langsam wurde ich nervös und ungehalten. Was dachte sie, was hatte sie jetzt vor? Warum in Gottes Namen antwortete sie mir nicht? Einer nach dem anderen erschien in meiner Tür und wollte irgendetwas wissen, und ich antwortete ihnen allen fahrig und abwesend. Als ich Hunger bekam, entschloss ich mich schließlich, nach Hause zu fahren und dort etwas zu essen. Auch die Katze hatte noch nichts bekommen. Während ich vom Institut in meine Wohnung im Jagtvej und nach dem Essen wieder zurück fuhr, diskutierte ich mit mir selbst, ob ich Emilys E-Mails an den Staatsanwalt weitergeben sollte. Eva Sommer würde ich damit zu Fall bringen können, Daniel aber wäre dann wieder frei. So wie es jetzt aussah, steckte vor allem er in der Klemme. Dennoch musste Recht ja Recht sein, oder? Um Daniel konnte ich mich ja noch anschließend kümmern. Vermutlich hatte ich genug in der Hand: die verlorene Kassenzulassung in den USA und der mutmaßliche Diebstahl der Identität eines texanischen Urologen mitsamt seines Lebenslaufes. Letzteres war natürlich nur eine Vermutung, auf die bis auf Weiteres nur das entliehene T. in Daniel T. Sommer hindeutete. Mein innerer Monolog ging hin und her, während ich noch immer auf Emilys Antwort wartete. Irgendwann hätte ich vor Frust und Ungewissheit platzen können. Als der Tag zu Ende ging, ohne dass ich von Emily gehört hatte, fuhr ich direkt zum Rollstuhlmann, ohne mich, wie sonst üblich, vorher umzuziehen oder zu schminken. Ich trank schon um sechs Uhr und auf nüchternen Magen reichlich Amarone und war danach sicher keine gute Gesellschaft mehr. Ständig fauchte ich ihn an, und während er über »uns« reden wollte, hatte ich nur Emily im Kopf.

»Habe ich dir gesagt, dass ich dich liebe?«

»Ja, mindestens fünfhundertmal.« Er legte seinen halbtoten Arm um meine Schulter.

Ich schob ihn weg. »Hör auf!«

»Wenn ich dir irgendwie helfen kann …«

»Das kannst du nicht.«

»Was willst du dann hier?«

»Deinen Wein trinken«, fauchte ich und bereute es sogleich.

»Jetzt beruhig dich doch, ich würde alles für dich tun. Was darf's denn sein? Soll ich jemanden für dich umbringen?«

»Du jemanden für mich umbringen?«, konterte ich sarkastisch und verdrehte die Augen. »Das kannst du doch gar nicht.« Es klang verkehrt, es klang verächtlich.

»Man kann Leute mit so etwas beauftragen.«

»Ich will niemanden ermordet haben, was redest du denn da?«

»Das war nur so dahergesagt, ich wollte damit nur sagen, dass ich wirklich für dich da sein will.« Der Hundeblick, den er mir zuwarf, ließ mich innerlich gefrieren. Mir wurde eiskalt.

»ROLLSTUHLMANN OPFERT SICH FÜR VERRÜCKTE RECHTSMEDIZINERIN! Wirklich eine tolle Schlagzeile!«

Er schob seinen Rollstuhl etwas nach hinten und sah mich entsetzt an.

»Rollstuhlmann?«

»Sitzt du nicht in einem Rollstuhl?«

»Denkst du so über mich?«

»Entschuldige. Heute ist einfach nicht mein Tag.« Ich leerte mein Weinglas und knallte es auf den Tisch. »Kümmere dich nicht um mich, ich bin heute irgendwie nicht ich selbst«, sagte ich und stand auf. »Ich kann im Moment nur an sie denken. Das solltest du doch verstehen. Für andere ist da gerade kein Platz.«

Ich musterte sein Gesicht. Es wirkte verschlossen. Eine riesenhafte, unsichtbare Mauer türmte sich plötzlich zwischen uns auf. Er hatte sich mir verschlossen.

»Entschuldige«, murmelte ich und ging.

ODENSE, OKTOBER – NOVEMBER 2010

26

Während des restlichen Frühjahrs und Sommers isolierte ich mich mehr und mehr. Ich vertiefte mich vollständig in meine wissenschaftliche Arbeit und versuchte mich im Vergessen aller anderen Obsessionen. Wieder half mir Doktor Glas: *Vielleicht hätte ich nicht so viel denken sollen … Die Wissenschaften sind insofern nützlich, als sie den Menschen vom Denken abhalten.* Entsprechend publizierte ich wie eine Wahnsinnige, nahm an allen Kongressen teil, die ich nur erreichen konnte, und vermied gleichzeitig Begegnungen jener Art, die ich hätte suchen sollen. Nämlich: Begegnungen privaten Charakters.

Ich war noch immer sauer auf Nkem, genoss es, ihr die kalte Schulter zu zeigen oder ihren verletzten Blick zu sehen, und versuchte mich selbst davon zu überzeugen, dass sie ebenfalls eine dieser banalen Frauen war, die nichts anderes konnten als Frauenzeitschriftspsychologie herunterzuleiern. Ihre Ikea-Therapie war wirklich unverzeihlich. Und ihr Volvomann auch. Irgendwann gab sie es auf, in mein Büro zu kommen und mit eindringlicher Miene: »Kedu« zu sagen, ihre Art, mich zu fragen, wie es mir ging. Irgendwann lächelte sie mich nur noch wehmütig an, wenn wir uns auf dem Flur oder bei den Institutskonferenzen trafen. Wenn ich mein Hirn von den Bildern ihres wohlmeinenden, warmen Gesichts freimachen wollte, das mir mehr und mehr auf die Nerven ging, füllte ich meine Ohren mit Metallicas *Die, Die My Darling* und sang bei *Yeah I'll be seeing you in hell* besonders laut mit.

Der Rollstuhlmann hatte mich auf Eis gelegt, und eigentlich war mir das ganz recht. Mir war klar, dass er darauf hoffte, mich mit einem Haufen Entschuldigungen wieder bei ihm ankriechen zu sehen. Nur ein Mann, der erfolgreich in diverse Fonds investiert hatte, konnte eine solche Geduld aufbringen. Aber er musste noch ein bisschen warten, denn in der Zwischenzeit hatte ich mir die Theorie zurechtgelegt, dass ein Mensch zu einem bestimmten Zeitpunkt nur eine begrenzte Menge starker Gefühle in sich tragen konnte. In jedem Fall war das, was mich wie ein Wasserfall gepackt hatte, als ich bei ihm gewesen war, ziemlich still verebbt, ja wie von einer gezeitenartigen Kraft, die alles erfüllte und mit sich riss, zerschlagen worden, nachdem Emily auf der Bildfläche aufgetaucht war. Dabei hatte ich kein Wort mehr von ihr gehört, nachdem ich ihr gesagt hatte, dass ich nicht Daniel war. Wenn sie diese E-Mail denn überhaupt gelesen hatte und nicht bereits tot war. Oder hatte ich etwas Falsches geschrieben, mich blöd ausgedrückt und sie verschreckt? Ich verstand es nicht. Wenn sie in meinen Gedanken auftauchte, versuchte ich sie mit meiner Arbeit zu verdrängen und normal zu sein: Inzwischen war das fast zu einer Besessenheit geworden. Andererseits genoss ich unbeschreiblich, dass meine Kollegen mich dank meiner zahlreichen Publikationen mehr und mehr achteten, weil sie darin ein Zeichen von Normalität sahen. Je erfolgreicher, desto normaler. Und genau das wollte Emily ja haben: eine normale Mutter.

Doch all das, was ich über Monate hinweg verdrängt hatte, meldete sich an dem Morgen, an dem ich vor Gericht im Fall Josefine aussagen sollte, mit wütender Kraft zurück. Die Sorge um Emily, die Wut auf Daniel, die Gereiztheit und der Ärger. Während ich zum Gerichtsgebäude fuhr, kulminierte das Ganze in akuter Nervosität, die sich fast wie eine Krankheit anfühlte. Würde Daniel den Mund halten? Oder würde er im Gerichtssaal aufstehen, auf mich zeigen und sagen: »Das ist meine

Schwester. Sie kann in diesem Prozess gar nicht aussagen.« Ich hätte wirklich im Vorfeld abklären müssen, ob meine Untersuchungsergebnisse als nicht statthaft angesehen werden konnten, weil ich seine Schwester war. Dankbar dachte ich an das Gutachten der rechtsmedizinischen Vereinigung, das meine Annahmen bestätigte.

Als ich am Gericht vorbeifuhr, sah ich Karoly und Fyn Nielsen. Sie standen vor der Tür und rauchten. Ich bog nach links ab und belegte den letzten freien Parkplatz in der Tinghusgade. Es war zehn Minuten vor neun, und da ich für neun Uhr einbestellt war, konnte ich mir im Auto noch eine Kippe gönnen. Fyn Nielsen sollte nicht mitbekommen, wie Karoly und ich miteinander umgingen.

Eva und Daniel hatten ihre Aussage tags zuvor gemacht. Ebenso der Pädagoge aus Josefines Kita und einer der Polizeibeamten, der an der Ermittlung beteiligt gewesen war. Ich hatte keine Ahnung, wie viele Zeugen noch nach mir befragt werden würden. Auf jeden Fall war der Fall kompliziert. Die Staatsanwaltschaft forderte Freiheitsstrafen, während die Angeklagten auf *nicht schuldig* plädierten. In der Anklageschrift hieß es:

Daniel und Eva Sommer sind angeklagt des
Verstoßes gegen §246, Absatz 1, sowie in Teilen gegen §23, der gemeinsamen Körperverletzung in einem besonders schweren Fall sowie der Mitwirkung an einer Misshandlung unter besonderen Umständen, geschehen am 28. Februar dieses Jahres zwischen 12 und 14 Uhr. Ihnen wird vorgeworfen, eine stark basische Flüssigkeit über Josefine Kamilla Sommer ausgegossen zu haben, worauf diese sich schwerste Verätzungen unter anderem am Oberkörper und im Gesicht zugezogen hat.

Ich warf die Kippe aus dem Fenster, stieg aus und navigierte durch den heftigen Wind in Richtung Karoly und Fyn, denen ich höflich zunickte, während ich hoffte, wortlos an ihnen vorbeigehen zu können. Karoly aber packte brutal meinen Arm und hielt mich fest. »Also wirklich, es ist schon verrückt, wie ähnlich Sie und dieser Pisse-Doktor sich sehen. Ich habe ihn eben erst richtig gesehen, als er mit seiner Frau ins Gericht gegangen ist. Man könnte meinen, Sie wären Zwillinge, eineiige noch dazu.« Er wandte sich an Fyn Nielsen und sagte kichernd: »Siamesische Zwillinge!« Ich sah ihn an, befreite mich aus seinem Griff und ging mit zum Zerreißen gespannten Nerven über die vornehme Granittreppe nach oben in den zweiten Stock, wo ich nach kurzer Wartezeit in den Zeugenstand geführt wurde, falls man das kleine Tischchen in der Mitte des Raumes so nennen konnte. Der Saal hatte den Charme eines großen Klassenzimmers, sah man einmal von den PH-Lampen und den Arne-Jacobsen-Tischen ab.

Ich war unruhig. Wusste Karoly etwas? Oder war er nur so dumm und primitiv wie immer? Aus den Augenwinkeln sah ich ihn und Fyn Nielsen den Raum betreten.

Aufgrund des großen Medieninteresses, das dieser Fall weckte, fand die Verhandlung im größten Raum des Odenser Gerichts statt. Der frisch renovierte Gerichtssaal roch nach nassem Hund und war bis auf den letzten Platz besetzt. Was nicht erstaunlich war, schließlich war der Fall im Lokalradio und in den Zeitungen ausführlich diskutiert worden. *Seltsam*, *merkwürdig*, *mystisch*, *unbegreiflich* waren einige der Worte, die die Leute nutzten, wenn sie über diesen Fall sprachen. In den Medien wurde das Geschehene immer als *schrecklich und spektakulär* tituliert, weil die Misshandlung für Josefine lebenslange Konsequenzen haben würde und weil sowohl Polizei als auch Rechtsmedizin offensichtlich schockiert waren von dem grausamen Charakter des Täters und deshalb alles daran gesetzt hatten, den Schuldigen zu finden. Die Sekretärinnen waren sich – wieder einmal – einig, dass die Mutter und der Vater Mitglieder einer obskuren Sekte sein mussten, die ihre Gedanken beeinflusst hatte. In Wirklichkeit war der Fall gar nicht so spektakulär oder schrecklich. Fast einmal im Monat hatte ich mit Fällen zu tun, deren Brutalität sich durchaus mit dem messen konnte, was Josefine angetan worden war, die aber trotz ihrer Abartigkeit und grausamen Natur nicht das Interesse der Presse und damit auch nicht der Öffentlichkeit weckten.

In den letzten paar Monaten hatte ich jeden Tag die Gerichtsmitteilungen überprüft, um zu erfahren, ob die Verhandlung angesetzt worden war. Natürlich würde ich das auch von offizieller Seite erfahren, da ich ja eine Aussage machen musste, aber meine Ungeduld war einfach zu groß. Als es schließlich so weit war, wuchs meine Nervosität ins Unermessliche. Ich wusste nicht mehr, wie oft ich mittlerweile am Haus meines Bruders vorbeigegangen war und in der Hoffnung, etwas zu sehen, in seinen Garten geblickt hatte. Dabei hatte ich keine Ahnung, was ich dort eigentlich zu sehen erhoffte. Mein Hunger, alles über Daniel zu erfahren, war einfach unstillbar. Ich sah eine Möglichkeit, Gerechtigkeit zu bekommen, nicht nur für Josefine, sondern auch für mich. Ständig stellte ich mir Daniels ergrautes, altes Gesicht hinter den Gitterstäben des Knasts vor. Dort gehörte er hin mit seinem narzisstischen, düsteren Charakter, und diese Fantasie erfüllte mich mit Zufriedenheit. Noch hatte ich keine Verwendung für mein Wissen über seine entzogene Zulassung. Aber es war immer gut, noch etwas in der Hinterhand zu haben.

Polizei und Anklagevertretung glaubten, entscheidende Beweise vorgelegt zu haben, dass ein Verbrechen im eng begrenzten Bereich der Terrasse geschehen war und nur zwei Personen als

Täter infrage kamen, nämlich die Mutter und der Vater, einzeln oder gemeinsam. Eigentlich mussten beide wissen, wer die Flüssigkeit über Josefine gegossen hatte. Wenn die Mutter es getan hatte, musste der Vater sich ausrechnen können, dass sie es gewesen war. Und umgekehrt. Aber auch denjenigen, der es nicht getan hatte, traf eine Mitschuld, hieß es in der Anklagebegründung, sodass man davon überzeugt war, auch bei einem Kollektivurteil keinen Unschuldigen verurteilen zu können.

In diesem Punkt stützte man sich auf ein Urteil aus Ålborg, in dem ein sozial benachteiligtes junges Ehepaar wegen grober Gewalt gegen ihr Baby verurteilt worden war. Das sechswöchige Kind war mit frischen und verheilten Brüchen an Armen, Schienbeinen, Schlüsselbeinen und Rippen samt einer Teilfraktur der einen Hüfte ins Krankenhaus eingeliefert worden. Die Situation war im Grunde vergleichbar mit dem Fall hier. Auch dort war alles in einer Art *locked room* geschehen, also einem Raum, zu dem außer den beiden Verdächtigen niemand sonst Zugang hatte. Vater und Mutter leugneten ihre Schuld, gaben aber an, mit ihrem Kind allein gewesen zu sein. Sie konnten sich die Verletzungen nicht erklären. Das Gericht sah es hingegen als erwiesen an, dass niemand außer den Eltern diese Gewalt ausgeübt haben konnte. Da sich nicht klären ließ, wer von den beiden die Verletzungen verursacht hatte, wurden beide wegen schwerer Körperverletzung verurteilt. Ungeachtet der Tatsache, wer von beiden der tatsächliche Täter war, hatte der andere über Wochen schweigend zugesehen und damit eine ebenso große Schuld auf sich geladen. Beide bekamen fünfzehn Monate Haft ohne Bewährung.

Es gab also nur zwei mögliche Ausgänge des Verfahrens: entweder einen nicht zufriedenstellenden Freispruch oder eine ebenso wenig zufriedenstellende, weil symbolische Gefängnisstrafe.

Alle Plätze an der hinteren Wand waren besetzt, sodass an beiden Seiten zusätzlich Plastikstühle aufgestellt worden waren, die beinahe die Türen blockierten. Noch waren weder Richter noch Schöffen eingetroffen. Ich drehte den Zuschauern den Rücken zu und konnte kaum stillsitzen. Die Stimmung im Saal war sonderbar. In einem Gerichtssaal knisterte es immer vor Spannung und Nervosität, doch hier gab es noch etwas Zusätzliches, etwas, das die Stimmung anheizte, wie ein ruheloses Gespenst durch den Saal geisterte und sich wie eiskalte, in die Haut gedrückte Nadeln aus Angst bemerkbar machte. Der Saal übervoll, und doch wurde kein Wort gesprochen. Die Stille war erdrückend, die Gerüche bedrängend. Frauenparfüm, Männerparfüm, Schweiß, Menschen, Haare. Ich blickte mich unablässig um, sah aber nur Menschen, die mit gesenktem Blick auf ihre Beine starrten, an ihren Schnürsenkeln herumzupften, den Saum eines Rockes glätteten, sich lautlos in die vorgehaltene Hand räusperten, mit den unteren Schneidezähnen auf die Lippen bissen, an die Decke schauten oder den Blick nach vorn gerichtet hielten, ohne etwas zu sehen.

Links von mir saßen mein Bruder, seine Frau und ihr Anwalt, rechts von mir der Staatsanwalt Birger Frederiksen. Daniel sah bleich aus und stierte in den Saal, ohne irgendetwas zu fokussieren. Seine Frau saß mit gesenktem Kopf vornübergebeugt da und versteckte ihr Gesicht hinter ihren gebleichten Haaren. Es versetzte mir einen Schock, als sie sich plötzlich nach hinten lehnte und sich ausstreckte. Sie war schwanger. Nicht nur schwanger, hochschwanger, es sah fast so aus, als könnte ihr jeden Augenblick das Fruchtwasser abgehen. Ich hatte sie nur aus der Ferne gesehen, wie einen Schatten, der sich im Haus bewegte. Ihr Bauch war mir dabei nicht aufgefallen. Aber aufgrund des anstehenden Verfahrens war ich auch immer nur nachts an ihrem Haus vorbeigelaufen und hatte folglich nur

Schatten, Silhouetten und flackerndes Licht gesehen. Zudem war ich voll und ganz auf Daniel konzentriert gewesen. Manchmal hatte ich ihn das Haus mit einem Hund an der Leine verlassen sehen. Einmal waren mir die beiden, er und der Hund, auf dem Bürgersteig begegnet. Die paar Sekunden hatten sich wie Jahre in die Länge gezogen und der dumme Köter hatte auch noch an mir schnuppern wollen.

Jetzt aber konnte ich meine Augen nicht von Eva nehmen. Daniel flüsterte ihr mit einem kleinen Lächeln irgendetwas zu und streichelte ihr über den Bauch. In mir kochte die Wut hoch. Da saßen diese Teufel und ließen es sich gutgehen, dabei schienen sie sich nur zusammengetan zu haben, um die Welt zu einem noch beschisseneren Ort zu machen, als sie es vorher bereits war. Eva musste die Wut in meinen Augen gespürt haben, denn sie erwiderte meinen Blick plötzlich und ließ mich nicht mehr los. Dann lächelte sie. Tatsächlich: Die Frau, die Emilys Leben zu einem Albtraum gemacht hatte, saß da und lächelte mich an. Der Rollstuhlmann tauchte in meinem Bewusstsein auf und sagte: »Ich würde für dich morden. Man kann jemanden damit beauftragen.« Angestrengt hielt ich ihrem Blick stand, bis sie von sich aus wegsah, als der Richter und die Schöffen den Gerichtssaal betraten.

Während ich das übliche Prozedere, darunter die Identifikation von mir als Rechtsmedizinerin des rechtsmedizinischen Instituts Odense, über mich ergehen ließ, sah ich auf die Uhr und gemahnte mich selbst zur Ruhe. Birger Frederiksen stand auf und begann mit der weiteren Erläuterung meiner Expertisen, darunter meine zwanzigjährige Berufserfahrung als Rechtsmedizinerin und der Hinweis, dass alle Fälle von Kindesmisshandlung immer auf meinem Tisch gelandet waren.

»Ist es denn wirklich eine Kindesmisshandlung gewesen?«, fragte der Staatsanwalt und trat dicht vor den Zeugenstand.

»Und ist es tatsächlich am Sonntag, den 28. Februar 2010 gegen Mittag passiert, als nur die Eltern, Eva und Daniel Sommer, Zugang zu dem Kinderwagen hatten?«

Ja, lautete meine Schlussfolgerung nach den Versuchen an meinem eigenen Körper.

Ich erklärte auf Aufforderung meinen Versuch, erst die Ermittlung des Zeitintervalls, in dem die Tat ausgeführt worden war, und dann die Ermittlung der Fließwege der Flüssigkeit über Josefines Körper. Ich nutzte dazu zum einen die Bilder, auf denen das Muster deutlich zu erkennen war, zum anderen eine Puppe, mit der ich meine Theorie erläuterte, dass Josefine ihren Mund nicht hatte öffnen wollen, weshalb die Flüssigkeit stattdessen über ihre rechte Wange gelaufen, dann in Kissen und Decke gesickert und an Ohr, Hals, Schulter, Brust und Arm entlanggelaufen war und sich von dort langsam in ihre Haut geätzt hatte. Ich erklärte die Verletzungen an ihrer Hand und die Rotfärbung an ihren Lippen, wobei ich mich endlos wiederholte.

Der Staatsanwalt bat mich darum, etwas über die Intensität der Schmerzen zu sagen, die ich während meines Selbstversuchs verspürt hatte.

»Nach etwa einer Viertelstunde habe ich starke Schmerzen bekommen, die etwa fünf Minuten angedauert haben«, sagte ich.

»Können Sie diese Schmerzen beschreiben?«

Ich schüttelte langsam den Kopf. »Es tat, entschuldigen Sie bitte, teuflisch weh, wirklich teuflisch«, begann ich, aber wie beschrieb man Schmerzen? Dann fügte ich hinzu: »Und ich hatte diese Flüssigkeit nur auf einem winzigen Teil meines Körpers – und noch dazu sollte meine Haut wesentlich dicker sein als die eines Kindes.

»Und dann hörten die Schmerzen auf? Warum?«

»Die Schmerzen *nahmen ab*«, erklärte ich. »Aufgehört haben sie erst, nachdem alle Nervenbahnen weggeätzt waren.«

Der Staatsanwalt wandte sich zum Richter und wiederholte triumphierend: »Nachdem alle Nervenbahnen *weggeätzt waren*! Und davor tat es nicht einfach nur schrecklich weh, sondern teuflisch weh, besonders bei einem Mädchen von zwei Jahren.«

Birger Frederiksen fragte mich, ob die Schäden auch durch lokales Erbrechen zustande gekommen sein konnten. Das sei undenkbar, antwortete ich, Erbrochenes könne solch beträchtliche Schäden nicht hervorrufen.

Dazu erklärte ich noch einen weiteren kleinen Versuch, den ich unternommen hatte. Ich hatte eine Tablette Movicol genommen, ein Abführmittel, das Josefine regelmäßig einnahm, und hatte mich selbst zum Erbrechen gebracht. Das Erbrochene hatte einen pH-Wert von 6,9 gehabt, was nicht hoch genug war, um solche Schädigungen hervorzurufen.

Während der gesamten Zeugenaussage saßen beide Eltern ruhig da und hörten aufmerksam zu, ohne irgendwelche emotionalen Regungen zu zeigen. Erst als der Staatsanwalt mich bat, das Münchhausen-by-Proxy-Syndrom zu erklären, sah ich, wie Eva Sommer heftig den Kopf schüttelte. Es sah aus wie Resignation.

Als ich fertig war und aufstand, hatte ich über eine Stunde lang alle möglichen Fragen beantwortet. Alle Blicke ruhten auf mir, da ich die Einzige war, die sich in dem überfüllten Raum bewegte. Niemand sagte ein Wort, und erneut spürte ich die Nervosität in mir, die durch meine Konzentration bei der Zeugenaussage nur verdrängt worden war. Ich hatte Zeit genug, mir die Aussagen der letzten Zeugen anzuhören. Einer davon war der Beamte, der in diesem Fall ermittelt hatte. Ich peilte eine kleine Lücke in der Reihe der Zuhörer an, die an der

Rückwand standen. Als ich einen Platz gefunden hatte, fiel mir ein Mädchen auf, das direkt vor der Tür stand. Sie durchbohrte mich förmlich mit ihrem Blick, in ihren toten Augen aber lag so etwas wie ein Lächeln. Sie war vielleicht sechzehn oder siebzehn Jahre alt. Vielleicht älter? Das war bei jungen Mädchen ja nicht so leicht zu sagen. In der Regel waren sie leichenblass und trugen von oben bis unten rabenschwarze Klamotten. Ihre Haare waren oft dunkel gefärbt, und auch die Augen wurden mit einem schwarzen Kajalstift umrahmt. Nach einer Weile war ich mir sicher, dass es dieses Mädchen war, das die merkwürdige Unruhe im Gerichtssaal verbreitete. Ich konnte kaum die Augen von ihr nehmen, brach aber den Blickkontakt ab, als der nächste Zeuge sich zur Befragung erhob. Trotzdem huschte mein Blick immer wieder fragend zu dem fremden Mädchen. Sie betrachtete mich noch immer mit diesem tiefschwarzen Lächeln.

Und dann zwinkerte sie mir zu. Ich erstarrte und fixierte die Polizistin, die die einleitenden erkennungsdienstlichen Maßnahmen erläuterte. Es war bizarr. Dieses Mädchen war bizarr. Und wenn sie nicht so jung gewesen wäre, hätte ich eine Vermutung gehabt, wer sie war.

Die Polizistin wurde über ihren ersten Besuch im Haus der Sommers befragt. Ich hörte nicht richtig hin; ständig spürte ich den Blick des Mädchens auf mir ruhen. Ich sah auf meine Uhr, denn spätestens um elf musste ich mich diskret nach draußen schleichen. Als die Polizistin schließlich den Zeugenstand verließ, ging ich zur Tür, doch da war das Mädchen bereits verschwunden. Sie musste gerade erst gegangen sein, denn als ich Sekunden zuvor in ihre Richtung gesehen hatte, war sie noch da gewesen.

Ich eilte aus dem Saal. Im Flur standen zwei Männer in Anzügen und fingerten an ihren Zigarettenschachteln herum, zwei weitere in Uniform bewachten die Tür. Ich hastete über den leeren Flur und sah den schwarzen Haarschopf des Mädchens über die Treppe nach unten verschwinden. Als ich ihr nachsetzen wollte, spürte ich eine Hand auf meinem Arm. Ich drehte mich um und starrte in Daniels wütendes Gesicht.

»Wenn ich mich aus deinem Leben raushalten soll, musst du dich auch aus meinem raushalten.«

»Ich weiß, warum du deine Zulassung verloren hast, also halte dich gefälligst bedeckt«, fauchte ich zurück und riss mich los. Im gleichen Augenblick sah ich Karoly, der etwas abseits stand und uns mit etwas zu großem Interesse beobachtete. Ich lächelte ihn an und ging, am ganzen Körper zitternd, über den Flur davon.

Natürlich folgte Karoly mir. »Ich komme mit Ihnen nach unten eine rauchen«, sagte er, als er mich einholte. »Dann können Sie mir erzählen, was da los war.«

»Sie meinen den Vater?« Ich musste mich mehr als zusammennehmen, um auch nur ansatzweise cool zu klingen. »Er hat gesagt, ich solle bloß aufpassen, und dann hat er mich noch als Schlampe bezeichnet. Er klang eigentlich genau wie Sie.« Es gelang mir sogar, Karoly anzulächeln.

»Ha! Sehr witzig. Und was haben Sie zu ihm gesagt?«

»Ich habe ihm gesagt, er soll nur kommen. Mit diesen Bodega-Typen habe ich ja ein bisschen Erfahrung.«

Wir hatten den Fuß der Treppe erreicht und Karoly hatte bereits eine Camel ohne Filter aus seiner Packung geschnippt. Er bot sie mir an. »Tut mir leid, aber ich muss gleich weiter. Ich muss nach Kastrup, einen Flieger kriegen.«

Er sah mich fragend an.

»Konferenz in Helsinki. Über Genetik. Nichts für Sie.« Ich lächelte und hoffte, damit die Nervosität zu überspielen, die wild in mir pochte und fast schon an Panik grenzte. Meine

Hände zitterten, als ich nach meiner Zigarettenschachtel wühlend zum Auto ging. Wenn Karoly etwas aufgefallen war, mussten doch auch die anderen etwas gemerkt haben, inklusive Emily, und sie durfte das nicht wissen, sonst dachte sie noch, ich wäre wie er. Moment! War ich etwa zu dem Schluss gekommen, dass das merkwürdige Mädchen wirklich Emily war? Aber das war doch unmöglich. Sie war viel zu jung.

27

Sofort nachdem ich in Helsinki gelandet war und im Hotel eingecheckt hatte, schrieb ich Emily eine E-Mail:

Liebe Emily,

bist du das Mädchen mit den schwarzen Haaren, das an der Tür des Gerichtssaals in Odense stand? Warum hast du nicht Kontakt mit mir aufgenommen? Im Moment bin ich in Helsinki, in vier Tagen bin ich aber wieder zu Hause. Ruf mich an: 42424258.

Liebe Grüße,
Maria

Zwei Tage später antwortete sie mir schließlich. Da hatte ich bereits zwei lange Tage auf einem engen, unbequemen Stuhl in einem Hörsaal hinter mir. Mein Rücken knirschte schmerzhaft, als ich mich mit dem Laptop auf das weiche Hotelbett legte.

Liebe Dr. Maria Krause,

als mein kleiner Bruder zum ersten Mal vom Wickeltisch fiel, spürte ich einen unbändigen Drang, einfach abzuhauen.

Meine Mutter hatte bereits in der Woche davor gesagt, John sei so stark geworden, dass sie ihn kaum noch halten könne, wenn sie ihn wickelte. Ich wusste genau, dass das eine Lüge war, denn ich übernahm diesen Job ziemlich oft, und er war immer lieb und brav und schien das Wickeln zu genießen. Außerdem wusste ich mittlerweile, wie sie sich mit Worten ihre eigene Wirklichkeit zurechtlegte, und ging bereits davon aus, dass es nicht mehr lange dauern würde, bis etwas passierte.

An dem Tag, an dem ich den dumpfen Knall hörte, gefolgt von dem etwas verzögerten Babyweinen, wusste ich gleich, dass sie es getan hatte: Sie hatte ihn tatsächlich fallen lassen. Ich rannte ins Kinderzimmer, und sie tat ganz aufgeregt, während John sich neben dem Wickeltisch schreiend am Boden wälzte. Ich hob ihn hoch und versuchte, ihn zu trösten, aber sie stürzte sich natürlich gleich auf ihn, hüllte ihn in eine Decke und rannte nach draußen zu unserer Rostkutsche, wobei sie mir zurief, ich solle mitkommen, schließlich könne sie nicht gleichzeitig ein Kind halten und fahren. Dann drückte sie mir meinen kleinen Bruder in den Arm.

»Das hast du doch mit Absicht gemacht«, sagte ich und umklammerte ihn mit all meiner Kraft.

»Du spinnst doch, Kleine. Du hast wirklich nicht mehr alle Tassen im Schrank. Und ich warne dich, wenn du so etwas drinnen beim Arzt sagst, dann …«, der Rest ging in wilden Beschimpfungen unter. Sie hatte mich zuvor schon mit Stiefeln durchs Haus getreten, meinen Kopf gegen die Fensterscheibe geschlagen und mich gegen eine Tür gestoßen, aber es waren nicht die Schmerzen, die ich fürchtete. Es war meine Mutter.

In der Notaufnahme sprudelten die Worte nur so aus ihrem Mund: »Es waren keine Windeln mehr in der Schublade der Wickelkommode, aber auf dem Brett darunter hatte ich noch eine Ersatzpackung. Ich habe sie ausgepackt und in die Schublade gelegt und habe die halbvolle Reservepackung dann wieder nach unten zurückgelegt, als das Baby plötzlich nach unten stürzte und auf den Fliesen aufschlug. Was soll ich sagen, es war so schrecklich. Es tut mir so fürchterlich leid! Ich war doch bei ihm, unmittelbar vor ihm. Und ich wusste doch, dass so etwas passieren könnte, deshalb habe ich mich ja so beeilt. Er ist in den letzten Tagen schon so unruhig gewesen. Fürchterlich mobil – Mann, ich wusste das doch alles!«

Der Arzt in der Notaufnahme untersuchte John. Er hatte ein paar Schrammen auf der Nase, einen Kratzer am Kinn und eine Beule auf der Stirn.

»Sie glauben ja nicht, wie schrecklich es ist, wenn Ihr eigenes Kind vor Ihren Augen auf den Boden fällt.«

»Ihm ist doch nichts passiert. Diese kleinen Kerlchen sind ja noch wie aus Gummi. Aber passen Sie in Zukunft auf und legen Sie sich alles parat, damit Sie ihn nicht aus den Augen lassen müssen.«

»Wie aus Gummi, ja, da mögen Sie recht haben«, murmelte meine Mutter vor sich hin, als sie vom Parkplatz der Notaufnahme fuhr.

Es vergingen gerade einmal vier Monate, bis er wieder vom Wickeltisch »fiel«. Vielleicht hoffte sie darauf, dass er zu diesem Zeitpunkt nicht mehr wie aus Gummi war? Dieses Mal hatte er eine große Beule am Kopf und einen blauen Fleck auf der Wange. Es passte zu meinem Gefühl, dass das Geschrei aus seinem Zimmer dieses Mal lauter gewesen war. Irgendwann wurde mir bewusst, dass meine Mutter eine Mörderin war, die bei mir bloß noch keinen Erfolg gehabt hatte und sich deshalb jetzt auf meinen kleinen Bruder konzentrierte. Vielleicht hatte sie bei ihm ja mehr Glück. Und danach? Würde sie sich danach wieder mir zuwenden? Steif vor Angst schlich ich durchs Haus und machte mich so unsichtbar wie nur möglich. Mein Gewissen belastete mich. Ich sollte meinen Bruder beschützen, hatte aber alle Hände voll damit zu tun, mich selbst zu retten.

Ich sah oft durch die Türöffnung in sein Zimmer, wenn sie die Windeln wechselte. Sie drehte mir immer den Rücken zu und machte mit mechanischen Bewegungen, was gemacht werden musste. Ich hätte in der Küche ein Messer holen können, hätte mich von hinten anschleichen und sie erstechen können. Sie hätte mich nicht gehört, denn der Strom der Worte, die aus ihrem Mund kamen, versiegte nie. Ich spürte einen beinahe unwiderstehlichen Drang, ihr tatsächlich das Messer in den Rücken zu rammen, wagte es aber nicht. So oft stand ich da und sah zu, und manchmal ging ich tatsächlich in die Küche und zog die Schublade heraus, warf sie dann aber immer wieder laut zu. Ein einziges Mal habe ich das Brotmesser herausgenommen, es im Ärmel versteckt und mich mit auf dem Rücken verschränkten Armen in die Türöffnung gestellt. Aber meine Hände zitterten und mein Herz galoppierte, sodass ich mich schließlich wieder zurück in die Küche schlich und das Messer mit rabenschwarzem Gewissen wieder zurück in die Schublade legte. Wieder hatte ich meinen Bruder im Stich gelassen.

Mutter hatte begonnen, lange Telefonate auf Dänisch zu führen. Sie sprach mit irgendjemandem, der sie lächeln und lachen ließ, Gespräche, die anfangs noch mit den Worten »Auf Wiederhören« beendet wurden, was sich aber schnell in ein »Bis ganz bald« verwandelte. Die eigentlichen Gespräche hörte ich nicht, denn sie telefonierte meistens, wenn ich nicht da war, nur das Ende bekam ich manchmal mit, und es entging mir auch nicht, wie glücklich sie aussah, wenn sie den Hörer auflegte. Man musste kein Einstein sein, um sich auszurechnen, mit wem sie telefonierte.

In dieser Zeit setzte ich mich mehr und mehr mit der Landkarte des Staates New York auseinander. Ich wollte im Staat bleiben, aber wohin sollte ich gehen? Weit genug, um frei von ihr zu sein. Und nah genug, um … Was? Sie zu beobachten? Ich weiß es nicht. Ich war einfach in den Gedanken verliebt, abzuhauen, nur eben nicht zu weit.

Einmal auf dem Rückweg von der Schule fiel mein Blick auf eine Ausgabe der New York Times, die zwischen Dosen und Burgerverpackungen aus einem Mülleimer ragte. Ich fragte mich, wer in dieser Stadt der Säufer und Loser eine Zeitung mit derart wenigen Bildern las. Zuerst registrierte ich nur das Seltsame daran und ging weiter. Dann drehte ich um und zog sie heraus. Und als ich nach Hause kam, las ich sie von Anfang bis Ende. Wie groß die Welt doch war! In allen möglichen Ländern, von denen ich noch nie etwas gehört hatte, geschahen merkwürdige Dinge. Ich studierte Stellenanzeigen, die ich kaum verstand, und sah mir die kleinen Schwarz-Weiß-Bilder von Menschen an, die eigentlich nicht schön genug waren, um in einer Zeitung abgedruckt zu werden. Ich war sechzehn und in allem hoffnungslos zurückgeblieben, denn ich war kaum in der Schule gewesen, war dreimal sitzengeblieben und ging noch immer in die achte Klasse. Wer würde jemandem wie mir Arbeit geben? Was konnte ich überhaupt? Ich zählte meine Fähigkeiten an den Fingern ab: Putzen, Eier kochen, Pudding machen, Spaghetti Bolognese zubereiten … aber das war's auch schon. Doch, vielleicht konnte ich noch servieren. Auf jeden Fall könnte ich das lernen, und irgendwo saubermachen konnte ich bestimmt auch. Das musste reichen. Ich schloss die Augen und legte den Finger irgendwo auf die Karte. Als ich sie wieder öffnete, lag mein Finger auf Rochester. Ich sollte nach Rochester gehen. Aber es blieb bei dem Traum, bis meine Mutter sieben Monate später mit leeren Händen aus dem Krankenhaus zurückkam, nachdem mein Bruder nach drei Tagen auf der Intensivstation an einer subduralen Blutung infolge eines Sturzes vom Wickeltisch verstorben war. Mutter war im Krankenhaus ohnmächtig geworden, »einfach so, mitten auf dem Flur«, erzählte sie und verkündete kalt, dass sie sich jetzt um sich selbst kümmern musste. Von nun an müsste sie ihre eigenen Bedürfnisse ernst nehmen, schließlich sei ihr Kind in ihren Händen gestorben.

Als ich am Abend im Bett lag, hörte ich wieder Bruchstücke eines dieser glücklichen Telefonate, das erneut mit »Bis ganz bald« endete. Dieses Mal noch gefolgt von dem Nachsatz: »Ich liebe dich auch.« Mein Vater saß direkt neben ihr, aber das war ihr egal. Er konnte kein Dänisch, und außerdem war seinem glasigen Blick zu entnehmen, dass er ohnehin nichts verstand.

Am nächsten Morgen gab ich vor, in die Schule zu gehen, doch stattdessen packte ich die wenigen Sachen ein, die ich glaubte, nicht entbehren zu können – die New York Times aus dem Mülleimer, sieben Unterhosen und eine Bluse, meine Zahnbürste und eine Karte des Staates New York. Ich warf einen Blick ins Schlafzimmer, in dem mein Vater schnarchte, sodass sein gewaltiger Bauch bebte. Leb wohl Papa, dachte ich.

Aus dem Greyhound-Bus wurde nichts, denn ich hatte kein Geld, und da meine Mutter pleite war, konnte ich ihr nichts klauen. Also ging ich zu Fuß aus der Stadt, vorbei an der Schule, bis ich irgendwann den Daumen ausstreckte. Ich musste nach Rochester, kostete es, was es wollte.

Ich hatte in Filmen gesehen, dass junge Mädchen beim Trampen von irgendwelchen verrückten Triebtätern eingesammelt wurden, aber leider – in diesem Fall glücklicherweise – war mein Leben kein Film, und ich wurde von einem alten Mann in einem Lastwagen mitgenommen, den ich schon oft mit einer Flasche in einer braunen Papiertüte durch die Stadt hatte laufen sehen. Er roch streng nach Bier, sah aber einigermaßen nüchtern aus, weshalb ich bei ihm einstieg.

»Bist du nicht die kleine Levine?«, fragte er, und das konnte ich ja kaum leugnen. Shit, dann sagte er das sicher meiner Mutter. »Schade für deine Mutter, dass sie mit so einem Säufer zusammenleben muss.« Es gefiel mir nicht, dass er so über meinen Vater redete. »Und wohin willst du, Kleine?«

»Ich will meine Tante in Buffalo besuchen«, log ich und erinnerte mich, dass Buffalo irgendwo links lag, sodass ich in Scottsville aussteigen musste, wenn er bis dahin fuhr.

»Dann kannst du bis Arkport mitfahren, ich muss da bei einem Freund Holz holen.« Summend fuhr er aus der Stadt. »Und deine Mutter erlaubt dir, per Anhalter zu fahren?«, fragte er nach einer Weile. Ich zuckte mit den Schultern. »Ihr ist das egal.«

Der Mann sah mich etwas ärgerlich an. Als wäre ich es und nicht er, der mit einer braunen Tüte herumrannte und soff. »Wie alt bist du eigentlich? Dreizehn?«

Ich war dünn und klein, das wusste ich selbst, schließlich hörte ich das tagaus, tagein von meinen Klassenkameraden. »Brett mit Nägeln« nannten sie mich.

»Ich bin sechzehn«, antwortete ich und wünschte mir, dass er die Klappe hielt.

Zum ersten Mal in meinem Leben war es interessant, aus dem Fenster zu schauen. Ich hatte noch nie in einem Auto gesessen, das mich nicht zu irgendeinem Arzt oder wieder zurück nach Hause brachte, mit meiner vor sich hinplappernden Mutter am Steuer. Mit einem Mal sah alles vollkommen anders aus. Die gelben, blauen, roten Holzhäuser waren so unterschiedlich, und dann gab es noch grüne Felder, Hügel, Täler, Seen … Ich sah mich um, blickte durch alle Fenster und fragte nach den Namen der Dinge, an denen wir vorbeifuhren. Früher hatte ich nie etwas gesehen, da hatte ich einfach nur im Auto gesessen, den Kopf an die Scheibe gelehnt und leer in die Unendlichkeit gestarrt, während meine Mutter das Innere des Wagens mit ihrem Geschwafel gefüllt hatte. Ich hasste sie aus ganzem Herzen, das spürte ich plötzlich ganz deutlich.

Als der Mann mich in Arkport absetzte, war ich bereits todmüde und überwältigt von all den Eindrücken, und als ich kurz darauf zu einem deutschen Lastwagenfahrer in das Führerhaus kletterte, entschuldigte ich mich gleich und legte den Kopf zum Schlafen an die Scheibe. Der Fahrer weckte mich aber gleich wieder auf. Vermutlich langweilte er sich, außerdem fragte er, wohin ich wolle. Ich sagte ihm, dass ich in Rochester Arbeit suchen wollte. In einem

Diner. In meinen Fantasien stellte ich mir das unheimlich romantisch und exotisch vor.

Soll ich die Geschichte abkürzen? Soll ich das wirklich tun? Dabei gefällt es mir, dir zu schreiben … außerdem müssen wir uns doch kennenlernen. Das verstehst du doch, oder?

Okay, ich mache es trotzdem kurz: Mit Hilfe des Lastwagenfahrers fand ich noch am gleichen Tag Arbeit in einem Truck Stop Diner, so nannte sich die Kaschemme. Aber ich sage dir eins, Maria: Das Leben dort war nicht romantisch, nein, das war kein Ort, an dem man freiwillig seine Zeit verbrachte, wenn man nicht selbst Fernfahrer war. Das Essen war schrecklich, sogar für mich, die in ihrem Leben ja noch nicht viel Gutes bekommen hatte. Es ging wirklich nur darum, den Fahrern genügend Kaffee einzuflößen und ihre Bäuche mit etwas zu füllen, damit sie wach blieben.

Nachts schlief ich in einer Art Vorratsschrank für die Decken, gemeinsam mit einem Jungen aus Mexico, der sich immer in den Schlaf weinte, sicher nicht älter als dreizehn war und kein Wort Englisch sprach. Er räumte die Tische ab, während ich hinter dem Tresen stand und die Bestellungen aufnahm, sie in die Kasse tippte, bediente und mir hin und wieder einen Happen aus der Küche stibitzte. Ich wage gar nicht zu sagen, was sie mir bezahlten, eigentlich nichts, aber ich brauchte ja auch kein Geld, und nachdem ich sechs Kilo zugenommen hatte, weil ich mich ausschließlich von Pommes, Burgern und Eis ernährte, besaß ich ein kleines Vermögen. Jedenfalls kamen mir, die nie etwas verdient hatte, die zweihundert Dollar wie der reinste Schatz vor. Also kaufte ich mir neue Sachen und fuhr ins Zentrum, wo ich einen Job in einem viel besseren Diner bekam, ein Laden mit ellenlangen Speisekarten, wo die Bedienungen schicke rote Uniformen trugen. Die Besitzerin hatte eine Wohnung, in der ihre Angestellten Zimmer mieten konnten. Ich arbeitete nach wie vor hart und viel, sodass ich abends in meinem spartanisch eingerichteten Zimmer vor Müdigkeit umkippte. Die

Arbeit lenkte mich ab und machte mich froh, denn die Müdigkeit und der schwere Schlaf vertrieben die Gedanken. Nur einmal, als ich gegen meinen Willen einen freien Tag hatte, brach ich zusammen; die Gedanken in meinem Kopf und die brodelnde Unruhe in meinem Körper trieben mich zum Wahnsinn. Die Selbstvorwürfe, meinen Bruder verraten zu haben, suchten mich wieder heim. Warum hatte ich es zugelassen, dass meine Mutter ihn getötet hatte? Jetzt aus der Distanz sehe ich ein, wie verrückt es war, in meinem Zimmer zu sitzen und mir mit dem Gemüsemesser, das ich aus der Küche hatte mitgehen lassen, kreuz und quer die Arme aufzuritzen. Aber irgendwie musste ich mich ja bestrafen. Doch obwohl ich mit all den Narben auf den Armen schrecklich aussah, war das, wenn ich ehrlich sein soll, eigentlich keine Strafe. Es gab mir Sicherheit, war fast wie in meiner Kindheit, in der ich ständig von Nadeln und Skalpellen gequält worden war. Wenn ich mir Schmerzen zufügte, roch ich die Krankenhäuser, die ich lieben gelernt hatte, die Krankheiten, die Reinigungsmittel und die Medizin. Und wenn es mich mitten bei der Arbeit überkam, verbrannte ich mich absichtlich an einer Kochplatte oder am Ofen. Irgendwann später war ich es dann aber leid, diese Narben immer wieder erklären zu müssen, weshalb ich mir beide Arme vollständig zutätowieren ließ. Jetzt sind sie richtig schön.

Geld brauchte ich noch immer keins, und wenn ich mich nicht selbst bestrafte, hielt ich nach einer Mutter Ausschau, auf den Straßen, im Fernsehen, im Diner, überall. Oder ich lag auf meinem Metallbett und dachte an all die Dinge, die wir gemeinsam tun würden, wenn ich sie endlich gefunden hatte. An die Gespräche, die wir führen würden, die Vertrautheit, die Liebe zwischen Mutter und Tochter. Liebe und Vertrautheit waren fast so etwas wie eine Besessenheit – wie früher meine Kopfschmerzen. Auch wenn ich gar nicht so genau wusste, was diese beiden Dinge eigentlich bedeuteten.

Auf der Suche nach dieser Frau lief ich mir die Füße wund und verlor dabei auch all die Pfunde, die ich in der Fetthölle der Trucker angesammelt hatte. Ich hielt nach jemandem Ausschau, der mich mit einem ganz speziellen, gleichermaßen warmen und intelligenten Blick ansah, und ich war mir sicher, dass ich diesen Blick sofort erkennen würde. Dieser Mensch würde mich ohne jeden Vorbehalt zu sich nehmen und den leeren Sog in mir auslöschen, der mich immer dann heimsuchte, wenn ich mein Leben nicht mit Arbeit, todesgleichem Schlaf und Selbstbestrafung füllte. Besonders nachts. Ich schlief schlecht, weil ich immer das Gefühl hatte, dass in meinem Inneren eisige Winde wehten. Oft hatte ich den Eindruck, ich wäre unser altes, gespenstisches Haus, das verlassen dastand und durch das der Wind fegte, sodass es überall klapperte und knirschte, obwohl alle Türen und Fenster verriegelt und verrammelt waren. Ich bin mit allen ins Bett gegangen, die sich angeboten haben, egal ob groß oder klein, reich oder arm, aber auch das hat nicht im Geringsten geholfen. Meine Arbeitgeberin hatte ständig ihre Finger auf mir und küsste mich, wann immer es ging, aber auch das half nicht, ich weiß, dass sie das nur tat, weil sie dankbar war, dass ich immer bis zur Erschöpfung gearbeitet habe.

Die, nach der ich suche, ist das Gegenteil von alldem, aber jetzt muss ich los …

Deine Emily

Meine Emily!

Ich richtete mich auf und las eine Passage noch mal:

Soll ich die Geschichte abkürzen? Soll ich das wirklich tun? Dabei gefällt es mir, dir zu schreiben … außerdem müssen wir uns doch kennenlernen. Das verstehst du doch, oder?

Was war passiert? Wie war es gekommen, dass sie tatsächlich mein geworden war? Das hier war keine Fantasie, oder? Das hier war echt. Und sie erzählte mir wirklich alles. (Nur nicht das, worum ich sie explizit gebeten hatte.) Außerdem müssen wir uns doch kennenlernen ... Aber Moment, das war doch verrückt. Über Monate hatte ich nichts von ihr gehört, und plötzlich schrieb sie mir einen kleinen Roman? Mein Kopf suchte brummend nach einem Gedanken, der eine Brücke zu Emily bauen und alldem einen Sinn geben konnte. Plötzlich war sie ganz dicht bei mir – aber was war in der Zwischenzeit passiert? War die Seele dieses Mädchens so zerstört, dass sie sich nicht nur schwarz kleidete, sondern auch innerlich schwarz war, für längere Phasen abtauchte, unter der Erde verschwand? War sie depressiv? Manisch? Borderline? Kaputt? Und wo musste sie jetzt so plötzlich hin? War ihr etwas passiert? Es durfte ihr nichts geschehen. Mit wem war sie zusammen?

Sonderlich groß war sie ja nicht. Im Gegenteil, sie wirkte so klein, und ich wollte so gerne auf sie aufpassen. Ja, für mich war längst klar, dass das schwarzgekleidete, viel zu junge Mädchen aus dem Gerichtssaal Emily war. Vielleicht war sie einfach nur klein und wirkte jünger, als sie war, schließlich hatte der Lastwagenfahrer sie für dreizehn gehalten, als sie sechzehn war.

Ich sah auf die Uhr: Für den langen Tag, der hinter mir lag, war es viel zu spät geworden. Und der kommende Tag sollte noch anstrengender werde. Ich nahm eine Schlaftablette und stellte den Wecker, doch noch bevor ich einschlief, sah ich alles vor mir: Wie ich ihr mit dem Kokosöl, das ich von Nkem bekommen hatte, die schwarze Farbe abwusch, die Kohle von ihren Augen wischte und ihr die Haare wusch, wie ich den grauschwarzen Farbwirbel im Abfluss der Wanne verschwinden sah, während sie mit ihrer hellen Haut und zusammengekniffenen Augen wie ein Kind auf dem weißen Emaille saß. Ich stellte mir vor, wie ich sie mit dem großen Badetuch abrubbelte und wie wir zusammen überlegten, wie wir die Tattoos und Narben von ihren Armen entfernen lassen konnten, um Tabula rasa zu machen und von vorn anzufangen. Und zu guter Letzt: Wie sie mit zerzausten Haaren aus dem Bett aufstand und sich noch im Pyjama einen Tee machte, während mein schwanzloser Kater sich an ihrem Bein rieb.

28

Als ich vier Tage später kurz nach neun Uhr ins Institut kam, war der Freispruch von Eva und Daniel Sommer gerade bekannt geworden. Alle standen mit ihren Kaffeetassen auf dem Flur und diskutierten den Fall. Das Urteil weckte bei Polizei und Staatsanwaltschaft nur Verärgerung, und fast niemand verstand die Urteilsbegründung, die Bonde Madsen bereitwillig vorlas:

Laut Aussage der Angeklagten wurde Josefine nicht aus Versehen mit basischer Flüssigkeit oder Ähnlichem überschüttet, bevor sie schlafen gelegt wurde, des Weiteren konnte sich keiner der Angeklagten erklären, wie es zu den Verletzungen gekommen war. Es deutet nichts darauf hin, dass die Tat von beiden oder einem der Angeklagten, ob mit oder ohne Wissen oder Einverständnis des anderen, verübt wurde. Das Gericht erachtet die vorgelegten Beweise als nicht ausreichend, um mit Sicherheit davon auszugehen, dass die beiden Angeklagten, allein oder gemeinsam, Josefine diese Verletzungen zugefügt haben.

Obgleich das Gericht, wie Fyn Nielsen meinem Chef erklärt hatte, es als bewiesen ansah, dass einer der Angeklagten schuldig sein musste, hatten Mutter und Vater das Gericht unbehelligt verlassen können. Für mich ergab das keinen Sinn, und der Staatsanwalt war anscheinend so wütend gewesen, dass er sofort Berufung eingefordert hatte. Ich selbst wollte nur so schnell wie möglich weg von den laut redenden Menschen und schlüpfte in mein Büro, um nachzusehen, ob ich eine E-Mail von Emily bekommen hatte. Seit ihrer letzten, langen Botschaft hatte ich nichts mehr von ihr gehört, aber sie hatte weder geantwortet noch angerufen. Wo war sie? Was war mit ihr los – na ja, eigentlich wusste ich das ja – aber was hielt sie davon ab, mir zu schreiben? Ich machte mich daran, all die E-Mails durchzugehen, die sich angesammelt hatten, als plötzlich, kurz nach zwölf, eine Nachricht von ihr kam:

Liebe Maria,

entschuldige, dass ich mich nicht mehr gemeldet habe, aber ich hatte irgendwie den Faden verloren. Manchmal geht es mir einfach scheiße. Ich habe immer versucht, all das Geschehene wie einen Film zu betrachten, wie etwas, das anderen passiert ist und das ich nur sehen darf, weil ich mir eine Kinokarte gekauft habe. In der Regel gelingt mir das sogar. Aber dann gibt es auch wieder Momente, in denen das nicht klappt, und dann spüre ich, dass dieser Film in Wirklichkeit mein Leben ist. In diesen Momenten tut das einfach schrecklich weh. Überall. Manchmal habe ich dann sogar den Kreidegeschmack im Mund, den mir die Migränepillen immer gemacht haben. Andere Male bekomme ich einen solchen Hunger, dass mein Bauch brennt, obwohl ich gerade erst gegessen habe. Und dann gibt es wieder Tage, da fühlt es sich so an, als würde mein Herz aus meinem Körper springen und weinen. Ich sehe das dann wie auf einem Monitor, es sieht aus wie ein schluchzendes Tier. Oder ich werde einfach von Gefühlen übermannt, die ich weder verstehen noch verkraften kann.

Na ja, was ich dir beschrieben habe, ist das Gegenteil, ich meine, die, die ich suche, soll das exakte Gegenteil von der Erinnerung sein, die ich an meine leibliche Mutter habe. Hier ist noch eine Erinnerung:

Ich saß in der Klinik, auf der Station für innere Medizin oder wie das heißt. Denn auch mit meinen inneren Organen stimmte etwas nicht, davon habe ich dir noch kaum erzählt. Eine Schwester war dabei, irgendetwas zu mischen, es sah wirklich zum Kotzen aus. Das Zeug sollte meine inneren Organe irgendwie leuchten lassen, wenn sie nicht so schon rot genug strahlten.

Meine Mutter saß daneben und putzte sich wie immer für das Personal raus. Woher wohl der Pfleger X kam, was wohl Schwester Y in der Freizeit machte und wo Schwester Z wohl die fantastische Spange gekauft hatte, das wahnsinnig hübsche Stirnband oder den pikanten Lippenstift? Sie redete mit glühenden Wangen und lud sie alle zu sich in ihr Geisterhaus ein.

»Jetzt musst du das hier trinken«, sagte die Krankenschwester und gab mir das abscheulich aussehende Getränk, »damit wir ein gutes Bild von deinen inneren Organen machen können.«

Als sie ging, lief meine Mutter ihr mit einem Zettel nach, auf den sie ihre Telefonnummer geschrieben hatte. Dann drehte sie sich zu mir um und das Lächeln verschwand. »Du trinkst das jetzt, ist das klar?«

Die Schwester hatte Orangengeschmack dazugemischt, doch das Gebräu schmeckte immer noch scheußlich. Außerdem sah es aus wie orangefarbene Kreide, die jemand in Schweineschmalz aufgelöst hatte. Die Schwester nannte es *Barytbrei*; ein Löffel davon, und mein Magen hing oben im Hals, auf dem Weg noch weiter nach oben. Tränen schossen mir aus den Augen und ich wusste genau, dass ich mich erbrechen musste.

Ich sah zu meiner Mutter, damit sie mir half, aber sie blickte bloß durch mich hindurch. Ich würgte den grellen Höllentrunk herunter und mein Hals öffnete und schloss sich jedes Mal, wenn mir das Zeug metallisch sauer aufstieß. *Hilf mir, Mama,* dachte ich, während mir die Tränen über die Wangen kullerten. Sie aber starrte vor sich hin, bewegte die Lippen und war tief in ein eingebildetes Gespräch verstrickt. Es musste ein verlockendes Thema sein, denn sie warf ihrem imaginären Gesprächspartner immer wieder ein einladendes Lächeln zu. Mich sah sie nicht, dabei saß ich von Tränen erstickt direkt vor ihr und versuchte Löffel um Löffel des Barytbreis herunterzuwürgen. In Gedanken war sie bestimmt dabei, den Pfleger in unserem verwunschenen Haus herumzuführen, bevor sie das Sixpack Coors hervorholte, um anzudeuten, dass nun in all der Armut gefeiert werden sollte.

Ich habe dich gesehen, Maria. Und du bist das genaue Gegenteil. Du bist ein guter, redlicher Mensch. Dabei bist du ebenso schön wie meine Mutter. Irgendwie siehst du aus wie ein Rennpferd mit geblähten Nüstern. Bei deiner Zeugenaussage vor Gericht habe ich erkannt, wie begabt und voller Hass du bist. Ich habe dich beobachtet. Du hast alles.

Deine Emily

Endlich. Irgendwie wusste ich es, seit Sarah mir in der Dönerbude zugeblinzelt hatte. Am besten war aber, dass *sie* meine Aufmerksamkeit gesucht hatte, sie hatte mir alles erzählt und sich an mich gewendet. Aus den Milliarden von Menschen, die diese Erde bevölkerten, hatte sie mich ausgewählt.

Sie brauchte mich.

Sie war mein.

Ich hatte längst erkannt, zu was sie imstande war und was sie sich tief in ihrem Inneren wünschte. Sie hatte mit dem Messer in der Tür gestanden und zugesehen, wie ihre Mutter den Säugling versorgt hatte. Sie hatte es gewollt, nur nicht gewagt. Ich erinnerte mich an das erste Mal, als ich eine Leiche öffnen sollte. Ich wollte es, traute mich aber nicht, bis ich es dann doch tat. Eine wohlbekannte Stimme schnitt sich plötzlich durch meine Gedanken:

»Krause!« Ich drehte mich zu Ruth um.

»Ja?«

Sie grinste. »Wir warten auf Sie.«

Ich war verwirrt. »Was?«

»Institutssitzung. Immer der gleiche Tag, immer die gleiche Zeit, jede Woche aufs Neue.«

»Oh!« Ich stand auf und folgte ihr gehorsam.

29

Wir redeten eigentlich nur über den Prozess während der Sitzung und über die Frage, wie der Staatsanwalt es anstellen wollte, bei der Revision genug Beweise für einen Schuldspruch zu bekommen. Bonde Madsen lobte erneut meinen Selbstversuch. Er nannte ihn bahnbrechend und forderte mich auf, einen Artikel darüber zu schreiben.

Ich wusste noch immer nicht, was ich tun sollte: War es richtig, Emily unter Druck zu setzen, damit sie eine Aussage machte?

Kaum im Büro zurück, checkte ich meine E-Mails. Sie hatte tatsächlich bereits geantwortet:

Sie ist wirklich freigesprochen worden! Das ist krass! Ich habe es gerade in der Zeitung gelesen. Warum hast DU nichts gesagt?

Ich bekam es mit der Angst zu tun und antwortete:

Ich habe es selbst gerade erst erfahren. Aber der Staatsanwalt hat Berufung eingelegt. Kannst du mich nicht anrufen? (42424258)

Sie antwortete sofort:

Was bedeutet das? Wann wird der Fall dann wieder verhandelt? Wo wird Josefine in der Zwischenzeit sein?

Ich antwortete:

Ich denke, Josefine wird bei ihren Eltern sein. Sie sind ja freigesprochen worden. Genau weiß ich es aber noch nicht.

Es vergeht bestimmt ein Jahr, bevor der Fall wieder vor Gericht kommt. Das ist immer so. Die Polizei muss neue Beweise finden, und sie muss herausfinden, ob es deine Mutter oder ihr Mann war, der das getan hat. Willst du nicht lieber anrufen, das würde es um einiges leichter machen?

Ich konnte gerade noch ihre Antwort lesen:

Das ist doch unglaublich! Ich meine, sie ist HOCHSCHWANGER! Sollen ein Kindermörder und eine Kindesmisshandlerin EIN JAHR lang mit zwei Kindern allein gelassen werden? Das darf doch nicht wahr sein! Wie kann man so etwas denn zulassen?

Plötzlich stand Ruth mit hochgezogenen Augenbrauen in der Tür.

»Sie warten auf Sie.«

»Wer denn jetzt schon wieder?«

»Zwei Männer vom Versorgungsamt, Abteilung Berufsschadensausgleich.«

»Oh, Mist. Ich habe doch heute noch so viel zu tun.«

»Das wussten Sie aber doch, als Sie diesen Termin gemacht haben.«

Ich nahm mein Handy mit, sollte Emily doch noch anrufen, was sie nicht tat. Als ich zurückkam, schrieb ich ihr gleich wieder.

Wenn du in dem Revisionsverfahren aussagen würdest, könntest du dir sicher sein, dass sie verurteilt wird. Was meinst du dazu?

Ich wusste selbst nicht, ob ich das wirklich für eine gute Idee hielt. Emily antwortete sofort:

Deine Antwort hat aber auf sich warten lassen!!! Wie hoch wird die Strafe sein, wenn sie verurteilt wird?

Dieses Mal antwortete ich sofort:

Entschuldige, aber ich bin auf der Arbeit. Und ich habe wirklich keine Ahnung. Bestimmt nicht sonderlich hoch. Ein paar Jahre vielleicht.

Ich sah in meinen Kalender. Da stand nur Institutssitzung und Treffen mit Beamten des Versorgungsamts. Keine weiteren Termine. Gut, denn wir waren sicher noch nicht fertig:

Wie kannst du so ruhig bleiben?! Ich habe deine Zeugenaussage gehört. Du hasst sie!!! Das weiß ich! Oder habe ich mich in dir geirrt?

Bei dem Gedanken, sie verlieren zu können, wurde mir kalt vor Schreck. Genau in diesem Augenblick klopfte es an meine Tür, und Ruth kam mit einem Bericht herein, den sie auf meinen Tisch legte.

»Könnten Sie den an Nkem zurückgeben, wenn Sie damit fertig sind? Sie hat darum gebeten, ihn so schnell wie möglich zurückzubekommen.«

Als sie wieder fort war, schrieb ich:

Glaub mir, ich bin alles andere als ruhig. Es wäre einfacher, wenn wir miteinander reden könnten. Ruf mich heute Abend an.

Ich starrte ängstlich auf den Bildschirm, stand auf und ging mit dem Bericht unter dem Arm nach oben in den zweiten Stock. Nkems Tür stand offen, und als ich nah genug war, hörte ich gedämpfte Stimmen. Es waren unverkennbar Nkems weicher Bass und Karolys raspelnde Bodega-Stimme. Gerade als ich zur Tür hereinkam, fing ich das Wort »Bruder« auf. Sie verstummten beide und sahen mich leer an.

»Ich wollte eh gerade gehen«, sagte Karoly. »Danke für die Infos, Nkem.«

Ohne mich eines weiteren Blickes zu würdigen oder noch irgendetwas zu sagen, schob er sich an mir vorbei durch die Tür und verschwand über den Flur. Ich war paranoid, das wusste ich, doch die Nervosität, die ich in diesem Augenblick spürte, fühlte sich wirklich lebensbedrohlich an. Ich stand einfach nur da und fixierte Nkem, ohne ein Wort zu sagen. Ihr Gesicht verriet mir nichts, ich wollte sie aber auch nicht fragen, worüber sie geredet hatte. Ich war wie gelähmt.

»Wie geht es dir?«, fragte sie wie üblich und setzte sich, ohne mir in die Augen zu blicken, was sie sonst immer tat.

»Gut.« Ich legte den Bericht auf ihren Schreibtisch. »Ich habe keine weiteren Kommentare dazu, nur das, was ich schon geschrieben habe.« Ich schob den Papierstapel mit einem Finger zu ihr hinüber.

»Fantastisch«, sagte sie, noch immer ohne mich anzusehen. Ich konnte aber nicht erkennen, ob sie den Text, der vor ihr lag, wirklich las oder nur so tat. Als ich ging, quälte mich die Frage, ob sie über Daniel geredet hatten. Hatte Nkem verraten, dass er mein Bruder war? Aber nein, das würde sie niemals tun. Ich blieb mitten auf dem Flur stehen und machte kehrt. Oder doch? Wieder blieb ich stehen. Ich wollte mich nicht zu einer Frage herablassen. Das wäre einfach zu jämmerlich. Bestimmt hatten sie über Nkems Bruder gesprochen, der dabei war, die Herrschaft über die Welt zu übernehmen oder wenigstens über Nigeria.

Als ich nach unten in mein Büro kam, war ich ziemlich überzeugt davon, dass Karoly nicht einmal ahnte, dass Nkem einen Bruder hatte. Kannten sie sich überhaupt? Nkem und Karoly? Ich hatte sie vorher noch nie zusammen gesehen. Nkem war nie in unsere Zusammenarbeit mit der Polizei involviert gewesen. Verdammt. Das mit Daniel durfte einfach nicht herauskommen. Nicht jetzt.

Ich setzte mich und sah, dass ich schon wieder eine E-Mail von Emily bekommen hatte:

Erinnerst du dich daran, dass ich dir erzählt habe, dass ich mit dem Brotmesser vor dem Zimmer meines kleinen Bruders stand? Ich wusste, dass meine Mutter ihn wieder quälen würde, und hatte Angst um sein Leben. Ich fühlte mich verantwortlich und war verzweifelt. Meine Lust, sie umzubringen, war überwältigend, aber ich schaffte es ganz einfach nicht. Ich war wie gelähmt vor Angst – nicht vor den Konsequenzen. Das wurde mir klar, als ich mit dem Messer dastand. Ich hatte keine Angst, ins Jugendgefängnis zu kommen, mich dem System zu stellen, das wäre nur befreiend gewesen. Nein, nicht das hatte mich zurückgehalten. Vielmehr die Tatsache, dass das Messer in meiner Hand gezittert hatte – aus Angst vor ihr –, und das kann ich mir selbst nicht vergeben.

Ein paar Jahre, nachdem ich nach Rochester gezogen war, wurde mir irgendwann bewusst, dass sie jetzt ja keine Kinder mehr hatte. Das eine hatte sie umgebracht, das andere war abgehauen. So ein Leben war nichts für sie, sie konnte nicht ohne Kinder leben. Sie musste sich einen neuen Mann suchen, bestimmt diesen Arzt, der sie so angestrahlt hatte und mit dem sie am Telefon immer so glücklich Dänisch geredet hatte. So ist das doch im Leben: Die Menschen verlieben sich und bekommen Kinder. Besonders bei meiner Mutter. Besonders meine Mutter bekommt Kinder. Ich bekam Panik, und schwitzte schon bei dem Gedanken.

Tags darauf hatte ich einen meiner schrecklichen freien Tage. Ich trampte nach Rexville, wagte es aber nicht, ins Haus zu gehen, sollte sie noch da sein.

Der Supermarkt war die Überwachungszentrale der Stadt. Die Frau an der Kasse wusste über jede Bewegung Bescheid, die die gut sechshundert Einwohner der Stadt machten, weshalb ich zu ihr ging und ein Päckchen Wrigley's aufs Band legte.

»Na, wieder zurück?« Ihr Falkenblick musterte mich.

Ich schüttelte den Kopf. »Ich will nur Vater und Mutter besuchen.«

Sie zog die Augenbrauen hoch und nahm das Geld entgegen. »Deine Mutter ist weg«, sagte sie. »Aber dein Vater freut sich bestimmt, dich zu sehen.«

»Wo ist sie denn hingegangen?«, fragte ich.

»Keine Ahnung, dein Vater weiß es auch nicht.«

Ich drehte mich um und ging. Das Kaugummi, das ich gekauft hatte, ließ ich ganz bewusst liegen. Eines Tages, hoffte ich, würde es jemanden geben, der mir etwas nachrufen würde, wenn ich mein Kaugummi vergaß. Sie tat es nicht. Niemand tat das, obwohl ich das bei anderen so oft gesehen hatte, nicht bei Kaugummi, sondern bei allem möglichen anderen. »Sie haben Ihren … Blumenkohl vergessen, Ihre … Kondome, sie haben Ihr …« Ach egal, so etwas riefen die Verkäuferinnen überall in der Welt ihren Kunden nach, nur nicht mir.

Ich ging zum Haus. Vielleicht wusste er ja doch, wo sie war. Als ich die unverschlossene Tür öffnete, lag er mitten auf dem Flur und schlief seinen Rausch aus. Ich kriegte ihn einfach nicht wach. Das ganze Haus war voller Müll und stank unbeschreiblich. Ich räumte auf, lüftete und wusch ab, ohne dass er wach wurde. Irgendwann hielt ich es einfach nicht aus, noch länger dort zu sein, und begann mit dem, weshalb ich gekommen war. Aus der untersten Schublade meiner Mutter suchte ich all meine Krankenhauspapiere heraus. Sie hatte sie in einem hübschen, roten Lackkästchen verstaut, als wären das ihre Kronjuwelen. Ich hatte mir damals, nachdem ich insgeheim einen Blick auf die Karte des Arztes geworfen hatte, seinen Namen eingeprägt, ihn dann aber doch vergessen. Die Papiere sagten mir, dass das Krankenhaus, in dem ich zum ersten Mal das Wort Urethra gehört hatte, in Buffalo lag und dass der Arzt Daniel Krause hieß. Als ich dort anrufen wollte, stellte ich fest, dass die Leitung tot war. Vater hatte die Rechnungen wohl nicht bezahlt. Ich nahm mein Handy und bat darum, mit Dr. Daniel Krause verbunden zu werden, erfuhr dann aber, dass er nicht mehr im Krankenhaus angestellt sei, sondern eine urologische Praxis in Rochester eröffnet habe. Es war schon verrückt, ich war aus Rexville weggelaufen und meine Mutter war mir gefolgt, ohne zu wissen, wo ich war. Dabei hatte ich mich die ganze Zeit über sicher und außerhalb ihrer Reichweite gefühlt. Allein der Gedanke daran, wie nah sie mir gewesen war, ließ mich schwindelig werden.

Andererseits waren sie so leicht zu finden. Als ich sie schließlich, verkleidet mit Hut und Brille, in einem Riesenhaus im Nobelvorort Pittsford entdeckte, verschlug es mir den Atem. Sie war schwanger. Ich tippte auf den sechsten oder siebten Monat. Sie stand in einem Zimmer mit leeren Wänden und war dabei, alle möglichen Sachen in Umzugskartons zu stopfen. Der Anblick ihres Bauches ließ mich so wütend werden, dass ich zu weinen begann und einfach ging. Ich lief und lief, wie ich es schon so oft getan hatte. Ich glaube, in diesem Moment fasste ich den Entschluss, dass sie sterben musste, bevor sie dieses Kind auf die Welt gebracht hatte. Ich belauerte das Haus eine Woche lang jeden Abend. Ich wusste, dass sie umziehen wollten und dass ich deshalb vermutlich nur wenig Zeit zur Vorbereitung hatte. Es durfte nichts schiefgehen, und dieses Mal wollte ich ihretwegen nicht ins Gefängnis, denn inzwischen hatte ich irgendwie verstanden, dass da draußen vielleicht auch auf mich ein Leben wartete. Ich suchte nach einer Möglichkeit, wartete ab, dass sie auftauchte, und hoffte, dass ihr neuer Mann sie irgendwann abends alleine ließ.

Jeden Abend schlich ich mich zu ihr, beobachtete von draußen das Haus und wartete auf eine Gelegenheit, die nicht kam. In der roten Sporttasche, die ich dabei hatte, lag ein solider Ast von einer Eiche, den ich im Park gefunden hatte. Er hatte sich mir fast aufgedrängt, um ihr damit eins überzuziehen, sodass sie zu Boden ging. Und ein Messer, das gleiche, mit dem ich immer mich selbst geritzt hatte. Es musste dieses Messer sein, frag mich nicht, warum. Jeden Abend hockten sie über die Umzugskisten gebeugt, sortierten, schmissen weg und lachten zusammen. Sie sahen aus wie ein glückliches Paar. Es war nicht auszuhalten. Und eines Abends, als ich wiederkam, war das ganze Haus leer. Sie waren weg.

Ich schlug ein Kellerfenster ein und öffnete das Schloss. Ich wollte mich vergewissern, dass es wirklich so war, wie es von draußen ausgesehen hatte. Drinnen war kein einziges Möbelstück mehr. Ich hatte keine Ahnung, wohin sie gezogen waren, und musste also wieder von vorne anfangen. Diese Niederlage war kaum zu verkraften, ich fühlte mich, als würde ich ausgepeitscht werden, und das lähmte mich. Natürlich vergaß ich sie nicht, sie und ihren schwangeren Bauch, aber ich hatte keine Ahnung, wo sie war oder wo ich sie suchen sollte. Zwei Jahre später erfuhr ich dann, dass sie wie aus dem Nichts in Dänemark aufgetaucht war, in Odense. Das lag irgendwie außerhalb meiner Reichweite, aber vielleicht könnte ich ja ihren Mann gegen sie aufbringen, wenn er die Wahrheit über das erfuhr, was sie meinem Bruder und mir angetan hatte. Ich wusste nur nicht, dass er – oder sie – den Namen gewechselt hatten, weshalb ich anstatt seiner deine E-Mail-Adresse bekam. Aber jetzt, da ich sie gemeinsam im Gerichtssaal gesehen habe, weiß ich, dass ich auf Daniels Hilfe nicht zählen kann. Die Art, wie sie zusammen waren – wie soll ich das sagen – mir bleibt nur ein Weg.

Deshalb bitte ich dich jetzt – als meine Freundin –, lösch alle E-Mails, die ich dir geschickt habe. Und denk auch daran, die Nachrichten zu löschen, die du geschickt hast.

Deine Emily

PS: Kannst du mir sagen, wo in der Brust man zustechen muss, wenn man das Herz treffen will?

Ich las die E-Mail zweimal. Panik rauschte in meinen Ohren. Sie wollte ihre Mutter umbringen, daran gab es keinen Zweifel. Es gab aber ein Problem, ein kleines Detail, das mein Herz pochen und knistern ließ, und das war die Tatsache, dass ich ihr Vorgehen billigte. Emily zuliebe, dem verätzten kleinen Mädchen zuliebe und Evas ungeborenem Kind zuliebe. Ich begrub meinen Kopf in den Händen und verurteilte mich selbst. Wollte ich wirklich normal sein, waren diese Gedanken verkehrt. Aber sie verschwanden nicht, und irgendwann begann ich mich selbst wegen meiner Doppelmoral zu beschimpfen. Vor gerade mal einem Jahr war ich nach Freiburg gefahren, um dort einen Menschen umzubringen, weil die Welt ohne ihn ein besserer Ort wäre und weil er Frauen gequält und getötet hatte und ungestraft davongekommen war. Ich verdrängte alle weiteren Gedanken und schrieb:

Mitten in die Brust

Und dann begann ich, ihre Nachrichten zu löschen. Während ich das tat, hatte ich plötzlich Daniel und seinen Hund im Kopf; wir waren wortlos aneinander vorbeigelaufen, den Blick auf den Boden oder in einen Garten gerichtet, der uns interessierte. Manchmal war ich auf die andere Straßenseite gegangen, andere Male hatten unsere Arme sich fast berührt, wenn wir aneinander vorbeigingen. Ohne nachzudenken, schrieb ich:

Sie haben einen Hund. Daniel geht jeden Abend nach den Neun-Uhr-Nachrichten mit ihm Gassi, etwa eine halbe Stunde lang.

Verdammt!, platzte ich laut hervor, nachdem ich die E-Mail abgeschickt hatte. Das Adrenalin schoss wie die Injektion einer eiskalten Flüssigkeit durch meine Adern. Wenn sie es dieses Mal wirklich tat, hatte ich mich mitschuldig gemacht. Ich schrieb ihr eine dritte Nachricht:

Ich lösche jetzt alle deine E-Mails. Bitte mach du das auch mit meinen.

Einen Moment lang saß ich da und fragte mich, was mit mir eigentlich nicht in Ordnung war. Was ging in meinem Kopf vor? *Jetzt tu doch nicht so unschuldig*, flüsterte eine Stimme tief in mir, irgendwo im Dunkeln, wo es kein Herz gab, sondern nur eine große, giftige Schlange. *Du willst doch, dass sie ihre Mutter umbringt, während Daniel mit dem Hund unterwegs ist. Und du willst, dass Daniel für den Mord, den er nicht begangen hat, zur Rechenschaft gezogen wird. Weil er das verdient hat. Und du verstehst Emily. Du verstehst, dass sie das tun muss.*

Ja, dachte ich, und plötzlich kam mir das Ganze vollkommen gerecht vor. Daniel würde eine kleine Pause bestimmt guttun, um über sein Leben nachzudenken. Und die Frau? Münchhausen-Frauen kommen fast immer ungestraft davon. In der Regel sind sie perfekte Schauspielerinnen und als Betrügerinnen unheimlich überzeugend. Wie oft hatte ich sie nicht in Interviews oder Talkshows sitzen und ihre Unschuld beteuern sehen! Es war wirklich nicht auszuhalten, wenn man wusste, was sie alles getan hatten. Häufig riefen die Frauen selbst bei den Zeitungen oder Fernsehsendern an, und wenn sie gerade erst einen Prozess gewonnen und ihre Kinder zurückbekommen hatten, waren das gute Storys, dann gab man diesen ungerecht behandelten und zu Unrecht verdächtigten Frauen gerne mal zwanzig Minuten Sendezeit. Ich starrte Andy Warhols Suppendose an, die an der Wand hing.

Die Berufung war eingelegt worden. »Mit dem Gesetz soll das Land gebaut werden«, so stand es in Stein gemeißelt am Gerichtsgebäude in Kopenhagen. Aber die Chance, dass ich sie von jedem Verdacht enthoben aus dem Landgericht würde treten sehen, wo sie den wartenden Journalisten Rede und Antwort stand, oder auf irgendeinem blauen Sofa einer Talkshow, auf dem sie erzählte, welch grausame Dinge sie hatte durchmachen müssen, war verdammt groß. Ich beschloss, meinen Freund Dr. Glas zu konsultieren, nahm das Buch aus der Schublade und las noch einmal einen der Abschnitte, die mein Chef markiert hatte: *Wenn ich etwas sehe, das mich empört, will ich eingreifen. Ich greife nicht jedes Mal ein, wenn ich eine Fliege im Spinnennetz sehe, denn die Welt der Spinnen und der Fliegen ist nicht die meine, und ich weiß, dass man sich beschränken muss, außerdem mag ich Fliegen nicht. Sehe ich aber ein schönes kleines Insekt mit golden schillernden Flügeln im Netz, so zerreiße ich dieses, und wenn es sein muss, töte ich die Spinne, denn ich glaube nicht daran, dass man keine Spinnen töten darf. – Ich bin im Wald unterwegs; ich höre Hilferufe; eilends gehe ich den Schreien nach und finde einen Mann, der im Begriff ist, eine Frau zu vergewaltigen. Natürlich tue ich alles, was in meiner Macht steht, um sie zu befreien; notfalls töte ich den Mann. Das Gesetz gibt mir nicht das Recht dazu. Das Gesetz gibt mir lediglich das Recht, einen anderen aus Notwehr zu töten, mit Notwehr meint das Gesetz aber nur die Gegenwehr, wenn das eigene Leben in äußerster Gefahr ist. Das Gesetz erlaubt mir nicht, jemanden zu töten, um meinen Vater oder meinen Sohn oder meinen besten Freund zu retten, und ebenso wenig, um meine Geliebte vor Misshandlungen oder Vergewaltigungen zu schützen. Kurzum, das Gesetz ist lächerlich, und kein anständiger Mensch lässt seine Handlungsweise davon bestimmen.*

Bonde Madsen hatte mir dieses Buch mit voller Absicht gegeben. Warum? Was hielt er selbst von Doktor Glas? Hielt er ihn für wahnsinnig? Oder fand er seine Handlungen gut begründet?

30

Um vier Uhr in der Nacht schreckte ich aus dem Schlaf auf und saß kerzengerade im Bett. Emily durfte das nicht tun! Mir brach der Schweiß aus, und mein Herz hämmerte wie wild. Das kleine Mädchen! Sie war doch schon gestraft genug, sie durfte nicht auch noch den Mord an ihrer Mutter auf sich nehmen. Verdammt, was hatte ich mir nur gedacht? Ich stand aus dem Bett auf und rannte in meiner Wohnung auf und ab. Ich musste sie finden. Und dann kam mir plötzlich in den Sinn, dass Emily durch *die Zeitung* von dem Freispruch erfahren hatte. Sie musste also noch in Odense sein. Noch eine andere Sache war mir im Schlaf bewusst geworden, vielleicht durch diesen bizarren Traum: Ich war zusammen mit Emily in einer Jugendherberge, und sie hatte hinter uns die Tür mit gewaltigen Bolzenschlössern verriegelt, die sie selber angeschraubt hatte. Wohnte sie in einer Jugendherberge oder im Hotel … *Zwei Jahre später erfuhr ich dann, dass sie wie aus dem Nichts in Dänemark aufgetaucht war; in Odense*, hatte sie mir geschrieben, *weshalb ich anstatt seiner deine E-Mail-Adresse bekam.* Irgendjemand, der nicht helle genug war, den Unterschied zwischen einer rechtsmedizinischen und einer urologischen Abteilung zu kennen, musste ihr meine Adresse besorgt haben.

Irgendjemand versorgte sie mit Informationen aus Odense. Aber wer?

In einer ihrer langen Nachrichten, erinnerte ich mich, schrieb sie davon, dass sie keine Familie in Dänemark hatten. Hatte die Mutter nicht angegeben, dass alle tot seien und die Weihnachtskarten für die Familie zu Hause bloß ein Vorwand gewesen waren, um mit dem Fotografen ins Bett zu gehen?

Das konnte ja auch eine Lüge gewesen sein. Emilys Mutter war schließlich eine pathologische Lügnerin. Und sie stammte aus Odense. Oder bildete ich mir das nur ein? Hatte Eva ihren Börsenmakler nicht hier getroffen? In einer Bar in Odense? Mit siebzehn? Ich holte meinen Laptop aus der Tasche und wollte Emilys E-Mails durchgehen, als mir klar wurde, dass ich die ja gelöscht hatte. Dann wurde mir bewusst, wie dumm ich war: Gelöschte Nachrichten waren ja nicht gelöscht, sondern bloß in den Papierkorb verschoben. Ich öffnete den Ordner, und tatsächlich waren die E-Mails noch da. Ich ging die Korrespondenz durch und fand, was ich suchte: Sie hatte den durchtrainierten Börsenmakler an der Bar eines Hotels in Odense getroffen.

Emily musste hier Familie haben, irgendjemanden, der sie mit Informationen fütterte. Aber ich konnte sie ja fragen:

Emily, eine Sache noch: Wer gibt dir die Informationen aus Odense? Und bist du noch hier? Tu nicht, was du dir vorgenommen hast. Ich werde das für dich erledigen, aber es ist sehr wichtig, dass wir uns treffen. RUF AN! (und ja, ich werde auch diese E-Mail löschen!)

Wie ich das für sie erledigen wollte, wusste ich natürlich nicht. Ich löschte die Nachrichten und leerte dann den ganzen Papierkorb. Jetzt mussten die E-Mails wirklich weg sein.

Es war inzwischen halb sechs in der Früh. Ich würde nicht wieder einschlafen können, das spürte ich. Ab wann konnte man Leute anrufen? Sicher noch nicht jetzt. Andererseits musste ich das tun, bevor sie zur Arbeit gingen. Ich zog mich an und fuhr ins Institut, fest entschlossen, von dort aus alle Odenser anzurufen, die Sommer mit Nachnamen hießen. Und zwar so schnell wie möglich. Ich konnte ja irgendetwas Dramatisches erfinden oder sagen, es ginge um Leben und Tod. In gewisser Weise stimmte das ja auch.

Als ich mit einer Zigarette zwischen den Lippen das Institut betrat, war ich mir ziemlich sicher, allein zu sein, doch in der Tür meines Büros wäre ich fast mit Nkem zusammengestoßen.

»Was machst du denn so früh hier?«

Nkem kam sonst nie vor neun Uhr.

Sie grinste entwaffnend. »Ich könnte dich das Gleiche fragen.«

»Ja, aber wir stehen in meinem Büro.«

»Entschuldige! Was ist eigentlich los mit dir?«

»Was machst du in meinem Büro, wenn ich nicht da bin?«

»Äh, ich habe dir drei Berichte auf den Schreibtisch gelegt.« Sie nickte in Richtung Schreibtischplatte. Darauf türmten sich so viele Dinge, dass ich die Berichte auf den ersten Blick gar nicht erkennen konnte.

»Und, hast du auch einen Blick in meinen Computer geworfen?«

Sie zog die Stirn in Falten und sah mich ungläubig an.

»Nein, warum sollte ich das denn tun?«

»Zum Beispiel, um für Karoly etwas herauszufinden«, fauchte ich und trat an meinen Schreibtisch, auf dem tatsächlich ein Stapel Berichte von Nkem lag. Es beruhigte mich ebenso wenig wie die Tatsache, dass der Computer ausgeschaltet war.

»Was?« Sie starrte mich entgeistert an.

Ich schob sie durch die Tür nach draußen. »Lass uns später darüber reden. Jetzt musst du gehen, ich habe es eilig.«

Ich machte die Tür vor ihrem verblüfften Gesicht zu und schloss mich ein.

Gott, ich brauchte dringend einen Kaffee, aber stattdessen schaltete ich Computer und Drucker ein und überprüfte die E-Mails: Von Emily war nichts gekommen. Ich ging online und suchte alle Sommers in Odense und Umgebung heraus. Natürlich mussten ihre Verwandten nicht Sommer heißen, aber mehr hatte ich nicht in der Hand. Ich druckte die Liste der 59 Adressen aus und begann die Nummern anzurufen. Es war inzwischen kurz vor sieben, also immerhin nicht mehr mitten in der Nacht. Wie einen Teenager, der seinen Schwarm anrief, bloß um seine Stimme zu hören, achtete ich bei jedem Anruf darauf, dass meine Nummer nicht angezeigt wurde. *Entschuldigen Sie, dass ich so früh anrufe, aber es ist sehr wichtig, dass ich eine Emily Levine erreiche, die bei Ihnen wohnen soll*, sagte ich einem Sommer nach dem anderen, ohne Erfolg. Hinter die Nummer 29 der Liste machte ich ein dickes Kreuz. Eine alte Frau namens Ingrid Sommer, wohnhaft in Vollsmose, hatte gleich wieder aufgelegt, ohne etwas zu sagen. Als ich alle durchtelefoniert hatte, war sie die Einzige, die sich so verhalten hatte. Eigentlich hätte sie ja wie alle anderen sagen können, dass bei ihr niemand mit diesem Namen wohnte. Stattdessen hatte sie einfach aufgelegt. Natürlich war das reine Spekulation, trotzdem notierte ich mir ihre Adresse und holte mir dann in rasender Eile einen Kaffee, um nicht vollkommen durchzudrehen. An der Maschine traf ich Niels, den IT-Verantwortlichen des Instituts, der ebenfalls zu den anonymen Kaffeesüchtigen zu gehören schien.

»Hallo, guten Morgen, kann ich dich was fragen?«, sagte ich und bediente mich aus der Kanne mit dem extra starken Kaffee.

»Schieß los«, sagte er.

»Nicht hier, lass uns in dein Büro gehen.«

Schweigend liefen wir zu seinem Arbeitsplatz, und erst als ich die Tür hinter mir geschlossen hatte, fragte ich:

»Sind E-Mails, die man aus dem Papierkorb entfernt hat, wirklich weg? Also vollständig gelöscht?«

»Nee, die existieren noch immer in irgendeiner Form auf

deiner Harddisk. Mit einem Spezialprogramm kann man sie wiederherstellen.«

»Und wenn ich ganz sicher sein will, also rein theoretisch, muss ich meine Harddisk dann kaputtmachen?«

Er nickte. Kurz beschlich mich der beunruhigende Gedanke, er könne irgendeinen Verdacht schöpfen, aber das durfte er ruhig, er war schließlich nur ein Nerd.

»Und wie mache ich das? Nur aus Neugier.«

Er zuckte mit den Schultern. »Du nimmst einen Hammer, so einen guten, alten Vorschlaghammer, und haust das Ding kaputt.«

»Danke«, sagte ich und fügte hinzu: »Und du erzählst nicht dem ganzen Institut, wie blöd ich bin, ja?«

»Wenn du willst und ganz sichergehen willst, kannst du die Trümmer anschließend auch noch abfackeln«, sagte er mit einem Grinsen.

Bis jetzt war niemand zu Schaden gekommen. Vielleicht war ich paranoid. Ich sah auf die Uhr. In zehn Minuten musste ich eine Vorlesung über das Thema »Totenschein« halten und gleich darauf ins Gericht, um eine Aussage über einen Somalier zu machen, der seine Frau mit siebenundzwanzig Messerstichen getötet hatte. Das konnte ich beides nicht absagen.

Bestimmt war ich paranoid, sicher aber auch vernünftig, als ich Niels fragte:

»Können Sie mir einen Schraubenzieher leihen?«

Er drehte sich auf seinem Stuhl um, streckte sich zu einem Schuhkarton aus, der auf seinem Regal stand, und nahm einen Schraubenzieher heraus.

»Was … haben Sie eigentlich vor?«, fragte er, als er mir das Werkzeug reichte. Ich nahm es entgegen und blickte zu Boden.

»Das ist privat. Sehr privat. Und ziemlich peinlich. Machen Sie es mir nicht noch schwerer, als es ohnehin schon ist.«

Er zuckte mit den Schultern.

»Wäre es möglich, dass Sie in meinem Computer, ohne das an die große Glocke zu hängen, eine neue Festplatte montieren?«

»Ja, aber was soll ich als Grund angeben …«

»Mein Gott … dass meine kaputt war. Sie finden schon einen Grund. Auf so was verstehen Sie sich doch, oder?«

Wieder zurück in meinem Büro, schloss ich die Tür hinter mir ab und setzte mich; ich hielt den Schraubenzieher einen Moment lang in der Hand und fragte mich, was passieren würde, wenn sie mir eine Nachricht schickte, nachdem ich die Harddisk entfernt hatte. Wo landeten E-Mails, die an einen Computer ohne Harddisk geschickt wurden? Lagen die dann irgendwo auf einem Server und warteten, bis das Genie wieder eine neue Harddisk installiert hatte? Oder würden sie einfach … verschwinden? Es war wirklich erschreckend, wie wenig Ahnung ich hatte. Aber was dieses Thema anging, konnte ich ja kaum jemanden fragen. Andererseits durfte es nichts geben, das Emily und mich in irgendeiner Weise verband. Ich schraubte den Deckel ab, nahm die Harddisk heraus und steckte sie in meine Tasche. Dann fixierte ich die Klappe wieder und eilte mit dem Schraubenzieher zurück. Jede noch so unschuldige Nachricht konnte richtig gefährlich werden. Ich sah auf die Uhr. Natürlich war ich schon zu spät. Trotzdem rief ich noch einmal Ingrid Sommer in Vollsmose an, sie ging aber nicht ans Telefon. Meine Nervosität fraß mich beinahe auf. In diesem Zustand konnte ich unmöglich unterrichten, trotzdem – mir blieb keine andere Wahl.

Als ich gegen vier Uhr das Gericht verließ, versuchte ich als Erstes, Ingrid Sommer zu erreichen. Ohne Erfolg. Mir war nicht wohl in meiner Haut, und ich merkte, dass ich den ganzen Tag noch nichts gegessen hatte, weshalb ich zu dem haarigen Libanesen fuhr und mir eine Falafel kaufte. Er wollte über Beirut reden. Über die Straßencafés, die Ferienmöglichkeiten und die Zukunft. Ich hätte am liebsten gar nicht geredet. Beim Kiosk nebenan kaufte ich ein paar Flaschen Wein mit Schraubverschluss und zwei Päckchen Cecil. Proviant genug für die bevorstehende Nacht. Mir graute vor den kommenden Stunden und ich wusste nicht, wie ich die Nacht überstehen sollte, wenn ich Emily nicht zu fassen bekam. Es verbesserte meine Laune nicht gerade, dass ich ausgerechnet hinter dem verfluchten Volvomann parken musste. Das war jetzt der dritte Abend nacheinander, dass sie sich in Nkems gemütlicher Wohnung amüsierten. Schön für sie. Ich stellte mir schon vor, wie sie romantisch über den Mittelgang der Kirche schritten, begleitet vom Rascheln zahlloser gezückter Taschentücher. Er würde natürlich konvertieren. Wenn das für seine Geliebte so viel bedeutete. Ein volvofahrender Standardprotestant würde da sicher keine Probleme haben. Schließlich handelte es sich ja um die *Große Liebe*. Fuck. Ich hasste sie und ihre vergeistigten Gespräche bereits aus ganzer Seele. Waren sie sich überhaupt im Klaren darüber, wie viele Paare auf dem ganzen Planeten so zusammensaßen und in diesem Moment genau das Gleiche sagten? Vermutlich nicht. *So wie dich habe ich noch nie jemanden geliebt. You are my one and only.* Und so weiter. Fick dich, Nkem, du untreue Teufelsbraut, wie konntest du deine beste Freundin einfach so ausliefern? Und fick dich, Karoly, dass du ihr meine Geheimnisse entlockt hast.

Ich öffnete die Flasche argentinischer Discount-Pisse, die ich gekauft hatte, und trank ein Glas, bevor ich mit der Katze auf dem Schoß meine Falafel aß. Für den ersten Argentinier brauchte ich gerade mal eine halbe Stunde und war mir vollkommen im Klaren darüber, dass ich meinen Kummer wegzusaufen versuchte. Dann rief ich noch einmal bei Ingrid Sommer an, mit dem gleichen Erfolg wie zuvor. Ich verbarg mein Gesicht in den Händen. Hätte ich doch nur jemanden, der mir helfen oder einen Rat geben könnte. Oder der mich in den Arm nahm, einfach nur festhielt. Ohne weiter nachzudenken, zog ich meine Jacke an, schnappte mir meine Tasche, schlüpfte durch die Tür und lief nach unten zu meinem Auto.

Die Dunkelheit hatte sich längst über Odense gesenkt, als ich in Richtung Vollsmose fuhr. Dort angekommen, parkte ich vor einer kleinen, toten Hecke, in der zerdrückte Plastikkanister, Zigarettenpackungen und leere Eisteepackungen hingen.

In Ingrid Sommers Wohnung im zweiten Stock des niedrigen Gebäudes, vor dem ich stand, brannte Licht. Ich ging über eine Rollstuhlrampe nach oben zur Haustür. Eine Gegensprechanlage gab es nicht, aber die Tür war auf, sodass ich direkt nach oben ging und an Ingrid Sommers Tür klingelte. Keine Reaktion. Ich klingelte noch einmal. Wieder gab es keine Antwort. Ich legte das Ohr an die Tür, aber von drinnen war kein Laut zu hören. Dann lehnte ich mich mit meinem ganzen Gewicht auf die Klingel, bis mir klar wurde, dass die Tür nicht geöffnet werden würde, auch wenn ich die ganze Nacht klingelte. Ich suchte in meiner Tasche nach einem kleinen, quadratischen Block und schrieb sauber und deutlich: *Lass es sein, mein Schatz. Ich kümmere mich darum. Vertrau mir.* LASS ES SEIN! Den Zettel faltete ich zusammen und wollte ihn durch den Briefschlitz schieben, als ich zögerte. Dann nahm ich die Perlenohrringe meiner Großmutter ab und faltete das Papier um sie herum. Noch bevor ich nachdenken konnte, fielen sie in Ingrid Sommers Wohnung auf den Boden. Es war durchaus möglich, dass sie mit Emily überhaupt nichts zu tun hatte. Ohne die argentinische Discount-Pisse wäre ich sicher niemals auf eine solche Idee gekommen. Ich sah nach, wie spät es war: neun Uhr abends, und ich hatte gerade etwas Dummes getan.

Ich fuhr nach Hause, um den anderen Argentinier und die Harddisk zu holen, mit denen ich dann zu den großen Kiesgruben im Norden der Stadt fuhr. Dort suchte ich mir einen Stein, der flach genug war, um die Harddisk daraufzulegen. Während ich den Rest des Weins trank, zerschmetterte ich mit einem zweiten Stein die Harddisk, ohne auch nur eine Ahnung zu haben, wie oft ich darauf einschlagen musste. Ich heulte, soff und fluchte, bis das Ding in seine kleinsten Atome zerlegt war. Kurz nach zwölf Uhr fuhr ich wieder nach Hause, legte mich aufs Bett und schlief in meinen Kleidern ein. Etwa gegen eins wurde ich geweckt. Das Telefon klingelte, und als ich abnahm, meldete sich eine wohlbekannte Stimme: »Hier ist John P. von der Kriminaltechnik. Ich habe einen ungeklärten Todesfall und möchte Sie bitten, sich den mal anzuschauen, unten im Hunderupvej.«

31

Trotz nur einer Stunde Schlaf, den Unmengen an Rotwein, einer langwierigen Tatortuntersuchung und einer weiteren Stunde Schlaf mit den übelsten Albträumen fühlte ich mich wach und klar.

Im Sektionssaal lag die ermordete Frau in dem weißen, mit Reißverschluss verschlossenen Leichensack, der sich in der Mitte nach oben ausbeulte, was von meinem Platz aus sehr merkwürdig aussah. Ich riss meinen Blick los und konzentrierte mich stattdessen auf Micky, der die Nackenstütze montierte. Er zwinkerte mir zu. Ich schüttelte den Kopf. Dann nahm er die Knochensäge und den Schwamm und sah mich lächelnd an. Der kleine John blickte von dem Kamerasortiment auf, das er gerade aus der Tasche genommen hatte, und musterte uns beide verwirrt.

»Was ist denn heute mit euch los?«

Ja, was war heute mit uns los? Irgendetwas Vibrierendes, Zitterndes breitete sich in mir aus. War es die Erleichterung oder Enttäuschung, die ich verbergen musste. Aber wie konnte man verbergen, dass alles gut war, irgendwie aber auch nicht? Die Leiche war gut, der kleine John war gut, Micky war gut. Und Sidney störte überhaupt nicht. Ich konnte meine Augen nicht von der Beule des Leichensacks nehmen, unter der ich das Messer erahnte. Alles gut. Aber.

»Krause?« Ich drehte mich um und sah Ruth in der Tür stehen. Was um alles in der Welt machte die denn hier?

»Ein wichtiges Telefonat für Sie.«

»Mein Gott, muss das jetzt sein, sagen Sie doch einfach, dass ich zurückrufe.«

»Es ist eine junge Frau. Sie ist sehr hartnäckig und besteht darauf, mit Ihnen zu sprechen. Sie sagt, es sei lebenswichtig, dass sie sich von Ihnen verabschiedet.«

Das Blut stockte in meinen Adern und die Zeit schien stehenzubleiben. Alles im Raum schien plötzlich innezuhalten, die Zeit, die Körper, die Gedanken. Ich starrte auf die Wachsmänner, die mich ohne jede Regung ansahen. Ruth war verschwunden, die Tür stand noch offen. Ich konnte mich nicht rühren.

»Geh nur, Krause. Wir machen dann schon mal in aller Ruhe die Übersichtsfotos.«

Die Stimme des kleinen John drang aus der Welt der Lebenden zu mir.

»Das Messer fasst ihr aber nicht an«, sagte ich mechanisch und ging.

Ich knüllte die Mundbinde in der Hand zusammen und warf sie auf dem Flur in einen Papierkorb. Emily wollte sich vermutlich verabschieden, bevor sie in die USA zurückkehrte, dachte ich und schüttelte den Kopf über die Drama Queen, die in mir hauste. Als ich in meinem Büro war, drückte ich den roten Knopf und nahm das Gespräch entgegen.

»Krause?«

Tut-tut-tut. Sie hatte wohl keine Lust mehr zu warten gehabt, aber es war dumm von ihr gewesen, mich anzurufen. Wirklich dumm. Ich schaute kurz im Sekretariat vorbei.

»Sie hatte schon aufgelegt, als ich im Büro war«, sagte ich zu Ruth. »Können Sie versuchen, die Nummer ausfindig zu machen, von der aus sie angerufen hat?«

Ruth nickte und ich ging zurück in den Sektionssaal.

Das war gar nicht gut, wirklich nicht gut.

Sie hatten die Übersichtsfotos gemacht und Hände und Gesicht auf DNA-Spuren untersucht, als ich zurückkam. Ich zwang mich, an etwas anderes als das Freizeichen des Telefons zu denken, und konzentrierte mich auf die Leiche, den Bauch, das Messer. Micky war fast fertig mit den Abstrichen in Scheide und Enddarm.

»Wie willst du den Schnitt machen?«, fragte er.

»Das überlege ich auch gerade«, antwortete ich wahrheitsgemäß. Es gab keine klaren Prozeduren für schwangere Frauen mit einem Messer im Bauch, sodass Kreativität gefordert war.

»Vielleicht legen wir den Schnitt erst auf die eine Seite, bevor wir im Abstand von gut einem Zentimeter um das Messer herumschneiden?«

Micky untersuchte die Fingernägel mit einem Zahnstocher und sammelte die Proben in einem kleinen Becher, während ich weiter nachdachte. Als er begann, die Leiche zu waschen, holte ich ein Vergrößerungsglas, ohne wirklich zu wissen, warum. Ich wartete darauf, dass er fertig wurde, während ich mir mit der Lupe rhythmisch auf den Schenkel klopfte. Sidney stand hinten an der Wand und schien zu schlafen.

»Micky? Kann es sein, dass du heute außergewöhnlich langsam bist?«

»Kann es sein, dass du heute außergewöhnlich seltsam bist?«, konterte er. »Im Sinne von: noch seltsamer als sonst.«

Ich war ruhelos und konnte mich nicht von dem Eindruck befreien, dass alles nur in Zeitlupe vor sich ging. Das gleiche Gefühl hatte ich manchmal im Auto, egal ob im Stoßverkehr in der Innenstadt oder auf der Autobahn. Jetzt aber lag das sicher daran, dass ich es wirklich eilig hatte.

»Bitte!«, sagte Micky schließlich und trat einen Schritt zurück. Mit dem Diktaphon in der Kitteltasche trat ich an den Tisch. Ich fieberte danach, sie im Licht der Obduktionslampen zu sehen, nachdem ich so viele Male versucht hatte, einen Blick auf sie zu erhaschen. Ich hatte gehofft, verstehen zu können, wenn ich sie sah, aber außer vor Gericht hatte ich sie trotz all der Stunden, die ich vor ihrem dunklen Garten verbracht hatte, nie zu Gesicht bekommen. Jetzt würde ich sehen, wie jemand wie sie ganz aus der Nähe aussah, ja sogar von innen. Ich stellte mich neben ihr Gesicht und musterte es durch das Vergrößerungsglas.

»Was machst du denn jetzt?«, fragte Micky. »Brauchst du Schminktipps? Du benutzt doch sonst kein Make-up.«

Ich antwortete nicht, dachte aber, um wie viel schöner diese Frau gewesen wäre, hätte sie nicht so viel Schminke aufgetragen. Ihr Gesicht war grobporig und heftig braungelb geschminkt, mit roten Highlights um die Wangenknochen herum; die Augenbrauen waren zu einem schmalen Strich zusammengezupft worden, und an ihrem linken Auge hingen noch die falschen Wimpern. Ihre Haut wirkte älter als nötig. Aber so war das ja oft bei diesen Blondinen, dachte ich, bis ich entdeckte, dass ihre Haare unten an der Kopfhaut drei bis vier Millimeter dunkelbraun nachgewachsen waren. Diesen falschen Blondinen, korrigierte ich mich. Die Haut an ihrem Hals und auf ihrer Brust hatte zu viel Sonne abbekommen und war auffallend schlaff. Ihr hübscher, mittelgroßer Busen war das Werk eines Schönheitschirurgen, das verrieten die sauberen rötlichen Narben unter der Brust. Die Haut des gespannten, runden Bauchs war überzogen von Schwangerschaftsstreifen.

Ich bewegte mich weiter nach unten zu einer äußerst gelungenen Intimrasur, die garantiert einen Namen hatte. Es folgten zwei hübsche, feste Schenkel mit ein paar wenigen Besenreisern, die frisch enthaarten Unterschenkel und die Füße mit den hellroten Zehennägeln. Kein Wort wurde gesagt, ich spürte aber, dass die anderen mich ansahen.

Ich war enttäuscht. Ihr physischer Körper, ihr typischer Körper lag gestempelt und fertig vor mir wie der eines Opferlamms. Aber ich war nicht klüger geworden. Vielleicht hätte ich dafür ihr Hirn untersuchen müssen, während sie noch am Leben war. Ich tauschte das Vergrößerungsglas gegen das Diktaphon ein und begann die äußere Leichenschau strikt nach Vorschrift, als plötzlich die Tür aufflog und Schweinebacke und Bonde Madsen in den Raum traten. Der leitende Rechtsmediziner schien vor Wut zu kochen, während Schweinebacke zu Boden schaute.

»Schichtwechsel! Krause, Sie kommen mit mir in mein Büro!«

Es war schon das zweite Mal, dass er so etwas machte. Das erste Mal war kurz nach meiner Anstellung gewesen, im Sommer 2009. Die Polizei hatte sich bei ihm über mich beschwert und vorgebracht, mein Verhalten deute darauf hin, dass ich das Opfer kannte. Ich wusste, dass Bonde Madsen sich gerne aufblies, wenn man ihm dazu die geringste Gelegenheit bot. Mit seinen eins neunzig hätte er eigentlich gelassener sein können.

Micky reichte Schweinebacke Mundbinde und Handschuhe und sah nervös von einem zum anderen. Schweinebacke hatte seinen Blick noch immer gesenkt, fummelte aber mit zitternden Händen an Mundbinde und Handschuhen herum, bevor er schließlich in den Raum trat, ohne mich anzusehen.

All right, dachte ich, besser nichts sagen, besser einfach mitgehen, damit Bonde Madsen mich vor den anderen nicht vollständig demütigte.

»Und jetzt?«, fauchte ich ihn leise an, als wir auf den Flur traten, wo ich mich fragend umdrehte. Er legte seine Finger fest um meinen Oberarm.

»Halten Sie die Klappe und kommen Sie mit!« Sein Atem war viel zu laut.

»Lassen Sie das«, schimpfte ich und zog den Arm weg. Sein Keuchen wurde noch lauter.

Wir liefen wortlos über den Flur zu seinem Büro. Bevor er die Tür öffnete, fragte er mich: »Wollen Sie einen Vertrauensmann dabeihaben?«

»Nein, das will ich nicht, was ist denn los?«

»Ich habe gerade erfahren, dass die Frau, die Sie da obduzieren wollten, Ihre Schwägerin ist.«

Er knallte die Tür hart hinter uns zu und baute sich mitten in seinem Büro auf. Es war größer als meins, aber er war ja auch der leitende Rechtsmediziner und ich nur seine Stellvertreterin. Das sollte ich jetzt zu spüren bekommen. Er war der Chef.

Ich blieb mit dem Rücken an der Tür stehen, setzte die mentale Gasmaske auf und inhalierte tief. Sein Gesicht wirkte blass und eingefallen, als hätte er vor lauter Alkohol und Zigaretten das Schlafen vergessen. Ich sah zu Boden. Das hatte ja so kommen müssen. Aber warum jetzt? Warum hatte Daniel den Mund nicht gehalten? Wenn es denn Daniel gewesen war. Oder war die Information von Karoly gekommen? Warum jetzt?

»Das stimmt«, sagte ich. »Aber ich kenne sie überhaupt nicht.«

»Was?«, rief er. »Sie haben heute Nacht die Tatortuntersuchung im Haus Ihres Bruders gemacht. Sie haben ein Familienmitglied für tot erklärt. Das dürfen Sie nicht, und das WISSEN SIE GANZ GENAU!«

Natürlich wusste ich das. So etwas lernte man schon im ersten Semester. Es war sogar im Gesetzestext festgehalten, dass man keine Personen für tot erklären durfte, mit denen man verwandt war. Familienmitglieder obduzieren durfte man hingegen.

»Ja, aber wissen Sie was, ich habe sie mein ganzes Leben weder getroffen noch mit ihr gesprochen.«

»Das ist vollkommen egal. Und das wissen Sie auch. Sie haben damit Ihre Kompetenzen gewaltig überschritten. Also warum in Gottes Namen …?«

»Ich rede schon lange nicht mehr mit meinem Bruder und habe ihn im Grunde nicht mehr gesehen, seit ich achtundzwanzig war.«

»Ja, das macht es natürlich deutlich besser«, flüsterte er mit unüberhörbarer Ironie.

Ich sah noch immer zu Boden. »Ich wusste nicht, dass das ihr Haus war, als ich heute Nacht dorthin gerufen wurde. Ich wusste nicht, in welchem Haus er wohnt. Und anfangs habe ich sie auch gar nicht wiedererkannt. Erst während der Untersuchung wurde mir klar, dass ich sie aus der Verhandlung kannte – hätte ich da alles abbrechen sollen? Auf die Idee bin ich einfach nicht gekommen.« Ich machte eine Pause. Ich log nicht gerne, wenn ich mich dadurch so schrecklich naiv darstellen musste. »Aber ich sehe natürlich ein, dass das ein Fehler war. Prinzipiell.«

»Wenn Sie wirklich nicht mal auf die Idee gekommen sind, Krause, muss ich echt an Ihrem Verstand und an Ihren Reaktionen zweifeln.« Er stand auf. »Aber eigentlich ist das ja nichts Neues. So ganz geheuer waren Sie mir nie. Aber das jetzt …«. Er lief im Büro auf und ab. »Ich weiß jetzt echt nicht, was ich mit Ihnen machen soll.«

Als ich das letzte Mal in einer ähnlichen Situation war und mich von ihm ausschimpfen lassen musste, hatte ich ihm etwas später gesagt, was wirklich der Grund für mein seltsames Verhalten gewesen war. Er hatte unheimlich verständnisvoll reagiert.

Jetzt konnte ich ihm das nicht sagen. Vielleicht später, aber im Augenblick noch nicht.

Auf seltsame Weise spürte ich, dass er mir hinter all den Posen und der aufgesetzten Wut eigentlich wohlgesonnen war. Deshalb hatte er mir auch *Doktor Glas* gegeben, ein Buch voller

Freundlichkeit, mörderischer Gedanken und Einsamkeit, ein wunderbares Buch. Er wollte mich nicht loswerden, sondern mir nur seine Meinung sagen. Weil er das musste. Und weil mein Verhalten ihm Probleme machte.

Wenn ein Chef einen leid war, wirklich leid, war so etwas eine vorzügliche Gelegenheit für eine Kündigung. Aber er war mich nicht leid, nicht auf diese Weise.

Verärgert stand er da und hatte den Kopf Richtung Fenster gedreht. Eine bleiche Sonne erleuchtete die Scheiben, Staubkörnchen schwebten wie Fischschwärme durch die Luft. Ein großer Vogel flog am Fenster vorbei, und ich zuckte zusammen. Bonde Madsens Atem war noch immer viel zu laut.

»Hat Daniel Ihnen das erzählt?«, fragte ich.

Er nickte und sagte: »Ich sollte Sie feuern. Das tue ich vielleicht auch.«

Ich dachte an Nkem und mir wurde warm ums Herz. Dann kam mir der Volvomann in den Sinn, und mein Herz gefror wieder.

Bonde Madsen drehte sich zu mir um, und plötzlich war auf seinem Gesicht auch etwas Versöhnliches zu erkennen. »Aber Sie haben in der letzten Zeit richtig gute Arbeit geleistet. Sie haben unser Institut mit Ihren Publikationen auf der Weltkarte sichtbar gemacht, das muss ich eingestehen.«

»Sie sollten sich auch eingestehen«, sagte ich dumm, »dass Sie mich nicht entbehren können. Niemand im ganzen Land ist qualifiziert genug, um meine Stelle zu übernehmen.«

Wir lebten in einer Zeit, in der es extrem schwer war, erfahrene Rechtsmediziner zu bekommen, auch wenn inzwischen viele junge Leute die fünfjährige Spezialausbildung begonnen hatten. Sie waren allesamt noch nicht fertig, und selbst wenn, hätte ihnen meine zwanzigjährige Berufserfahrung gefehlt.

»Ich hatte da einfach einen Knoten im Kopf«, sagte ich etwas kleinlaut. »Dachte, dass ich auch weitermachen könnte, wenn ich schon mal angefangen hatte.«

»Puh«, sagte er wieder und schüttelte den Kopf. »Ich weiß wirklich nicht.« Er drehte sich noch einmal zum Fenster und blieb eine Weile still. Er genoss seine Macht. Dabei hatte nicht nur er diese Macht. Wenn ich jetzt mit ihm schlief, würde die Welt in wenigen Minuten ganz anders aussehen. Kein schlechter Gedanke.

Einzelne orangerote Blätter strahlten durch das Grau auf der anderen Seite der Scheibe.

»Ich mag das«, sagte ich und trat dicht hinter ihn. Ich nahm ein verirrtes Haar von seinem Kittel und warf einen Blick darauf, bevor ich es wegschnippte.

Er drehte sich zu mir um und legte den Kopf zur Seite. Eine Frage, Verwunderung. Ich fühlte mich furchtlos. Es wäre so simpel. Außerdem glaube ich, dass es mir Spaß machen und alles einfach machen würde – solange es dauerte.

»Wie meinen Sie das?«, fragte er. Jemand im Büro nebenan ließ etwas Großes, Schweres fallen und fluchte laut.

»Den Herbst«, sagte ich und sah aus dem Fenster. »Ich mag den Herbst.« Die Stille senkte sich wie ein Zauber über uns. Bonde Madsen zuckte leicht mit den Schultern und dieses Zucken brachte ihn zurück in die Wirklichkeit.

»Gott, bin ich müde. Mein Jüngster hat Mittelohrentzündung, und ich habe die ganze Nacht kein Auge zugemacht – ich bin einfach zu alt für kleine Kinder.« Er rieb sich die Augen und seufzte tief.

»Also, hören Sie mal zu«, sagte er schließlich, trat einen Schritt weg und drehte mir den Rücken zu. »Sie fahren jetzt mal für eine Weile weit, weit weg – drei Wochen, einen Monat, lang, und weit weg, damit ich Ihr hübsches, Ihr verdammt bezauberndes Gesicht garantiert nicht sehe. Und dann sehen wir, wie die Dinge stehen, wenn Sie wieder da sind.«

Okay, dachte ich, das mache ich, ich fahre weit weg. »Sind wir dann fertig?«

Er nickte, drehte sich aber wieder zum Fenster um.

Ein Spiel für die Galerie, dachte ich, als ich in mein Büro ging und meine Sachen packte. Wie alt war er? Sechsundsechzig? Ohne ihn und mich, wer sollte dann dieses geliebte Institut bemannen? Schweinebacke und zwei Frischlinge? Na, dann viel Spaß!

Ich setzte mich hin und stierte auf meinen Bildschirm. Daniel glaubte jetzt sicher, dass ich am Boden war. Aber wenn ich zurückkam, war er noch immer im Knast, denn dass der Richter ihn schuldig sprechen würde, stand außer Frage. Ich rief mir sein Gesicht in Erinnerung, spürte förmlich seine Präsenz in meinem Büro, und es dauerte eine Weile, ehe ich realisierte, dass ich allein war. Ich schüttelte den Kopf und blies auf meine geballten Fäuste. Keine Gefahr. Er konnte mir nichts mehr anhaben. Er hatte seinen letzten Trumpf gespielt und versucht, mir meine Stelle zu nehmen, und jetzt hatte er nichts mehr in der Hand. Alles Weitere war also egal.

Zugegeben: Der Gedanke, die Arbeit zu verlieren, war erschreckend. Ohne meine Stelle würde ich zusammenklappen und zu einem Nichts werden. Dann wäre ich eine der Frauen, die sich in Zeitungen und alte Decken wickelten, auf Hinterhöfen und unter Treppen schliefen und die Kälte mit Alkohol bekämpften. Meine Arbeit war das Einzige, was mir einen Grund gab, jeden Morgen aufzustehen. Aber so weit würde es nicht kommen. Bonde Madsen würde mich nicht feuern. Er hatte mir ein Buch über mich selbst gegeben, weil Doktor Glas und ich auch ein Teil von ihm selbst waren; er dachte an mich, wenn er von der Arbeit nach Hause kam, wenn er nachts nicht schlafen konnte, wenn er mit seiner Frau redete. Er brauchte mich. Und, um das mal klar zu sagen, wenn ich wollte, konnte ich ihn dazu bringen, alles nur Erdenkliche zu tun.

Ruth darum zu bitten, die Telefonnummer zu ermitteln, von der aus Emily angerufen hatte, war verdammt blöd gewesen, das wurde mir plötzlich klar. Ich stürzte aus dem Büro und rannte über den Flur zum Sekretariat. Ruth war am Telefon. Ich starrte sie an. Sie schüttelte den Kopf. Ich drehte um und lief auf dem Flur auf und ab, bis sie irgendwann in der Tür stand und mich fragend ansah.

»Haben Sie herausfinden können, von wo aus das Mädchen angerufen hat?«

Sie zuckte mit den Schultern. »Eine Telefonzelle am Flughafen. Warum, wer war das denn?«

Jetzt schüttelte ich den Kopf. »Nur eine etwas anstrengende Nichte aus dem großen Ausland.«

Ich war auf dem Weg zurück zu meinem Büro, als Bonde Madsen mit dem Tatortkoffer aus seiner Tür gestürzt kam. Sein Gesicht war blass vor Müdigkeit.

»Tatortuntersuchung in Vollsmose. Langsam kann ich echt nicht mehr«, sagte er, als wir aneinander vorbeiliefen.

»Ich nehme Ihnen das gerne ab«, bot ich mich ironisch an, denn in Gedanken war ich bereits auf einem anderen Kontinent. Er blieb stehen und sagte: »Das ist gar keine gute Idee, die Tote ist Ingrid Sommer.«

Ich erstarrte und sah Bonde Madsen entgeistert an. Es war vererbbar, von der Mutter auf die Tochter, das war bekannt. Man gibt weiter, womit man aufwächst.

»Eva Sommers Mutter«, sagte er und lief weiter.

»Wie ist sie ermordet worden?«

»Ein Messerstich mitten in die Brust, aber warum zum Henker interessiert Sie das so?«

32

»Mitten in die Brust«, murmelte ich schockiert vor mich hin, als ich zurück in mein Büro ging. Damit trug ich die Mitschuld an zwei Morden. Ich hatte ihr gesagt, wie sie es machen musste. Und ich hatte gewusst, was sie vorgehabt hatte, und trotzdem meinen Mund gehalten und alles gebilligt.

Ich machte die Tür hinter mir zu, verriegelte sie und setzte mich, den Kopf auf die Hände gestützt, an meinen Schreibtisch. *Manchmal überkommt mich ein geistiger Schwindel, der flüstert und warnt und murmelt, ich sei in die Irre gegangen.* Ja, Doktor Glas, genau so war es.

Ich hatte es gebilligt, ihr geholfen, aber das war noch nicht alles: Der Mord an Eva Sommer war damit nicht mehr so einfach. Die Polizei musste nun an Daniels Schuld zweifeln. Eine Mutter und eine Tochter waren auf die gleiche Weise getötet worden, und der Mord an der Mutter hatte stattgefunden, als Daniel im Gefängnis saß. Ich konnte nur hoffen, dass sie nicht begannen, nach einer Verbindung zu suchen. Ich starrte an die Tür und versuchte, die Wirklichkeit weichzukochen und in derart kleine Teile zu zerlegen, dass ich sie verstand. Sie hatten keine Ahnung, dass Emily existierte. Soweit ich wusste. Noch nicht. Die Paranoia brodelte weiter in mir.

Es klopfte. Ich ging mit der Zigarette im Mund zur Tür. »Es geht gerade nicht«, rief ich.

»Ich brauche Ihre Unterschrift«, rief Ruth auf der anderen Seite.

»Ich komme gleich zu dir«, sagte ich und drückte die Zigarette aus. Als ich das Ohr an die Tür legte, konnte ich sie nicht mehr hören. Ich blieb stehen und zählte bis hundert, wollte jetzt keinen Kommentar über meine Rauchgewohnheiten.

Ich öffnete die Tür und ging ins Sekretariat. »Was gibt's denn?«

Sie streckte mir den Obduktionsbericht hin. »Sie haben nicht unterschrieben«, und pflanzte ihren Finger unten auf die Seite, als wüsste ich nicht, wo ich unterschreiben musste.

»Ich bin kommenden Monat weg.«

»Das habe ich schon erfahren«, sagte Ruth und nahm die Papiere entgegen, ohne mich anzusehen.

Als ich zurückkam, überprüfte ich die E-Mails auf meinem Laptop und atmete erleichtert auf. Mit einer neuen Cecil im Mund öffnete ich ihre Nachricht:

Sitze auf dem Flughafen – aber weißt du was, es war Wunschdenken. Mach's gut und danke für deine Hilfe.

Was? Was war Wunschdenken? Ich schickte ihr sofort eine Antwort und hoffte inständig, dass sie noch reagieren konnte:

Ich komme sofort.

Ich erkundigte mich gerade nach dem nächsten Direktflug in die USA, als sie antwortete:

Du darfst nicht kommen. Ich bin nicht zu Hause, und es sieht nicht gut aus.

Verdammt, das tust du nicht, dachte ich, *das darfst du nicht*. Als ich mein Ticket bestellt hatte, überprüfte ich, auf welchen Flug sie wartete. Es musste der mit den vier Zwischenlandungen sein. Wenn ich richtig kalkulierte, kam sie nur ganz kurz vor mir an.

REXVILLE, NOVEMBER 2010

33

Ich war kein Mensch, der von Fremden angesprochen wird. Im Supermarkt fragte mich nie einer, wo die Fischsoße stand. Touristen fragten mich nicht nach dem Weg zum Hans-Christian-Andersen-Haus – dabei könnte ich ihnen durchaus helfen. Und im Flugzeug sprachen die Tratschtanten, die sonst alles und jeden in Besitz nehmen, den sie sich schnappen konnten, kein Wort mit mir. Sie nahmen sogar den Ellenbogen von der Armlehne und drehten mir den Rücken zu. Ich hatte keine Ahnung, warum, aber ich war ganz zufrieden damit, dass ich keine großen Anstrengungen unternehmen musste, um in Ruhe gelassen zu werden. Trotzdem setzte ich die Schlafmaske auf und verschanzte mich hinter meinem iPod, kaum dass ich den Sicherheitsgurt angelegt hatte. Mein Schlafdefizit war immens, und ich wollte einen klaren Kopf haben, wenn ich ankam.

Es war ein gigantischer physischer Impuls und nicht das Resultat reiflicher Überlegungen, der mich nach Kastrup getrieben hatte, durch Passkontrolle und Sicherheitscheck, durch die langen Reihen der Schaufensterpuppen mit Designerkleidern bis zum Gate, ja schließlich bis über den Atlantik. Es war ein physikalisches Phänomen, das überall da existierte, wo elektrisch geladene Partikel in Bewegung waren. Sog war ein allzu mildes Wort dafür, denn dagegen wehren konnte man sich nicht. Es gab nur diesen einen Weg. Ich war mir sicher, dass Emily jetzt das Gefühl hatte, nicht mehr in diese Welt zu passen, ebenso sicher war ich mir aber, dass ihr und mir besser damit gedient war, wenn sie noch ein bisschen durchhielt. Mein kleines Mädchen.

Nachzudenken begann ich erst später, nachdem das Flugzeug über die Startbahn beschleunigt und den Bodenkontakt verloren hatte und ich die Physik im Rücken spürte. Geschwindigkeit, Beschleunigung, Impuls und Kraft. Lange nachdem wir unsere Flughöhe erreicht hatten und alle Informationen der Flugbegleiter verstummt waren, kam die Ruhe. Mehr konnte ich nicht tun.

Ich hatte eine ziemlich genaue Vorstellung, wo ich sie finden würde. Das wusste sie. Sie sehnte sich ebenso stark nach mir wie ich mich nach ihr, daran gab es in diesem Moment keinen Zweifel. Es gab einfach Menschen, die über jeden Zweifel erhaben waren, sie waren dazu bestimmt, die schwarzen Löcher der anderen zu füllen, wie die letzten Steinchen eines Puzzlespiels, das endlich vollendet werden konnte. Dieser Gedanke gefiel mir sehr. Er war einfach und schön. Sie wollte eine Mutter, ich wollte eine Tochter, vielleicht konnten wir uns gegenseitig unsere dunklen Flecken reinwaschen. Mein mentaler Fixpunkt war das Wasser, das wirbelnd im Abfluss der Badewanne verschwand und langsam heller und heller wurde. Ich hatte begonnen, mich zu freuen.

Aber der Schlaf kam nicht wie geplant, und je müder ich wurde, desto größer wurden die Zweifel. Denn wenn etwas großen Schmerzen ausgesetzt war, wurde es niemals mehr, wie es zuvor gewesen war. Eine Wirbelsäule, ein Herz, das Gemüt eines Kindes. Abgestorbene Nervenbahnen wurden nie wieder lebendig, sensible Bereiche hatten sich aus Furcht vor weiteren Anschlägen hinter Stacheldraht verschanzt. Und irgendwann war es dann vielleicht unmöglich, das zu bekommen, was man sich so brennend wünschte.

Wunschdenken. Was war Wunschdenken? Was meinte sie? Dass etwas, was sie sich brennend wünschte, doch nicht möglich war? Eine Besessenheit?

Ich war alt genug, um die Natur der Besessenheit zu kennen. War man besessen, war nur noch der gewünschte Teil der Wirklichkeit, der gewünschte Teil der Welt sichtbar. Ich dachte unwillkürlich an meine erste Besessenheit, meinen ersten Freund, damals im letzten Jahrhundert. Ich liebte ihn über alles auf dieser Welt. So fühlte es sich jedenfalls an. Er war in einer Jugendbande, war kriminell und hatte gerade erst eine Haftstrafe abgesessen, nachdem er mit einer Axt eine Bank überfallen hatte. All das sah ich nicht. Ich spürte nur das Gefühl in meinem Körper, wenn er mich küsste. Und Emily? Sie war eine kleine Mörderin, die bereits zwei Menschen auf dem Gewissen hatte. Trotzdem sah ich nur das kleine Mädchen, das mich brauchte; das kleine Mädchen, das ich brauchte.

Wenn ich an die Natur der Besessenheit dachte, kam mir Doktor Glas zu Hilfe. Gemeinsam verstanden wir ihre Taten, gemeinsam billigten wir, was sie getan hatte. Ich schloss die Augen, konzentrierte mich auf das wirbelnde Wasser über dem Abfluss der Badewanne und schlief schließlich ein.

34

In Kennedy mietete ich einen blauen Ford Focus und fand mit Hilfe des dazugehörigen Navis und einer merkwürdig müden Euphorie, durch die ich mich erstaunlich leicht fühlte, aus der Stadt. Ich hatte Dänemark im Morgengrauen verlassen, doch hier war es noch immer Morgen. Sie würde nichts Dummes anstellen, sie wusste, dass ich kam. Aber ich musste mich beeilen, bevor sie ihre Meinung änderte.

Aus der Vergangenheit bekannte Landschaften rauschten vorbei, und irgendwann sah ich zu meiner Verblüffung einen Ausschnitt meines eigenen, lächelnden Gesichts im Rückspiegel. Dies war der Beginn eines dieser außergewöhnlich warmen Novembertage, die hier so typisch waren, bevor die Landschaft von den eiskalten Winden des Winters geprügelt wurde und sich der Schnee meterhoch bis März auf alle Felder legte.

Ich fuhr mit offenem Fenster und genoss den Dieselgeruch all der alten Autos auf dem Highway. Als ich mich ein paar Stunden später in vertrautem Gelände befand, in der Prärie des Staates New York, roch ich den harschen Geruch von Erde und verrottenden Blättern. Ich achtete nicht auf die Kilometeranzeige, hatte aber mitbekommen, dass das GPS mir bis Rexville vierhundert Kilometer angezeigt hatte, als ich am Flughafen losgefahren war. Die Strecke hatte sich aber nie lang angefühlt, sondern nur wie ein Traum. Irgendwann hielt ich mitten in der offenen Landschaft vor einem Diner, um einen Kaffee zu trinken, doch statt auszusteigen, schlief ich ein. Ich träumte etwas, an das ich mich nicht erinnere, ich wusste nur noch, dass ich glücklich und zufrieden war. Ich wachte erst wieder auf, als ich das Lachen zweier Männer hörte, die neben einem Picknicktisch in einen Graben pinkelten und mich unerklärlich breit anlächelten. Sie trugen beige Overalls mit großen Ölflecken, und als der Erste fertig war, kam er zu mir und steckte seinen rot schimmernden Kopf durch mein offenes Fenster: »Das ist das Tolle an der Natur«, sagte er. »Immer ein Klo zur Stelle, wenn man eines braucht.« Ich starrte den fremden Mann verschlafen an, der einen Finger in die Luft reckte.

»Unwetter im Anmarsch!«, sagte er schelmisch. »Sie sollten lieber das Fenster zumachen, *little lady*.« Durch die Windschutzscheibe sah ich große, bedrohlich dunkle Wolken über den Himmel ziehen. Als ich eingeschlafen war, hatte noch die Sonne über einem wolkenlosen Himmel geschienen. Ich sah auf die Uhr. Vier Stunden. Ich hatte vier Stunden in meinem Auto gesessen und geschlafen. Plötzlich hatte ich keine Zeit mehr für einen Kaffee, plötzlich hatte ich überhaupt keine Zeit mehr. Ich packte das Lenkrad, ließ den Motor an und fuhr los.

Als ich das Schild mit dem Hinweis passierte, dass es bis Rexville nur noch sieben Meilen waren, türmten sich die Wolken über mir zusammen, trennten sich wieder und rasten weiter über den immer dunkler werdenden Himmel. Irgendwie raubten sie mir die Luft zum Atmen, und aus der still rieselnden Unsicherheit wurde Angst. Die Gerüche von damals drängten sich auf. Ich rollte über die menschenleere Hauptstraße und fand schließlich Witty's, den einzigen Supermarkt der Stadt, wo ich parkte und ausstieg. An der Kasse saß eine etwa sechzigjährige Frau mit dünnen, braun gefärbten Haaren und einem hellblauen Kittel. Ich hoffte, dass das die Frau war, die über alle Bescheid wusste und in ihrer Freizeit aus dem Kaffeesatz las. Sie war dabei, das Zigarettenregal aufzufüllen. Ihr Rücken wirkte außergewöhnlich breit. Ich räusperte mich und sie drehte sich um und sah mich fragend an. Eine Fremde.

»Sie können mir nicht vielleicht sagen, wo ich die Familie Levine finde?«

Sie richtete sich stöhnend auf.

» Cemetery Road 21«, sagte sie und musterte mich.

»Und könnten Sie mir auch sagen, wo ...«

»Das ist die große Straße, die diese hier kreuzt, fahren Sie einfach in die Richtung zurück«, antwortete sie und streckte ihren Arm aus. »Das kleine Mädchen ist zu Hause und besucht ihren Vater.« Sie schüttelte den Kopf. »Der ist wirklich nichts wert.«

»Das kleine Mädchen ...«, begann ich.

»Emily.« Sie schüttelte wieder den Kopf. »Sie wirkte deprimiert. Hat nicht viel gekauft.«

»Was hat sie gekauft?«, hörte ich mich selbst fragen.

»Ein paar Dosen Beefaroni, eine lila Hundeleine – und ein Päckchen Wrigley's, aber das ließ sie liegen. Sie tut das immer, eine merkwürdige Angewohnheit, wenn Sie mich fragen.« Als ich nichts sagte, fuhr sie fort:

»Sie sollten sich beeilen, wenn Sie vor dem Regen da sein wollen.«

35

Ich nahm den Geruch trotz des Windes bereits draußen vor dem Haus wahr. Mein Geruchssinn war schließlich auch besonders ausgeprägt. Ich war die Einzige, die den Tod auch noch in frisch gereinigten Sektionsräumen riechen konnte. Meine Kollegen schüttelten darüber nur ihre Köpfe.

Die Tür stand auf und schlug im Wind. Ich stand auf den Stufen und sah nach oben in den dunkler werdenden Himmel. Der Wind trieb gewaltige, grauschwarze Cumuluswolken vor sich her, die die Vorhut einer Armee bildeten, die in einen Krieg zog, der längst verloren war. Ich klappte den Kragen meiner Jacke hoch, riss mich zusammen, schob die Tür auf und trat in den kleinen quadratischen Flur. Der Geruch war unverkennbar.

Bierflaschen, ein henkelloser Eimer, Thermohosen mit Ölflecken und zwei kaputte Jacken. Ein Paar grüne Gummistiefel, zwei Clogs und Erde. Oder war das Kies? Es knirschte unter meinen Schuhen, als ich langsam durch den Flur ging und eine furnierte Tür aufdrückte. Jemand hatte begonnen, sie grün zu streichen, aber entweder war der Willen oder die Farbe ausgegangen, denn unten war noch immer ein breiter Streifen Furnier zu erkennen. Braungrau mit deutlichen Wasserschäden. Der Flur hinter der Tür war lang und dunkel.

»Hallo? Emily?« Niemand antwortete. Ich versuchte es noch einmal. Ohne Erfolg. Ich stützte mich mit der rechten Hand an der Wand ab, falls etwas auf dem Boden lag, das ich nicht sah, denn hier wollte ich nun wirklich nicht hinfallen. Vorsichtig stellte ich einen Fuß vor den anderen, die linke Hand vor mir ausgestreckt, obwohl ich am Ende des Flurs etwas zu erkennen glaubte, das dunkler als der Rest war. Eine weitere Tür. Ich fand den Türknauf, drehte ihn, aber die Tür klemmte. Erst als ich mich mit meinem ganzen Gewicht dagegenstemmte, ging sie auf.

Die Luft stand still. Ich hatte einen Luftzug erwartet, Wind, der durch Tausende von Spalten und Ritzen blies und die Luft in diesem merkwürdigen Haus abkühlte; alles wirkte kalt und herzlos, aber der Raum, den ich betrat, war warm und erdrückend, es stank massiv.

»Emily?«, rief ich.

Der Anblick eines Mannes mittleren Alters mit einem Messer im Herz und einem gewaltigen Bauch ließ mich erstarren und dann nach hinten taumeln, bis ich mit dem Rücken an die Tür stieß.

Hatte sie das getan? Natürlich hatte sie das getan.

»Emily?«, versuchte ich es noch einmal und sah mich um. Zugeknotete Plastiktüten mit Abfall standen überall im Raum. Ich versuchte, den Mann nicht anzusehen, konnte aber nicht anders. Schließlich ging ich zu ihm und legte ihm die Hand auf die Stirn. Er war noch warm. Sie war also noch hier.

Den Geruch musste ich mir einbilden, vielleicht war er nur eine Erinnerung an einen quälend heißen Tag aus einem anderen Leben. Ich schüttelte den Kopf.

Emilys toter Vater lag vor dem Tisch, der nicht bewegt werden konnte. Ein Tisch aus dunklem Holz, schwer. Er war genau so, wie ich ihn mir vorgestellt hatte. Um ihn herum standen Plastikstühle und darauf türmten sich leere Flaschen ohne Etikett, ein paar Dosen Coors und zwei Teller, auf denen etwas Ketchupähnliches rot glänzte. Ich drehte mich zur Küchenzeile um: noch mehr Teller mit Makkaroni- und Soßenresten, sieben leere Dosen Beefaroni, zwei kaputte Gläser, drei Plastikbecher. Überall dunkles Holz und rote Teller. Am hinteren Ende der großen Küche befand sich eine schmale, weiße Tür mit Glaseinsatz.

Ich zuckte zusammen, als ein lautes Geräusch die Stille durchbrach, die im Haus herrschte. Irgendwo war etwas auf den Boden geknallt, aber ich konnte das Geräusch nicht lokalisieren oder erkennen, aus welcher Richtung es gekommen war. Wieder rief ich nach ihr. Doch die Stille hatte das Haus zurückerobert. Ich öffnete die weiße Tür und kam auf einen schmalen, eiskalten Flur, wo der Wind sich durch die undichten Fenster drückte. Am anderen Ende war eine weitere, weiße Tür. Ich öffnete sie vorsichtig, stand einen Moment lang mit der Klinke in der Hand da und blickte in den beinahe leeren Raum. Mein Atem stockte. Ich ließ die Klinke los und führte beide Hände zu meiner Brust, dorthin, wo das Herz war. Und dann, wie wenn ein Kind sich verletzt und es ein bisschen dauert, bis die Tränen kommen, schrie ich.

36

Der Raum war groß, weiß und beinahe leer. In einer Ecke stand ein hölzernes Schaukelpferd. In einer anderen lagen Hunderte von Witty's-Tüten. In der Mitte hing sie. Sie hatte die lila Hundeleine um den weißen Deckenbalken geschlungen und sich damit erhängt. Das Geräusch, das ich eben gehört hatte, musste der weiße Plastikstuhl gewesen sein, der jetzt unter ihren Füßen auf dem Boden lag. Wie viel Zeit konnte vergangen sein? Eine Minute? Zwei? Ich stürzte zu ihr, verharrte dann aber.

Wenn man sich erhängte, meinte man es ernst, dann wollte man sterben. Man wünschte sich den Tod, weil es keinen Ausweg mehr gab. Eine Wirbelsäule, ein Herz, das Gemüt eines Kindes. Waren sie kaputt, gab es kein Zurück mehr. Irgendwann war es unmöglich, das zu bekommen, was wir uns so sehnsüchtig wünschten, und dann musste man sich etwas anderes wünschen.

Ein leises Geräusch entwich ihrem Körper, ein Seufzen, nein, das musste ich mir einbilden. Mir wurde schwindelig, die Gedanken rasten durch meinen Kopf und brüllten.

Wunschdenken. Der Gedanke an ein anderes Leben, ein neues Leben, war Wunschdenken gewesen. Es war Wunschdenken, dass sie jemals ein anderer Mensch werden könnte. Der Wind presste den Regen gegen die Scheibe, und plötzlich wurde mir klar, dass es Wunschdenken war, dass jemand mit dem Päckchen Kaugummi hinter ihr herlief, das sie absichtlich im Laden vergessen hatte.

Es konnte nicht wahr sein. Ihr rechter Arm zitterte, und ich stürzte aus der Tür. In der Küche mussten doch Messer sein.

Jene Sekunden, in denen ich in den Nebenraum rannte,

Schublade um Schublade aufriss und schließlich das erstbeste Messer nahm, waren die glücklichsten meines Lebens. Es war wie ein Gleiten, schwerelos, als schwömme ich von Champagnerblase zu Champagnerblase. Gesichter erschienen vor meinem inneren Auge, um mich anzulächeln, gute Gesichter, die mir vergaben und denen auch ich in diesem wunderbaren, nicht enden wollenden Moment, in dem alles einfach und perfekt war, vergeben wollte.

Mit meinem linken Arm drückte ich sie fest an mich und mit der rechten Hand schnitt ich die lila Hundeleine durch.

DANK

Meinem makellosen Freund und »Story-Doctor« Kure.

Meinem gewissenhaften und unentbehrlichen Rechtsmediziner, Mads Fyn Andersen.

Leider nicht meinem, sondern Sara Blædels – danke, Sara, dass ich ihn mir ausleihen durfte – Oberarzt, Steen Holger Hansen, vom rechtsmedizinischen Institut in Kopenhagen, in den Medien bekannt als »der mutige Oberarzt«, der am eigenen Körper Versuche mit Rohrreiniger vorgenommen hat, der mir seine Wunden gezeigt und mich anschließend an seinen Versuchen hat teilhaben lassen.

Den Rechtschemikern Helene Bendstrup Klinke, Elizabeth Rowe & Peter Franklin, Mich Vraa, Tessa Henglein, Mette Fugl & Anna Grue.

www.tropen.de

Susanne Staun
Totenzimmer

Aus dem Dänischen von
Günther Frauenlob
336 Seiten, geb. mit SU
ISBN 978-3-608-50213-8

»Psychologische Hochspannung«
NDR Kultur

Die Rechtsmedizinerin Maria Krause steht vor einem Rätsel: Vor ihr liegt die geschändete Leiche einer jungen Frau, und die einzige Spur, die der Täter hinterlassen hat, ist ein Abdruck rot gefärbten Schweißes. Eine Spurensuche beginnt, die einige Abgründe aufreißt ...

Tropen

ISBN 978-3-608-50118-6

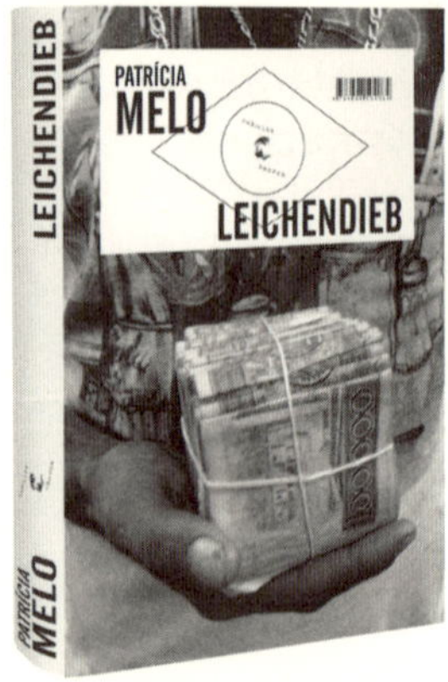